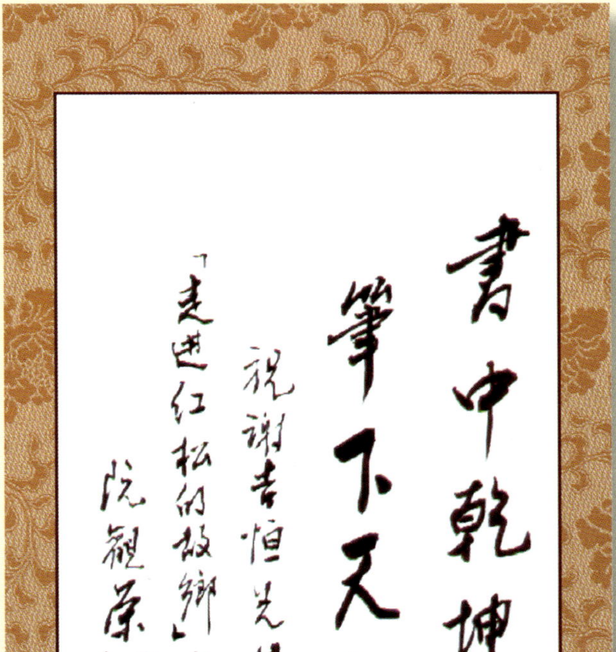

阮观荣：中华全国新闻工作者协会国内部兼学术部原主任、高级记者、“中华大地之星”征文评选组委会主任

作者在红松故乡留影

作者与《中国冶金报》中南记者站站长陈汉平在红松故乡合影

作者与《中国冶金报》党委书记陈贵民在红松故乡合影

作者向王云龙（中）、肖增润（右）老师赠书

作者向同学代表马忠赠书

作者向同学代表王惠英（中）、康金燕（右）赠书

作者向同学代表郭有才赠书

作者向同学代表王家禄（中）、张福身（右）赠书

作者与文学启蒙恩师韩雪屏合影

由谢吉恒、侯宪台主编的《燕赵儿女走进人民大会堂》（续篇）一书在邯郸举行发行仪式，作者与河北龙凤山铸业有限公司董事长白居秉（右六）、总经理刘武成（右四）及出席仪式的专家、教授等合影

同学五十年后相见合影

作者与王云龙（中）、肖增润（左）老师合影

作者与刘国基（右）、温莹（左）同学合影

作者与刘国基(左)、王惠英(中)同学合影

作者与栗春元（右）、高凌云（左）同学合影

作者与郭葆光（左）、温莹（中）同学合影

作者于2014年8月参加在北京举行的茅台镇三渡酒品酒会

作者在寿光国际蔬菜博览会展厅留影

作者在2014年寿光菜博会开馆前夕，参加外甥张子健、田景云的婚礼合影

作者与中华全国新闻工作者协会国内部兼学术部原主任、高级记者、“中华大地之星”征文评选组委会主任阮观荣在天津盘山合影

2014年11月22日，作者与『中国时代风采』征评组委会主任安军在人民大会堂河北厅合影

作者与参加三渡酒业联谊会的单位领导合影

作者与张海山（右一）、王仕红（右二）、李树生（中）、朱言征（左一）在迁安留影

作者在河北龙凤山铸业有限公司总经理刘武成（右二）的陪同下，与大学教授钱立（右四）、专家万仁芳（左四）等人参观一二九师陈列馆时合影

铁岭市清河区金秋艺术团管乐队在演奏

作者与中国华冶项目经理冯同换（中）、副经理刘和顺（右一）在中央电视台演播厅观看《回声嘹亮》节目

作者参观哈尔滨农博会留影

作者在哈尔滨“中央大街”留影

作者与夫人在哈尔滨索菲亚大教堂合影

哈尔滨纪念九一八 83 周年，抗日宣传队队员林桂荣与抗日英雄赵尚志侄女赵战利（左）合影

作者在 2014 年中秋节前夕，参加外甥林楠（左四）、李冰冰（右三）的婚礼合影

作者与夫人在哈尔滨太阳岛合影

作者在包头南海湿地留影

作者参观英谈古寨

作者在国家 4A 级景区景忠山留影

作者参观包头红色年代收藏展时与馆长牛牛和夫人合影

作者参观鸟巢时，与中国华冶冯同换（右二）、张忠浩（右一）、刘志（左一）合影

内蒙古包头民间根雕老艺人李同欣（左）与丈夫耿师傅（右）创作成功一件新作品后流露出丰收的喜悦

作者游览武安著名景区七步沟，与谭兴君在我国古老经济树种之一的漆树（割液后树身留下“V”字伤痕）前留影

走进红松的故乡

谢吉恒　著

北　京
冶 金 工 业 出 版 社
2015

图书在版编目(CIP)数据

走进红松的故乡/谢吉恒著. —北京:冶金工业出版社,
2015.2

ISBN 978-7-5024-6858-3

Ⅰ.①走…　Ⅱ.①谢…　Ⅲ.①报告文学—作品集—
中国—当代　②散文集—中国—当代　Ⅳ.①I217.2

中国版本图书馆 CIP 数据核字(2015)第 028356 号

出 版 人　谭学余
地　　址　北京市东城区嵩祝院北巷 39 号　邮编　100009　电话　(010)64027926
网　　址　www.cnmip.com.cn　电子信箱　yjcbs@cnmip.com.cn
责任编辑　李　臻　美术编辑　吕欣童　易雅娇　版式设计　孙跃红
责任校对　卿文春　责任印制　李玉山
ISBN 978-7-5024-6858-3
冶金工业出版社出版发行；各地新华书店经销；中煤涿州制图印刷厂北京分厂印刷
2015 年 2 月第 1 版，2015 年 2 月第 1 次印刷
148mm×210mm；7.125 印张；4 彩页；218 千字；218 页
36.00 元

冶金工业出版社　投稿电话　(010)64027932　投稿信箱　tougao@cnmip.com.cn
冶金工业出版社营销中心　电话　(010)64044283　传真　(010)64027893
冶金书店　地址　北京市东四西大街 46 号(100010)　电话　(010)65289081(兼传真)
冶金工业出版社天猫旗舰店　yjgy.tmall.com

序

谢吉恒站长继《难以磨灭的记忆》散文、报告文学文集出版之后，《走进红松的故乡》文集就要付梓了，我很高兴。他要我为此书写序，我很乐意。

因成功举办二十二届“中华大地之星（光、歌)”征文评选活动，我们共事十五个春秋，他所写的通讯、散文、报告文学、调查报告和写作经验作为征文作品，我都阅评过，并编入每年的获奖作品选。

他是一位高产记者，也是佳作频出的作者，包括汇集到这个集子里的30余篇旅游作品，大多是获过奖的佳作。

这些旅游作品，印上了他的足迹，注入了他的心血，刻下了他生命的年轮，是很珍贵的文化产品。

书中乾坤大，笔下天地宽。这是他文稿的特点，包括这个文集的旅游作品在内。

老谢基于对祖国大好河山的热爱，对历史人文景观的钟情，对新中国特别是改革开放以来，旅游事业的蓬勃发展充满激情，所以乐此不疲地采写了不少旅游类的通讯和散文、报告文学作品。为事业的兴旺而著，为美好的时代而歌，他为此“其乐多多”（谢吉恒语)

老谢采写旅游作品多的另一个原因，是他喜爱旅游。他认为旅游能产生回归大自然之感，可开阔视野，增加见闻，交流信息，陶冶情操，开阔胸怀，有益于身心健康。他写道："饱览大好河山的秀丽景色，以舒展情怀；身处苍翠幽深的崇山峻岭，以动情怡身；身居变幻莫测的云雾山中，以使人体飘然；眺望那无限美妙的自然风光，使自己有'登山临水不知老'的灵感。"喜爱就是动力。老谢游历了二十多个省、市、区的名山大川，观赏了上百处风景名胜，写下了近百篇旅游作品。这也印证了我们新闻界的一句行语："脚板底下出新闻"。

老谢的旅游作品，不光是壮景抒情，还记录了我国旅游事业朝气蓬勃行进的脚步，展现了为旅游事业发展而奋力拼搏的先进人物的崭新精神风貌。这也是"为事而著，为时而歌"的写作宗旨的充分体现。

让我们在鉴赏他作品的过程中，随着他的思路和足迹，饱览祖国锦绣的大好河山和绚丽多彩的人文景观。

中华全国新闻工作者协会国内部兼学术部原主任、
高级记者、"中华大地之星（光、歌）"征文评选组委会主任　阮观荣

2014 年 9 月于北京

眷　恋
——读《走进红松的故乡》有感

每个感动的故事都被激情燃烧着
细节里滚动着晶莹的珍珠

仿佛　时光特别眷恋痴心的人
日日夜夜打磨着平静的字句

从启程开始　真情就陪伴着不懈追寻
怀揣着善良的光不惧怕风霜雪雨

敞亮的胸怀装满了暖和的澈水
相信　山川河滩都生长着快乐

无声　像谦逊的小草一样
嘹亮的声音珍藏了金子般的真诚

故土的体温支撑着每个脚印
大地之上　美好牵着美好随处可见

朴实的秋天　迎来了收获者沉稳的笑容
哪一颗汗滴也不会白白地流下

像抒情的乐曲　居住着灿烂阳光
像鲜艳的花蕊　保留着浓郁的香味

（本文作者系内蒙古青年诗人徐彪）

目　录

风光胜境

FENGGUANG SHENGJING

走进红松的故乡

作者于林都伊春天赐湖留影

我喜欢令人陶醉的名胜古迹，也喜欢浩瀚无边的海滩风光，更喜欢坚韧不拔的红松树；世界上有一种美叫常青，红松一年四季生机勃勃，从来都是那么“绿”；红松对人类的贡献很大，有着不可磨灭的功劳；当我走进原始红松林时，这种“绿”构成了一道独特的风景线，这种美是亲切诱人的美。

——作者题记

拥有原生态——多珍贵

你见过天然红松林吗？知道红松林的价值吗？到过伊春的人无

论如何极尽赞美描写此话题都不过分。伊春是一个令人魂牵梦萦的绿色家园。伊春之秀美，美在山青；伊春之静美，美在水秀；伊春之大美，美在天然。

9 月上旬，《中国冶金报》在哈尔滨召开宣传会议，会后组织到伊春进行参观采风。我有幸参加采风活动，找到满意答案。

据了解，红松树是全球公认的名贵而稀有的经济树种，原始红松林在地球上总共只有 1.5 亿亩，我国小兴安岭就占去一半以上，国外也只是分布在日本、朝鲜和俄罗斯的部分地区。

打开中国地图，位于“金鸡凤冠”部位的黑龙江省伊春境内的小兴安岭腹地，我国 80% 的红松生长于此，有世界上最大的原始红松林区。

清代《黑龙江志》中曾有对小兴安岭红松原始林的记载：“参天巨木、郁郁葱葱、枝干相连、遮天蔽日、绵延于三百余里不绝”。伊春地域辽阔，行政区域面积 3.3 万平方公里，森林资源丰富，森林覆盖率高达 83.8%，全国第一，是当今世界最大的森林城市之一，伊春被誉为“祖国林都”“红松故乡”，红松被定为伊春的市树。

据专家介绍，红松是珍贵的树种，它的全身都是宝，经济价值高。树干粗壮顺直，是天然的栋梁之材。红松材质具有轻软、结构细腻、纹理密直通达、形色美观不易变形而且耐腐朽力强等特点，是建筑、桥梁、枕木、家具制作的上等木料，被誉为“木材之王”。

伊春为国家建设和全国人民的幸福生活做出了巨大的贡献。修缮天安门和故宫、20 世纪 50 年代兴建北京十大工程、建设毛主席纪念堂、著名文化古迹五台山和承德避暑山庄的大型修缮、支援唐山大地震灾区重建、我国援建的坦赞铁路所用枕木等所需的红松木材，伊春支援尽在其中。解放战争、抗美援朝时期都大量地利用这里的木材。

红松的枝丫、树皮、树根可以用来制造纸浆和纤维板；松针磨成粉末添加到饲料中可以喂养家禽；花粉可入药，有滋润心肺的功能；松籽油既可食用又是上等的工业用油。

红松的生态价值超过经济价值。伊春的原始红松林维护着小兴安岭的生态平衡，也维护着以小兴安岭为生态屏障的中国东北地区的生态安全。红松的蓄水量很大，一棵红松就是一座小水库。在红松林里，下两个小时的大雨，地面上没有水流，都被红松根部储存起来。有红松林的地方，就没有沙尘暴，空气中流淌着甜甜的味道。

红松生长缓慢，树龄漫长，四百年正是它的青壮年时代，一般寿命达六七百年，它的表皮棕红，木材颜色黄白带有微红。这大概就是它的名字由来。

我来到伊春，看到悬挂着两条醒目、有创意的宣传词，最能吸引人们的眼球："伊春是一座可以把空气打包送给朋友的城市；林都迎宾不用酒，捧出绿色就醉人。"我喜欢用这样诗意的语言描述伊春，当我的双脚走进伊春时，这种感觉就更加强烈，更加感受到伊春是一个梦幻美丽的城市，是一个神奇的仙境，让一个平凡的人变得不平凡，为原始红松林的魅力所陶醉。

观赏原生态——多奇景

9 月 4 日，我们一行从伊春出发驱车前往五营国家森林公园（以下简称五营公园），车程近两个小时，使我们有时间尽情饱览沿途的美丽风光。通往五营公园的路上，山深林密，曲径通幽，铺天盖地汹涌而来的都是绿，无处不林，有土皆树，乔木撑天，灌阴匝地，目光所及，汪汪一碧。坐落于五营公园的红松原始林，饱经风霜，已有五百余年历史，跨越明、清、中华民国三代，见证了历史沧桑。

五营公园是国家 4A 级旅游景区、国家级红松天然林自然保护区，面积 140 平方公里，保留着红松原始林的风貌。伊春拥有亚洲面积最大、保存最完整的红松原始林，为伊春赢得了"红松故乡"的美誉，五营公园就是"红松故乡"中的一颗"绿宝石"和"兴安明珠"。

五营公园风光旖旎、独具秀色，有世界上最清澈的河流、最翠绿的森林、最纯净的空气、最优良的生态。旅游资源十分丰富，春、夏、秋、冬各有特色，各有美景。春天冰雪消融，杜鹃花开；夏天郁郁葱葱，鸟语花香；秋天层林尽染，色彩斑斓；冬天雪玉冰清，银装素裹。五营公园是集观光、度假、探险、科普教育等于一体的、驰名中外的森林生态游胜地。

关于“五营”名称的由来，据说是东北抗日联军第三军、第六军在汤旺河以东召开联席会议，决定在这一带设立五处后方机关，即简称“五处”密营，五营由此而得名。

我从来没有看见过天然红松，这次来五营公园是第一次看到天然红松，感到非常震撼、十分惊叹。我喜爱红松，不仅是因为它珍奇稀罕，而且因为它的伟岸挺拔、坚韧顽强的秉性令我发自内心的赞美、由衷的敬佩。

难得的机遇，在采风中，我全方位多视角从点、线、面进行观赏，将眼中的美景奇观捕捉到相机镜头里。

五营公园有 18 个景区，此次采风参观安排不到 3 个小时，能观赏到的景观不过是五营公园的冰山一角，没有几天工夫恐怕是游历不完全貌的。聚焦亮点，猎取奇异景观。

奇景一，参观森林小火车，这是一个纪念性实物景观，走进五营公园，呈现在我眼前的这列蒸汽小火车是五营 1958 年建局后的第一台机车。森林蒸汽小火车是 18 世纪的产物。在 20 世纪 80 年代以前，这一交通工具曾是小兴安岭林区主要运输木材、生产和生活物资的交通工具。1961 年 7 月 24 日上午，原国家主席刘少奇一行乘坐此车冒雨到五营原丰林河林场视察。1998 年正值刘少奇百年华诞，五营人民为了表达林区人民对这位伟人的缅怀之情，将他当年乘坐的小火车陈列到五营公园近门处，并郑重地将它命名为“少奇号”。众人欢呼雀跃地与亲切的小火车合影。

奇景二，漫步松乡桥，观赏红松林风貌。脚下这座桥，横跨山谷，曲折 250 米，漫步在桥上，观赏山谷的微妙离奇、别具一格的情趣，体会原始红松林的深幽、雄伟，能亲眼目睹并触摸到久负盛名的红松，看到茂密壮美的原始红松林的风貌，让人兴奋不已。红松伟岸高大、四季常青，平均胸径达 1 米，最大 1.8 米以上，平均高 30 米以上，最高 36 米，树龄在 500 ~ 600 年间。

奇景三，为了领略群山起伏的红松林海，登观涛塔，观松听涛。观涛塔坐落在 400 米高的山顶上，是铁制设施，螺旋上升，拾级而上，移步换景，获得不同体验，登148个台阶到塔顶，俯瞰林海全景，远山近景，尽收眼底，树梢齐脚，在湛蓝的天空下，层峦叠嶂，像浩瀚的大海，微风拂动，波涛涌浮，雾霭缭绕，云烟笼罩，景色气壮山河，生机勃勃。上了观涛塔后对大森林有了由点到面的感受。下一个观光目标是走线，徒步穿越森林。

奇景四，尽情观赏大森林的温馨与浪漫。五营公园中以珍贵的红松树为主的森林资源和野生动物、植物资源共同形成古老的天然生态环境。走进大森林，踩着松软的落叶，闻着森林的气息，野花的芳香，听着动听的鸟语，呼吸着含有丰富的负氧离子的空气，不知不觉地进入忘我境界，此时给人带来无限的灵感。

我非常喜欢在森林里徒步，穿越在森林间，时而陡峭，时而平缓，时而休憩，时而喘吁。其实把自己融进大自然森林风景里，不会感觉累，那种累是一份卸下疲惫之后的轻松。

钻进密林里，粗壮的红松树，鳞甲状的树皮缝隙处透出丝丝红褐，两人伸手都难以相抱，仰起头也望不到树梢；与红松相伴的还有高大的云杉、冷杉，一年四季常青；白桦树洁白似玉，还有水曲柳、黄菠萝、胡桃楸……纷披的枝叶如同遮天的伞盖，蓝天被透视成斑斑网影，阳光被过滤成细碎鳞片。穿行在红松林中，看见小溪从脚下流过，甘甜的山泉从石缝中流出，苔藓如碧似毯，还不时有松鼠探头探脑地从我们眼前跑过。每棵松树都有编号、年轮、认领人的记载。风折木、自然枯竭木横七竖八静卧山中，仿佛一幅幅抽象画镶嵌山中，自然和谐，没有一丝人工雕琢的痕迹。

据一位管理人员介绍，五营公园有120多种乔灌木，可谓是祖国难得的绿色宝库。林内栖息着马鹿、黑熊、野猪、獐、狍等60余种野生动物；各种鸟类200余种、昆虫400余种，不愧为一个天然的野生动物大世界。除此之外，红松林中的各种植物十分丰富，林下生长着人参、刺五加、五味子等300多种野生药材；蕨菜、猴腿、刺嫩芽等20多种野菜；猴头、灵芝、榛蘑、元蘑等20多种菌类；山葡萄、越橘、蓝靛等20多种山野果。

导游告诉我们，伊春的森林食品因原生态、无污染、高营养的特点备受市场和消费者的青睐。营养丰富的上等保健干果红松籽含有人体需要的多种物质，久食对软化动脉血管有特殊的疗效。被誉为“软黄金”的林蛙油、号称“浆圃之王”的蓝莓及鹿产品、蜂产品等，因其产地的排他性、储量的稀缺性、品质的不可复制性而尤显珍贵。

奇景五，聆听红松树王的“遭遇”。在森林间前行时，一阵吵嚷声传来，沿着栈道转过去，一些游客正争相在一棵倒伏的大松树前留影。原来这棵树是五营公园内的“树王”，树龄760年。旁边的牌子记载，2005年8月29日13时，一股飓风袭来，树径1.2米的“树王”应风而倒，那一次园内胸径0.8米以上的红松共有1067棵折损，酿成一场历史上罕见的风灾。

“木秀于林，风必摧之”，被风刮倒的“遇难”的红松，横七竖八地倒在地上，有的是拦腰斩断，有的是连根拔起。眼前的景象，让我们震惊、痛心！那倒下的红松似乎像我们一样发出疑问，是什么恶魔，仅十几分钟，就使生长了几百年的一片红松林毁于一场风灾呢？看了让人触目惊心，警示后人牢牢记住，是以往的乱砍滥伐，使森林资源遭到严重破坏后产生的“孤岛效应”，如果不加快生态系统的全面恢复，今后悲剧还会重演。

奇景六，松鼠以红松为伴。走进森林里，松鼠不时出现在我们眼前，它是大森林的精灵，那几十米高的大松树，一眨眼就爬到树梢上。松鼠在秋天贮存松子，它一边贮存，一边播种。松鼠的本事很大，它会挑选松子，它选中的松子都是颗粒饱满的。松鼠用嘴把磕出的松子装在两边腮囊里，为了越冬，它蹦蹦跳跳专找向阳的山坡，每隔十几米吐出几粒松子刨土埋好，食物紧缺时挖出食用。有时候，猎人会在树下挖出一捧捧松子，就是松鼠埋的。有趣的是松鼠常常忘记埋松子的地方，很多松子就是这样存活下来的。松子“雪藏”到第三年春天才破土出苗，经15～20年才能长到1米的高度。天然红松就是靠着鸟类和松鼠来播种的。

感受原生态——多神奇

沿景区栈道前行，不见人影不闻人声，我心中纳闷，今天游人怎么这样少，可突然间耳边传来鼎沸人声，钻出密林，眼前出现一汪碧水，波平如镜，倒映出蓝天白云、远山近树、亭台楼阁，景区顿生灵性。水畔游人如织，争相拍照留念，这就是五营公园重要景区之一——“天赐湖”。

天赐湖是公园内唯一的湖泊，它集山间的溪水而成，方圆约5公顷，平均水深2米，最深可达6米，山石为底，环树为岸，水清如镜，可鉴云天，其境亦仙亦幻，美不胜收。

关于天赐湖的由来，有很多传说，而流传最广的莫过于一个年轻人的故事。相传远古时候，这里住着三户农家，他们日出而耕，日落而息，过着悠闲自得的农耕生活，他们在这块土地上与野生动物和谐相处。有一年，天气大旱四十九天，滴水未落，庄稼颗粒无收，村里的人和动物都面临着生存威胁。这时，有一位勇敢的年轻人毅然到百十里外的村庄取水，一路艰辛，日复一日，他的诚心终于感动了观音，观音将手中的玉瓶向此处滴一滴圣水，便形成了一个湖泊，在湖的四周又长出了茂密的森林，形成了今天的景色，故名“天赐湖”。

而发生在天赐湖的一个真实故事，使这里的神奇传说又增加一份神秘感。相传在20世纪50年代林场建局初期，一位女勘测队员不小心失足落入湖中，队友多方及时搭救，幸免于难。不料因祸得福，这位女队员结婚十几年一直未育，各地求医问药，均无济于事，经过此事后她竟神奇般怀孕了，而且还是龙凤胎！许多给她看过病的老医生十分纳闷，追究原委，断定是这湖水的力量。于是取湖水化验，证实是水中有神奇物质所为，首都科学家闻风而动，用先进设备测知湖水下有一巨大陨石。或许这是种巧合，女儿国的故事真实地发生在现实生活当中。

天赐湖是自然恩赐的美景。湖岸边处处绽放着花朵，五颜六色，溢放着清新，淡淡的香气沁人心脾。据测试，这里的负离子浓度是市区的200倍，大大超过海边的含量。所以有人说走进五营公园天赐湖边，就是走进了人间仙境，觉得情意缠绵，醉在其中。

游览如此大的五营公园，非得乘车不可，点、线、面三者视角组合成立体空间。

乘电瓶车，一会儿工夫便来到“森林浴场”，森林浴场的面积为2万平方米，四周长松绕着一个开阔的广场，松林间的大路口叫做“观松大道”，小的叫做“连战小路”。这里被称作“天然氧吧”，为全国森林浴场面积之最，素有“先天下之游而游，首游当属五营国家森林公园氧吧”之美誉。浴场内集漫步、休息、游乐、健身于一体。

森林浴场因地处森林环绕之中，静风多，空气稳定性高，森林释放的芳香气味和杀菌物质在这里停留的时间长，这里自然而然就成了人们森林浴、健康疗养的首选之地。

据医学专家介绍，所有靠呼吸维系生命的生物都离不开氧气，而氧气的质量直接关系到生命的质量。

根据林业学家的估算，五营公园这片森林每年能吸纳二氧化碳多达二百多亿公斤，释放出的氧气高达300多亿公斤。

我们徜徉在原始森林天然大氧吧中，尽情地呼吸干净清爽的空气，亲身感受大自然的脉动与神韵。这森林空气简直清爽极了，狠狠地呼吸一下，把清新的空气吸进肺里，再长长地呼出来，那感觉真像把肺清洗一遍，从上到下的舒坦。呼吸着每立方米含达几万个负氧离子的新鲜空气，远离了城市的喧嚣，完全享受着自然，真有一种神仙的感觉！

导游告诉我，在这红松林里走上两个小时，相当于打了N克青霉素。如果你有点炎症的话，在此走上一圈，就可以自动消炎。一位医务人员说：“是的，常年在城市里呼吸不洁净的空气，人很容易疲惫。到了大森林里痛痛快快地喘气，就会感到阳气上升，浊气下降，血液里的含氧量骤增，周身舒服，心旷神怡。”

五营公园森林浴缘何有此神奇功能呢？我从有关资料得知，这里的空气中，首先是含有由松树散发出来的萜烯类物质，它能杀死人体内呼吸系统的各种细菌，特别是流感病菌，此外还有大量的负氧离子，即一种带负荷的气体原子，这种原子被人们吸进肺泡时，就会促进血液循环，增强心肌营养，改善心肌功能，提高人体的免疫力。据测定，五营公园每立方米空气中，负氧离子含量达两万个，如果在溪边水畔，更是可以高达5万多个，同城市相比，空气中负氧离子的含量要高出500多倍，“天然氧吧”浴林间的清风，浴的是草木香气。

人们在进行森林浴时，一方面可以获得更多的植物营养素；另一方面还能调节大脑皮层、降低血压、调节睡眠、治疗神经官能症、减缓血流速度和心跳频率，可杀死体内白喉、痢疾和结核等病菌。

人们选择了生态旅游，就选择了健康之旅；储备健康已成为时尚。

再现原生态——多风采

五营公园的原始红松林海，莽莽苍苍，它的生命古老，它的年代久远，它天然而纯净，被喻为“祖母绿”。

“走进祖母绿的伊春，走进祖母绿的小兴安岭大森林，就走进了地球上一块大自然意义的祖母绿”。这是著名作家任卫新对伊春的描绘。这里生物群落丰富多样，红松、云杉、冷杉等140多种原始树种古老而珍贵，红松是“第三纪”孑遗植物，素有活化石之称，联合国将它确定为珍稀树种。红松原始林景观是目前地球上典型的地带性顶级群落之一，这种稳定群落需要几亿年的更迭演替才能形成。

据林业专家考证，小兴安岭地区属寒温带湿润森林气候类型，是红松生长的最佳环境，因此确定伊春为红松“第三纪”孑遗种的发源地。正因为如此，国内外游客称伊春为“红松故乡”。

红松是伊春的象征和城市名片，伊春因红松而闻名遐迩。“因林而生、因林而兴”，作为中国最大的国有林区和森林工业基地，伊春创造了举世瞩目的辉煌，开发建设60年中，其为国家提供2.4亿立方米木材，上缴税收60多亿元。曾有人做过估算，从1948年红松林开发以来，伊春贡献的木材装上火车，节节排列，可以从中国最北端的漠河排到海南岛的三亚；如果一根一根地连接起来，可以从地球到月球环绕6周半。以占全国国有林区百分之五的森林面积却奉献了全国百分之二十的木材产量，伊春是非常了不起的。

伊春为国家贡献很大，因森林生长的周期太长，经过60年的过量采伐，昔日葱茏蓬勃的林海失去了风采，一座座荒山秃岭伤痕似的裸露着。到了20世纪80年代，伊春陷入了“资源危机”“经济危困”的境地，森林蓄积量减少了55%，红松天然林由50万公顷减少到5万公顷，如果再采下去，“红松的故乡”就变成“红松故事”了！保护森林资源迫在眉睫。

2003年伊春市政府果断提出了“生态立市”战略，提出了“再困难也不向林子伸手、再困难也决不以拼资源换取暂时的利益、再困难也决不以牺牲生态代价换取短期的经济增长”的三个决不原则。又确定了“坚持严格控制采伐限额不动摇、严打涉林犯罪不手软、严格伐区管理不放松、严肃责任追究不留情”的“四严四不”严管林方针，大力实施绿色生命工程。

2004年国家确定伊春为全国唯一的国有林区林业生产权制度改革试点单位和林业资源型城市转型试点城市。2004年9月1日市政府发出一号令，毅然决定在全市境内全面停止采伐天然红松林木，横下心来保护资源，保护这块珍贵的祖母绿。在林权制度改革过程中，市政府提出“远封近分”，把远山封起来，以生态建设为主，建设生态无人区；把近山分给职工承包，以经济建设为主，封起来完全归国家所有，让承包职工“家家有其山，户户有其材”的理想逐步实现，伊春走出一条国有林区特色的可持续发展之路。由于伊春在严管资源，停伐红松，保护生态，促进人与自然和谐发展等方面做出的卓越贡献，2005年，伊春被联合国授予“城市森林生态保护和可持续发展范例——绿色伊春”荣誉称号。

红松只有在一个完整的生态系统才能繁衍生息，绵绵不绝，为了恢复红松原始森林，必须对小兴安岭的整个生态系统进行保护，保护红松需要全社会的关注和支持。2007年12月2日，我国第一个保护珍稀树种的专业性联合会组织——伊春保护红松联合会在伊春成立。从2011年开始，市政府还把每年的9月1日设立为“保护红松纪念日”，大力宣传红松的理念及意义，着力帮助市民增强保护红松、建设生态文明的意识。

伊春通过几年各方面的共同努力，在森林资源与经济发展方面呈现出协调发展的可喜局面。森林覆盖率逐年提高，红松林增加到11万亩，森林蓄积量年净增500万立方米以上，40年后，小兴安岭将再现一个郁郁葱葱的红松林。

林都伊春走上“生态上市”之路，成为一座用绿色抒发情怀，用红松来塑造品格，用生态承载未来，人与自然和谐相处的世界最大的森林城市。美丽的伊春，这块古老神秘的祖母绿，正在孕育着新的生机。在采风中，记者看到林都风景如画，呈现出“城在林中，林在城中，人在画中”的美妙园林景观。林都人心里为之自豪，称这里是美丽的家园；在外地人眼里，这里是令人艳羡的乐园。伊春保护红松、保护生态取得跨越性发展。一位市民接受记者采访时，高兴地说：“林都像块糖，甜甜的！呼吸含有大量负离子的新鲜空气，鼻子感到甜甜的；喝着优质地下水或泉水，嗓子感到甜甜的；吃着无污染的绿色山野菜时，舌头感到甜甜的；每天放目远眺青山绿水，抬头仰望蓝空时，眼睛感到甜甜的；人与人相处，那么朴实、真诚，浑身感到甜甜的。”

近几年，国家倡导绿色生态游，伊春着力打造以红松原始林旅游为主题的森林生态游第一品牌，展示其纯粹、原始、多彩的自然风貌的魅力，力争把五营公园建成我国东北最负盛名的森林生态旅游胜地，吸引无数猎奇的人们，享誉全国、驰名世界！

（刊于《中华大地之星获奖作品选》，2013 年）

观“菜博会”情怀

作者于菜博会留影

没去过菜博会，不会感觉它的精彩；看了菜博会，才会惊叹它的神奇。

——作者题记

春暖花开，菜果飘香。“2014 中国寿光国际蔬菜科技博览会”（以下简称菜博会）于4 月 20 日在农圣故里、享有“中国蔬菜之乡”和“中国一号菜园子”美誉的山东寿光拉开帷幕，展现靓丽风采。

我两次走进菜博会，有深刻的体会；没去过菜博会，不会感觉它的精彩；看了菜博会，才会惊叹它的神奇；没有做不到，只有想不到。

2012年5月下旬，我到寿光妻弟张同岳家做客，正赶上第十三届菜博会的“尾声”，闭幕难闭馆，几个重点展厅延长开放。在张同岳的陪同下，我第一次有幸游览了菜博会，真是大开眼界。

走进菜博会展厅，映入眼帘的是用蔬菜、水果搭建而成的绿色宫殿，用各种蔬菜摆成的雄伟壮观的造型，如同走进童话般的世界，看见琳琅满目的瓜果与高新技术的结合，挂在空中生长的个头硕大的红薯、一株西红柿结上万个果实、一株茄子能结数百个……令人目不暇接、赏心悦目。这如诗如画的景观，神奇科幻的蔬菜，让人回味无穷，给人留下美好的记忆。

菜博会创办于2000年，由中华人民共和国农业部、商务部、科学技术部等部委与山东省人民政府联合主办，寿光凭借当地的蔬菜种植优势，举办首届菜博会。以后每年4月20日~5月20日在山东寿光蔬菜高科技示范园定期举办菜博会，是国内唯一的国际性蔬菜专业展会。

菜博会展馆每年布置不一样，主题升华，蕴新意，新看点，层出不穷。寿光菜博会成为世人瞩目的农业科技盛会，随着近年来蔬菜产业的发展和农业生态观光游的兴起，“菜都”寿光成为人们农业考察、旅游观光必经之地，菜博会成为国家5A级专业展会，4A级景区，四五月正是大棚蔬菜生长的黄金季节，更是参观学习的最佳时节。

又是一年芳草绿，今年花胜去年红。据资料介绍，作为目前国内最大规模的国际性蔬菜业品牌展会，第十五届菜博会以“绿色、科技、未来”为主题，设10个展厅、蔬菜博物馆、采摘园及广场展区。展会总面积45万平方米，室内展览面积15.6万平方米，室内展位2000多个，共展出国内外2000多个优良蔬菜品种，展商来自国内28个省、市、自治区，及荷兰、以色列、法国、瑞士等20多个国家。本届菜博会规模之大、科技含量之高、文化内涵之丰富、经贸氛围之浓及国际化程度等方面都有创新和突破。

在蔬菜之乡“寿光”，蔬菜是文化，种菜是艺术。寿光多年着力推进农业科技创新，目前全市蔬菜生产基地发展到84万亩，年产优质蔬菜40亿公斤，552个品种获得“国家优质农产品”标志，17个产品获“国家地理标志产品”认定，成为“国家第一批现代农业示范区”“全国农业标准化示范区建设先进单位”“全国农产品质量安全工作先进单位”“国家食品安全示范县”和国家级“出口食品农产品质量安全示范区”。

历年菜博会客商毕至，游客爆满，今年盛况空前。4月上旬，我又接到妻弟张同岳盛情相邀，出于想参观开幕期间完整的菜博会和应约为“中华大地之星”采写一篇散记的缘由，期盼再次去寿光看看菜博会。凑巧，过五一劳动节后至闭幕前这段时间，自己又忙于参加“中华大地之星采风团”活动，纠结难脱身。左思右想，找到脱身之计，决定将已采风过的稿件往前赶写，挤出时间，见缝插针，预购火车往返票，三天合并一天用，制定周全看菜博会路线图，实现自己第二次看菜博会的夙愿。

5月17日晚上我由唐山出发，坐火车经潍坊去寿光，12多个小时车程，5月18日早7点到菜博会展馆，赶在菜博会闭幕前夕，全天看展览，晚上坐火车返程回唐山，又是一夜车程。5月19日照常不误参加“中华大地之星”采风活动，做到昼夜兼程看菜博会，采风活动两全其美，如愿以偿。

盘点第十五届菜博会的独特卖点、看点多多……

感受蔬菜科技魅力

5月18日早晨八点我步入菜博会展厅，顿时觉得展览展示呈现“新、特、奇、优”等特色。蔬菜园艺厅是蔬菜科技与艺术相结合，技术与生活相统一的蔬菜展示厅。挑战我眼球的全是晶莹剔透、鲜脆欲滴的绿色蔬菜和园林小景，搭配传统、历史、民间故事等小品景观，妙趣横生、生动鲜活、构思巧妙、一步一景、一景一情、一幕幕、一幅幅迷人场景太令人感叹；真美太震撼了！

奇新多彩，亮点频现，进了菜博会，就像进了蔬菜大观园，蔬菜“奥运”，天下奇菜一览无余，这是菜博会突出的一大亮点。我在这里能看到见所未见、闻所未闻的奇形怪状的蔬菜。

——“抢眼”的巨型南瓜。叶片掌状大如锅盖，大南瓜呈浅红色或橘红色，一株多瓜，单瓜重达200公斤以上。参观者络绎不绝，纷纷驻足景点前留影。悠悠垂吊，形态逼真，长达3米的蛇瓜，超长的龙凤瓜、丝瓜、葫芦等蔬菜，利用基质栽培技术及合理的生理调控培育，使蔬菜生长达到极限，产量提高数倍。

——西红柿树。利用营养液栽培技术及合理的生理调控手段培育的西红柿树让人唏嘘不已，一条枝干上分出许多枝丫，形似一把巨大的绿伞，一簇簇红红的西红柿点缀在上面，单株覆盖面积150多平方米，单株累计结果1.5万个，重达3000多公斤。

——空中红薯。应用国际领先的红薯根系功能分离技术和侧蔓逆向生根技术，使根系吸收养分和储存养分的两大功能分开，秧苗植入营养液中，瓜在空气基质中生长。空中红薯便于采收，还可多年连续结薯，单株覆盖面积可达200平方米，重达600公斤。

——2000多种奇蔬异果联袂登场，产自非洲的红茄、法国的线椒、国内新研发的大橙茄等，组成一座气势磅礴的蔬菜大看台。菜博会还独辟一厅，将南方的枇杷、杨桃，台湾的莲雾，北方的桑葚、油桃及沙漠植物等，近百种果树汇聚于此，展现南果北移的奇景和秋果春收的新奇……

观菜博会，看到的是造型各异、精彩纷呈的蔬菜，而感受到的是艺术的魅力。在展厅随意采撷几个场景，就能充分感受到科技与实践的完美契合。高科技栽培形式多种多样，墙体组合、立柱、管道、槽式、简易喷雾、复合式无土栽培……西红柿树、辣椒树、茄子树、西瓜树等各种菜树高低错落，枝叶繁茂，硕果累累，让人赞叹不已。智能机器人穿梭于西红柿、草莓等果蔬之间，精确摘下每一颗果实；嫁接机器人俯身在苗床之上，取苗、切苗接合一气呵成……围观的游客啧啧称赞，无不为高科技农业的神奇魅力所折服。

领略蔬菜景观之美

观菜博会，看蔬菜文化艺术景观成为受游客青睐的又一大亮点。据菜博会工作人员介绍，纵观菜博会发展的蔬菜文化艺术景观及蔬菜园艺，无不将绿色文化与传统文化、历史文化、民俗文化完美结合，演绎出一幅幅波澜壮阔、绚丽多彩的画卷。第十五届菜博会的文化艺术景观创历届之最，有万马奔腾、龙马精神、群龙戏海、百子戏弥勒等有200多个，其中三处景观给我留下的印象最深刻。

景观一　“美丽中国”为第十五届菜博会主题蔬菜文化景观。全长84米、宽24米，全部用生姜、芋头、山药、西红柿、五彩椒、金针菊、过路黄等蔬菜及种子装扮而成。五颜六色的种子、蔬菜、花卉在园艺师手中变成了气势恢宏、意趣天成的艺术精品。形成群峰巍峨、楼亭典雅、河流纵横的自然人文景观，从江南小镇到西北沙漠，皆囊括其中，汇聚了五岳之首泰山、秀甲天下的桂林山水、云蒸雾润的天下第一泉、黄果树瀑布、云冈石窟、嘉峪关等国内30余个知名景点，浓缩为江山如此多娇，彰显中国生态自然之美。游客纷纷在此留念，直呼“不虚此行”。

景观二　菜博会中“马”元素融入其中。八号展厅最受观众关注和欢迎，徜徉在大厅中，立刻会被拉着蔬菜奔腾的骏马景观所吸引，远看栩栩如生的骏马前蹄奔起，长鬃飞扬，马背上的孩子欢喜不已。近瞅马身是由各种颜色的种子包括玉米、红豆、黑豆等十几种一点点拼接而成的。在展厅北侧，十余匹形态各异的骏马，四蹄腾空扬起，气势雄壮，宛如奔跑在辽阔的草原上。墙上“汇聚正能量，实现中国梦”十个大字熠熠生辉，用各种蔬菜实地种植与穴盘背景墙衬托出“万马奔腾”“马到成功”“实现中国梦”的气势，让人赞不绝口。

景观三　“菜乡三圣”。寿光是“农圣”贾思勰、“文圣”仓颉、“盐圣”夙沙氏的故乡。“菜乡三圣”主要展示寿光的悠久历史和以“三圣”为代表的寿光古代的灿烂文化。史传“文圣”仓颉在此始创象形文字，“盐圣”夙沙氏在此开创煮海为盐的先例，“农圣”贾思勰为世界上第一部农学巨著《齐民要术》的作者。他们的精神遗产依然影响这片热土的人们。设计制作“三圣”景点，更便于游客亲身解读菜乡寿光深厚的文化内涵。

寿光蔬菜文化艺术景观开创了中国创意农业新时代，也催热了现代生态农业的观光游。

体验田园采摘乐趣

观菜博会，田园采摘一直是菜博会的亮点。这天我用近6个小时游览了菜博会十个展区，被千姿百态、五彩缤纷的菜果所吸引，感受蔬菜的科技魅力，领略蔬菜景观之美，饱享菜博会“盛宴”，忘记了疲劳，此时已是下午两点，四点前必须离开展厅回潍坊赶火车，觉得时间不够用。此时，我萌生品尝菜果的冲动，看菜博会不到采摘园等于没来，千万别错过难得的机会，打定主意，抓紧时间“逛”采摘园。

采摘园位于八号展厅东侧。走进采摘园，看见2万平方米的空间，硕果满枝，瓜香醉人。一棵棵西红柿红星点点，高挂枝头，翠绿的黄瓜“崭露头角”，园内一派生机盎然的景象。

园内设四个种植区，分别种植十几个品种的优良黄瓜和西红柿，每个种植区又设四个独立采摘区，轮流开放，保证游客每天都能采摘到新鲜成熟的菜果。

据园内工作人员介绍，园内种植的都是无公害菜果，采用科学种植模式，施用有机肥，配用粘虫板、黑光灯治虫，紫外线杀菌，荷兰雄蜂授粉等先进农业技术。采摘园凸显人性化、封闭式管理，商业运作，以产定销。根据菜果日产量和采摘量，决定门票发售量和开放时间，菜果日采摘量在1000公斤以上。采摘时，我们有专门的工作人员引领指导，科学有序采摘，与工作人员互动，还能了解菜果的品种、生产习性、栽培模式和培育过程等农业科普知识。

置身采摘园中可以领略菜乡风情、体验劳动乐趣、品味田园情调、共享收获喜悦。采摘园是集观光、采摘、品尝、购买于一体的“田园超市”。为方便游客，园内还安置了全自动洗菜柜供游客清洗瓜果。

我在采摘园度过一个多小时，挑采红得诱人的“珍珠”西红柿，顶花带刺的黄瓜，过足了采摘乐趣，一饱眼福；到出口处称重，西红柿、黄瓜均超1公斤，带走采摘的营养丰富、品质可靠的绿色“收获”。回去的路上，边走边吃，清甜口感极浓，绝对新鲜，这些在市场花钱难以买到的菜果，又让人一饱口福。

采摘归来，体味到对于整日忙绿，习惯城市生活的人们，采摘园是一处放松身心，品味自然，体验现代农业风情的理想场所。

（刊于《时代风采》，2014年）

茅台三渡赤水情

国酒茅台因产于茅台而得名。红军长征四渡赤水，三渡在茅台，为传承红色文化，三渡酒因此取名。三渡酒与茅台酒是同根同源酱香酒。在限制“三公消费”“禁酒令”等一系列政策出台之后，三渡酒谋求转型。

——作者题记

引　子

中国酒文化源远流长，自东汉至今，已绵延2000多年。酒，在中国文化发展史上扮演着重要不可替代的角色，上至达官贵人，下至平民百姓，无不以酒为乐，以酒来激发豪情，消遣愁怀，历史上曹操的“何以解愁？唯有杜康”，李白的“呼儿将出换美酒，与尔同销万古愁”，李清照的“常记溪亭日暮，沉醉不知归路”等，足以看到我国酒文化的悠久繁荣。

中国白酒按香型可分为酱香、浓香、清香、米香、兼香型等。众多香型白酒以其独有的风格特征各领风骚，拥有自己的群体和市场份额，各品牌推出自己的酒中奇葩，如酱香型白酒中的茅台酒脱颖而出，驰名中外。

茅台酒是我国酱香型白酒的鼻祖，是世界名酒。茅台酒在1915年的巴拿马国际博览会上获得金质奖章，被评为世界第二大名酒，仅次于法国的科涅克白兰地，优于英国的苏格兰威士忌，它们共称为世界三大名酒。

领略“酒都”茅台景观美

茅台酒以独产于贵州省仁怀市茅台镇而得名。茅台镇历来是黔北重镇，古有“川盐走贵州，秦酒聚茅台”的繁华写照，城内白酒业兴盛。茅台酒素以“风来隔壁千家醉，雨过开瓶十里香”之美闻名。

7 月上旬，中华大地之星采风团来古镇茅台采风。走进茅台镇，一股清醇的酒香散发在空气中，使人有未尝茅台酒先自醉之感。这种特殊的酒香，沁人心脾，令人陶醉。由于茅台酒郁而不猛，柔和芬芳，故清代诗人郑珍称其“酒冠黔人国”。赞美茅台酒香的诗词如泉似河。

采风团参观考察时用心体会和感悟茅台酒具有的酱香型突出、幽雅细腻、酒体醇厚丰满、回味悠长、空杯留香持久的特点，它的优秀品质和独特风格是其他白酒无法比拟的。记者感受到茅台酒文化魅力无穷，太吸引人，深深地领略了茅台酒文化创造的“四大吉尼斯之最”的优美人文景观——巨型酒瓶、摩崖石刻、雕凿石龙和国酒文化城。

赤水河从仁怀市流经茅台镇的河段属中游河段，风光秀美，景色迷人，滩多谷险，植被茂密，风貌原始，浑然天成，自成美景。看！位于盐津河景区的最大实物广告“茅台酒瓶”景观。酒瓶高 31.5 米、直径 102 米、体积 14693 立方米，能容纳 500 毫升的茅台酒 2938660 瓶，如此海量，举世无双。

雕刻在赤水河东岸吴公岩古渡绝壁上的“美酒河”三个大字，距奔腾的赤水河近百米，由《人民日报》原社长邵华泽题写，字形优美，苍劲有力，石刻着朱色。“美酒河”三个大字总面积 4800 平方米，“美”字高 412 米、宽 335 米，“酒”字高 312 米、宽 204 米，“河”字高 344 米、宽 327 米，真是磅礴雄奇，被评定为世界上最大的摩崖石刻汉字。

雕凿在贵公岩上的四条石龙从南到北依次长 196 米、266 米、230 米、183 米，分别由 47 伏、49 伏、55 伏、42 伏石龙龙鳞连缀而成的，四条石龙时起时伏，游动如真，乃是古往今来雕刻的最长扇体。

国酒文化城位于茅台酒厂内，占地3000多平方米。这里是传统文化建筑风格，古香古色，但又气势恢宏，室内室外充分展示了中国酒文化史。这里是茅台酒文化之精华，是人类酒文化博物馆，给人留下了茅台酒文化源远流长的印象。

采风团看到国内外游人如织，听到处处说酒话，叙酒情不绝于耳等经典记忆，到茅台“朝圣”。

茅台酒文化的“四大吉尼斯之最”声誉传遍国内外。无怪乎不少外国游客把“不到长城非好汉，不到酒都茅台更遗憾”列为到中国旅游的目标，凸显出国酒之乡、茅台酒文化的魅力。

茅台三渡赤水情谊深

千年古镇茅台，千家酒厂一条街。采风团到三渡酒业公司（以下简称三渡酒）采风，三渡酒与国酒茅台同根同源，是茅台镇上千家中小酒厂中的80余家规模企业之一，也是国酒茅台原浆酒三家供应商之一。三渡酒地处茅台镇酱香白酒加工核心区，起源于旧式烧酒坊。据三渡酒董事长秦书友介绍，茅台镇有两大文化，即酱香的酒文化和长征文化。“茅台绝世风华”，传承了千年的传统酿酒工艺，加之不可复制的气候环境和得天独厚的健康品质，成就享誉世界的国酒茅台，成就了品质优良的特色三渡酒品牌。

为传承红军精神，将长征文化与酒文化有机结合，创新企业发展模式，提高企业声誉，三渡酒的前身茅台镇华泰酒厂，早在20世纪80年代，就植根创建于这块神奇而弥漫酒香的红色热土上。

1935年，红军长征四渡赤水，三渡在茅台镇，红军用酒疗伤、解乏，渡口距离旧时烧酒坊不足一公里。红军曾四渡赤水：一渡赤水，集结扎西，待机歼敌；二渡赤水，会师遵义，大量歼敌；三渡茅台、四渡赤水，突破天险，摆脱敌人；四渡赤水出奇兵，彻底粉碎国民党军队企图围歼红军于川黔滇边境的狂妄计划，红军取得战略转移的决定性胜利，三万红军在数十万国民党军队的围追堵截中成功转移，铭刻毛泽东主席得意之笔，这是中外战争史上以少胜多、以弱胜强的经典战例。

1996 年三渡酒建厂，为纪念红军四渡赤水取得伟大胜利，三渡酒的企业名称由此而来。三渡酒已走过近 20 个春秋，现已形成年产量 3000 吨酱香型白酒能力，是仁怀市政府重点支持的酒都十八强酒企之一。

采风团现场参观看到，三渡酒占地面积两万多平方米，厂区建筑布局合理，拥有完善的酿酒设施和质检设备，从原酒生产到储存勾兑再到成品包装，均实现一条龙式的现代化生产流程。记者采访打造红色酒文化掌门人、三渡酒总经理官昌勤，谈他投资酒业，缘何首选董事长秦书友为搭档？“我看准秦书友与茅台同根同宗，生产工艺技术可靠，和茅台酒厂紧密合作，生产原浆酒全部交茅台酒厂”，官昌勤如是说。

官昌勤有了定心丸，大胆投资扩大生产规模，增加产量。他凭借诚信经营，靠产品优良取信用户。2000 年三渡酒原浆酒产量突破 1000 吨，2010 年销售额达 6000 余万元，2012 年酱香酒产量已达到 2500 吨，销售额突破亿元大关。企业获得“中国知名白酒品牌”“中国食品骨干企业”“贵州省著名商标”等荣誉。

品酒会定位大众消费

7 月 19 日，贵州省仁怀市三渡酒在北京万寿宾馆举行隆重的品酒会，三渡酒董事长秦书友、总经理官昌勤以及北京有关部门领导、白酒行业的品酒师和部分新闻媒体记者出席现场。

此次品酒会是在 2012 年底中央出台“八项规定”、2013 年底中央又颁布《党政机关国内公务接待管理规定》“限制三公消费”“禁酒令”的一系列政策出台后，白酒行业进入调整期的大环境下召开的，高档酒现在主要对准个人高端消费和集团公司，政府不再高档采购了。

高档白酒退出公务消费后，市场持续低迷，价降量减。官场“酒文化”正进行一场激烈的变革，官员不敢去豪华酒店，现在政府接待一般只用二三百元的酒，而以中低档服务大众的三渡酒正好抓住了逆袭增长机遇。就是因为三渡酒转型比较快，去年突破一亿元的销售大关。

品酒开始，品酒师来到摆放三渡酒生产的黔三渡、圣醉、玉琮金樽、瑞友情等系列酒的酒桌前，将一瓶黔三渡拧开瓶盖，将酒徐徐倒入酒壶，一股酱香扑鼻而来，人们不由深深吸了口气。品酒师接着将酒杯送到唇边，轻巧地、缓缓地呷下一小口，在嘴里细细抿品；轻咂嘴巴，慢慢品味中将酒咽下，自然发出咂嗒之声；迅速哈气，让酒气从鼻腔喷香而出。品酒师的品酒动作立即引来大家的模仿，现场接连响起一阵咂嗒之声……“好酒!”众人细细地品味。

通过现场品评，与会人员对茅台镇三渡酒生产的系列酱香白酒做出了中肯的评价，对三渡酒给予了“酒体醇厚，回味悠久”的赞美。

三渡酒为做大做强市场，正不拘泥任何合作形式，向全国广招合作商，决心秉承弘扬长征人文精神，传承三渡酱香文化的使命，恪守让消费者喝上茅台镇三渡酱香美酒的愿景，力求共进共赢，让三渡酱香酒香飘万里，走遍神州。

（原载于2015年1月24日《中国冶金报》副刊）

多彩七步沟

文化是旅游的思想和灵魂，而旅游则应该是文化的载体。

——作者题记

引　言

邯郸是中国成语之都，与邯郸相关的成语典故就有 1580 多个，成语“邯郸学步”喻为学习模仿别人的经验不能照搬照套，适合自己实际的才是最好的经验。河北是全国第一钢铁大省，钢铁产量连续 12 年名列全国榜首。武安素有“铁武安”之称，成为冀南的钢铁重镇。钢铁业近几年步入高耗能、高污染、高产能、高成本、低效益的“严冬”期，钢铁业调整结构，转型升级，发展非钢产业迫在眉睫。

七步沟景区董事长高如增、总经理李如太原是武安知名冶金矿山、钢铁业的领军人物，几年前他们审时度势、捷足先登改行，投身到新兴起的旅游业，老兵新传，确立“高品位策划、高起点规划、高标准设计、高质量施工”的指导思想，投资朝阳产业，打造旅游亮点，做精品工程，建一流景区。经过短短几年打拼，已把七步沟打造成河北精品旅游景区，成为旅游业的掌门人。

七步沟景区“领头雁”走转型之路颇有启发、引领、示范作用；七步沟景区靓丽转身，成为诠释现代版企业转型“邯郸学步”的典型案例。七步沟多彩之美的魅力正在吸引八方游客。

三年间，我应邯郸、武安的作家朋友相约，八次到七步沟景区参观采风，每次感受都不一样，越看越想看，越看感受得越深刻。

起色的名字

七步沟景区缘何启用此名？我在采风中耳闻目睹，亲身感受，悟出道理。

七步沟原是一片山川的名字，也是一个村庄的名字。原名是“漆铺沟”，因山里生长漆树，老百姓世世代代以割漆卖漆为生，在沟口开了许多漆铺，漆铺沟这个名字就叫开了。

漆树是我国最古老的经济树种之一，属落叶乔木。种子可榨油，果皮可取蜡，割取的乳液即是生漆，是天然、优良的涂料和防腐剂，被誉为“涂料之王”。当地老农说：“漆树实在好，全身都是宝”。

据《武安县志》记载：“武安西部山区列江、梁沟一带盛产生漆”。大面积的漆树林是河北武安国家森林公园独有的。

去年 11 月中旬，初冬时节我来七步沟采风时，看到山坳处生长着一片片碗口粗的漆树，据导游介绍，估计七步沟有四五百亩漆树林，漆树一般高 10～20 米，树干上留有许多人字形的伤痕，那是村民割漆留下的。

又是一年初冬时节，今年 11 月 15 日，龙凤山铸业公司总经理刘武成陪同冶金工业出版社总编辑任静波一行参观该公司在景区周边正建的专家公寓。大家在海拔 1000 米景区山坡处看到一片漆树林，睁大眼睛好奇地仔细观看长在盘山路旁的一棵高五六米、比笔筒粗、树身布满多道割漆留下的“人字”形伤痕的漆树，其中大多数人还是第一次见到漆树，争相拍照留念，连声叹道“不虚此行”。漆树的采割期选在生长旺盛期，农历夏至前做好采割准备。

秋天漆树叶变红，十月末显得十分美丽，真有“万山红遍，层林尽染”之感。

2013 年全国进行第四次中草药资源普查，普查组走进武安国家森林公园的梁沟村发现一株大漆树，树高 20.25 米，树围 3.01 米，树龄有 300 余年，年产漆最高为 18 斤，是全国目前发现的最大漆树。

文化是旅游的思想和灵魂。自唐朝以来，这里就成为佛教圣地，有唐代的罗汉洞，洞内香火鼎盛，佛教僧众多来此处聚集隐居。这里的圣人觉得漆铺沟这个名字太俗气了，便取其谐音，将漆铺沟改为七步沟，“七步”来自佛教文化“七步莲花”之意，并一直沿用至今。故而“古佛地”是七步沟最深厚最有魅力的元素，启用七步沟这个名字最有起色，颇有亮点，显得文化深远，吉利祥和。

绿色的经典

巍巍太行山，经典绿色游。奇山秀水七步沟景区是国家4A级景区，位于太行山东麓的河北武安市活水乡境内，武安国家地质公园、武安国家森林公园腹地，面积15平方公里，自然环境异常优美，得天独厚。导游介绍它有门景区、休闲度假、百瀑峡、三棱山、罗汉洞、马武寨六个景区。景区集绿色、古色、红色旅游资源和独特的地质资源之大成；集生态、宗教和历史文化、红色旅游休闲度假于一体。

我八次来此参观游览，最深刻的感受是七步沟景区以山、水、树为主要特色，高品位旅游资源融合升华，造就奇绝景观。

走进景区，重峦叠嶂、奇峰林立、飞瀑流泉、山荫苍潇、绝壁飞岩、林木葱茏、花香鸟语。天镜湖、梦溪湾、南天门、红石寨等自然景观美不胜收。马武寨仙气接天、罗汉洞佛缘广大、百瀑峡圣水奔涌、惊喜岭醉倒游人……这里清静凉爽、气候宜人；这里植被丰茂、树种繁多，天然次生林和人工林郁郁葱葱，森林覆盖率达95%，可称为太行山的植物王国。这里远离工业污染，空气清新，是太行山的“天然氧吧”。

七步沟的绿是自然的绿、生态的绿、经典的绿。

七步沟一年四季皆绿，皆有景，景景不同。春来鹅黄，小溪流水，山花烂漫，是踏青赏花的好去处；夏至浓绿，郁郁葱葱的原始次生林，丰富独特的飞瀑流泉，仿佛诗情的画卷，是游客心之向往的避暑胜地；秋观红叶，层林尽染，登高山之巅，观太行秋色；冬临银白滑雪场纵横驰骋，尽享冬日阳光，感受冰雪乐趣。

七步沟的绿是经典的绿。其壑之幽静、山之奇秀、水之媚现、洞之玄奥，实乃人间仙境也。

底色的厚重

七步沟景区不仅有美好的自然资源，而且还拥有非常丰富的文化资源，其中有历史文化、佛教文化、红色文化。文化是景区的灵魂。七步沟景区传承悠久古老文化，古香古色，底蕴深厚为一大看点。诸如东汉马武练兵、台佟隐居、唐代高僧罗汉洞修行、隐士塔的大明皇帝隐居修炼、七步沟的来历等人文景观的传说及其遗迹神秘悠远，不胜枚举。

清朝康熙年间，任嗣尹撰写的《罗汉洞碑记》中盛赞："此何境也？非天也，非地也，非人间也""山翠薇兮云苍茫，众圣临兮龙虎藏。佛天咫尺莫入徜徉，登斯境兮形自忘！"

美丽神奇的罗汉洞，披上浓浓的佛教文化色彩，是七步沟旅游文化的灵魂和七步沟景区的象征。前年秋天，武安作家孔祥峰约我同游罗汉洞，大饱眼福，感受颇深。

罗汉洞位于悬崖峭壁，上托高峰，下临深渊，洞深30米，高4米，面积大约200平方米，距今已有1100多年历史，是一个鬼斧神工的自然石洞。自唐朝末年，历代都有高僧在洞中修行，内塑佛祖和十八罗汉，故名罗汉洞。我们在此洞内看到的就是三世佛祖，旁边是他的弟子阿难和迦叶，对面是观音菩萨、文殊菩萨和普贤菩萨，旁边就是十八罗汉。洞内飘着美丽神奇的罗渺，香烟缭绕，冬暖夏凉。洞外川深谷幽，群峰争秀，飞瀑流泉，古藤缠树，遮天蔽日，气象万千，鸟的王国，蜂蝶的天堂。此处如世外桃源、人间仙境。

罗汉洞这里有众多传说和迷人的故事。从唐代起便有人在此建庙立碑，讲经取道。明朝万历年间姜太虚门徒杨得福、侯忠孝等四人来此隐居静修。又在罗汉洞旁凿石为窟，修建地藏宫、观音堂等，香火鼎盛，经声悠扬，梵香阵阵，从此洞名远扬。

洞内泥塑惟妙惟肖，神态各异，或坐或立，或仰或卧，有的温文尔雅，有的挺肚敞胸，施功舞法，喜怒哀乐，无一雷同，虽都是佛门弟子，却呈现出大千世界纷纭复杂的生态人情。

罗汉洞是英雄的洞，又是红色旅游文化的重要载体。抗日战争时期，它是八路军一二九师的粮棉仓库和战地医院。我军利用罗汉洞周围山高林密的特殊地理环境，同日寇展开殊死斗争。1940～1942年，日寇向我太行抗日根据地进行疯狂扫荡和围剿。八路军把粮食藏入山洞，又把罗汉洞当做临时战地医院，采集山上草药为战士疗伤治病。把治好的伤病员一批一批地送往前线。日本鬼子扫荡时发现这里，曾与八路军激战，先后有200多名抗日战士壮烈牺牲在这片英雄土地上。罗汉洞因此被毁坏，直到1997年，村民集资重新修复罗汉洞。近几年，僧人、尼姑相继慕名而来，吸引了方圆百里的香客，罗汉洞重新成为佛教圣地。

七步沟环境优美，植被好，空气新鲜，周围生长着党参、黄芪、柴胡、何首乌等300多种中草药，经山水过滤的泉水能强身健体、治病疗伤、养颜美容。据了解，七步沟村只有500余人，原居住在七沟八岔里，生活贫穷，粗茶淡饭，但从来无人得癌症，90岁耄耋老者比比皆是。

马武寨汉代军事文化在七步沟景区占有举足轻重的位置。马武寨就是马武当年练兵的寨山。马武是东汉时期的武将，西汉末年王莽篡位，马武为恢复汉室揭竿而起，在此安营扎寨，屯田练兵，后归顺刘秀，平定四方，东汉建立后，被封为大将军。马武寨是七步沟的最高峰，海拔1567米，四周悬崖绝壁、陡峭峻险，寨顶一马平川，2000亩山场，灌木丛生，适合开荒种田，林木茂密，有利于隐蔽，历代为兵家战略要地，易守难攻。马武据此屯田练兵达八年之久，马武撤兵后，人们为了纪念他，这座山被当地人称为马武寨。

2014年秋天，我登上寨顶，举目四望，看山下风光，便有“会当凌绝顶，一览众山小”的感觉，山山好风景，山山各不同；山下植被繁茂，林深树密，山间闻飞鸟声，却不见鸟踪迹，疑为飞鸟在身边，实为远处密林中。

置身于千年古寨军营，看山上草木被风吹动，使我浮想联翩，眼前犹如浮现马武当年在此练兵点将，千军万马、整齐有序、战鼓齐鸣、号角声声、刀锋向外、长枪过顶，令下如山洪，草木皆为兵。

一幕鲜活的军旅训战图展现眼前，一股旷世豪情瞬间从心头升起。

我听村民介绍，马武当年在山寨屯田练兵留有不少遗迹。当时山上没有水，士兵就从悬崖下往上拔水，时间久了，崖壁上就被磨下了一道道印迹；两个露出地面的石碓臼，这是火头军舂米用的，更加验证了当年马武屯田练兵的存在。又有神奇传说，马武在归顺刘秀时，曾把金银财宝埋在山上，并折下两根荆条作为记号。后来马武派人去取宝，没想到去找时，不仅银两没找到，就连荆条也不见了。更为有趣的是，太行山上处处可见荆条，唯独这座山上连一根荆条也找不到，却留下了这一个神奇传说。

马武寨具有东汉时期浓厚的军事文化色彩，已成为七步沟景区开发的最大亮点。目前，他们请专家考查、论证、规划远景，拟打造高品位、有丰富旅游文化内涵、有极高开发价值的、独有特色的旅游文化品牌及备受游人青睐的精品景区。

红色的记忆

八路军战地医院旧址现被建成红色旅游胜地。1941 年抗日战争进入最残酷最艰难的阶段，为了及时救治伤员，八路军一二九师师长刘伯承出于安全考虑，亲自选址，决定在七步沟设立战地医院医疗分所。

据有关资料介绍，这个医疗分所共有 20 多名医护人员，平时伤病员一般在几十人，战场吃紧时，伤病员一拨拨送来，又一拨拨转走。

七步沟依山傍水，山高林密，进可攻退可守，是伤员疗伤的好地方。当时七步沟是一个小村子，只有二十几户人家，不仅要解决医务人员的吃住问题，还要安排手术房、病房、药房。床不够时村民就把自己的门板拆下来，木板、家具等都拿出来给伤病员用，在院内外支起满满的床铺。遇到实在住不下的时候，就在山上临时搭个简易棚凑合。为防止传染，还专门固定两个院子为隔离区。据当地老百姓回忆，当时医院条件非常艰苦，冬天士兵仍然穿着草鞋，穿着单衣，一天三顿光喝玉米糊糊。村民看在眼里，疼在心上，纷纷拿出自己家并不宽裕的粮食送给医护人员。医院领导不允许随便收取群众的东西，村民就偷偷把窝窝头装进小战士和伤病员的衣袋里。七步沟村民除了完成上级分配的做军鞋、送军粮、出民兵、站岗放哨等各项支前任务，还无偿地分担着医院的工作。由于敌人严密封锁，医疗用品严重短缺，伤口用盐水消毒，许多战士因缺医少药而牺牲了自己的生命。在医院旁边不远处南大沟，当时条件艰苦，缺医少药，很多战士不幸去世。当地村民把他们埋葬在南大沟，他们之中有的连姓名都没有留下。为了洗去衣被上的血迹，医护人员用草木灰当染料。把用手工织的白布染成与八路军装相仿的灰色然后赶做军装。七十多年过去了，许多伤员至今仍长眠在七步沟这块英雄的土地上，七步沟景区正着手准备为他们建造无名烈士碑。珍惜这段难忘历史，认真开展发掘、整理、宣传工作，在爱国主义教育方面发挥作用，把这里建成红色旅游胜地。

银色的飞翔

滑雪是一项休闲娱乐项目，又是一项既浪漫又刺激的体育活动。

2011 年 12 月 16 日，《人民日报》原群工部主任李有存和我应邀参加滑雪场盛大开业仪式。滑雪场点燃了游客的银色飞翔梦，丰富了冬季旅游项目。消息传开，邯郸那些曾经看过电影《林海雪原》的人，那些看过电视播放滑雪比赛的人，还有滑雪爱好者……显得异常兴奋。

七步沟景区投资 6000 万元，建成冀南最大滑雪场，填补了冀南地区冬季滑雪体育运动的空白，滑雪不必去东北，就地在家门口实现了“穿林海，跨雪原”的梦想。

我们这个时代是个梦想成真的时代。七步沟凭借广阔的山场，加之利用冬季比周边较寒冷、存雪时间长、固雪效果好的优势，不惜重金购买具有国际先进水平的造雪、压雪设备，即便这里冬天不下雪，滑雪场开业时间也能保持 120 天左右。

七步沟滑雪场占地面积 15 万平方米，具有国际标准的中级滑雪道、初级滑雪道及练习滑雪道各一条，飞蝶雪道两条，还设有儿童娱雪区。滑雪场购买的都是国际知名品牌滑雪器具。配套设有2000平方米的滑雪接待大厅、儿童娱乐场等辅助设施，设有雪具房、咖啡屋、快餐厅、雪上用品店、医疗急救室和滑雪学校等服务设施，是集运动健身、餐饮、娱乐为一体的综合滑雪场。

他们专门从东北聘请滑雪专家，做七步沟滑雪场的经理，并带来自己的专业教学队伍。“到七步沟滑雪去!”已成为冬季的流行语。七步沟滑雪场日接待能力现在已达2000人次，银色世界，实现梦想，太行深处，任我飞翔。

七步沟景区以自然资源得天独厚、独领风骚、风姿多彩为本，以旅游文化博大精深、相互交融为魂，正在努力为把景区建设成为河北乃至全国的精品景区而快马加鞭，他们的目标能否实现？你们信不信？我信。因为七步沟景区擎旗人有着思路决定出路、多一种思路多一种出路、好思路决定好出路的执着信念，七步沟是多彩的……

贝加尔湖漫记

我最先了解贝加尔湖是在小时候上中学时老师讲苏武在贝加尔湖牧羊的故事；后来，每年到了严冬时节，天气预报常常提到有贝加尔冷风、贝加尔寒湖，提醒人们多加棉，对贝加尔湖的名字日渐熟悉，我是多么盼望有机会能亲眼目睹贝加尔湖的壮观啊！

机会终于盼到了，1998 年 8 月 25 日，河北省冶金企业考察团一行 10 人从满洲里口岸出发，到赤塔、乌兰乌德、伊尔库茨克、贝加尔考察冶金、基建、矿山、原材料等市场，我充当了随团记者的角色。为了缩短考察时间，时间安排上采用了倒插笔，考察团日夜兼程，一口气直达贝加尔地区，然后往回走逐个地区进行考察。

8 月 27 日傍晚，我们在贝加尔斯克下火车，因夜色已晚，就住在一家距岸边 5 公里远的树林间小宾馆，两人一间，虽无电视机，但清洁、安静。没有餐馆，考察团团长蔡尔佩和考察团指导兼翻译王福顺等人就从商店买来鸡蛋、肠、鱼、西红柿、挂面等，用自己带来的炊具炒菜、煮面。大家围坐在一起在异国他乡吃了一顿别有风趣的中餐。连续几天的劳累，大家一躺下就甜蜜地睡着了。

因大家看贝加尔湖心切，8 月 28 日晨 6 点，天刚亮，大家就驱车来到了贝加尔湖岸边。啊！多么美丽的湖，朝霞如金似玉，旭日冉冉升起，湖光山色辉映成一体，渔船满载而归，这难忘的时刻，为留下难忘的记忆，只听“咔嚓！”“咔嚓！”四部照相机不停地响，争分夺秒拍下难得的镜头。在这一瞬间，我拍下了“湖光晨景”“捕鱼归来”“友谊”等照片，大家又在一起拍了张集体照。大家手捧清澈的湖水，难舍难放。我们考察团来自河北一行，没有一个懂俄语的，有眼看不了俄文，有嘴说不了俄语，有耳听不懂俄语，成了“瞎子”“哑巴”“聋子”，地道的“俄盲”，幸亏考察团指导王福顺是个“俄罗斯通”，会讲一口流利的俄国话，了解俄国国情，加之又是国际经警，常来往中俄之间，有着丰富的对外交往经验，使我们受益匪浅。他总是怕我们知道的情况太少，了解不深，精打细算，合理安排考察时间，总是让我们多看看、多想想、多议议……

贝加尔湖天空是那么蓝，贝加尔湖水面是那么大，贝加尔湖水是那么清，贝加尔湖是那么深，贝加尔湖给人类留下有益的启示太多太多！看了贝加尔湖能大饱眼福，增加许多知识。为此目的，王福顺给我们做了巧妙的安排，先让我们直观地看了看贝加尔湖，掌握贝加尔湖的有关常识。贝加尔湖是世界上最深的淡水湖，占世界地面淡水量的20%，是世界上唯一没有被污染的湖泊，贝加尔湖长636公里，宽48公里，面积3.15万平方公里，最深处1620米，湖水清澈透明，一眼往下可望40余米，水质如矿泉水一样含有人体所需的多种物质。鱼类资源丰富，有1200多种，有珍奇的后贝加尔海豹，水草有500余种。它接纳了色楞河等336条大小河川，只有安加拉河从湖中流出。

为了对贝加尔湖有全面的了解，考察团一行8月28日乘汽车从湖东岸奔向西岸，到坐落在贝加尔湖西岸的伊尔库茨克考察。伊尔库茨克是俄罗斯西伯利亚地区第二大工业城市（仅次于“新西伯利亚”，为伊尔库茨克州政府所在地），是东西伯利亚地区和贝加尔地区的政治、经济、文化、交通中心，欧亚大铁路由此经过。属亚寒带大陆性气候，唯一流出贝加尔湖、流入北冰洋的安加拉河从市区穿过。伊尔库茨克主要居住着俄罗斯、布里亚特等十几个民族，现有人口80多万。工业生产主要有飞机制造、重型机械制造、冶金等重工业，还有巨大的发电站。

我们来到伊尔库茨克州政府大楼向北穿过无名革命烈士纪念碑，见到清澈无比的安加拉河滚滚东流，在广场上、路边随时可见从四面飞来的麻雀、野鸽子在来往的人群中自由自在地飞来飞去，无拘无束，悄然觅食，跟人们和睦相处，这倒是一件十分有趣的事，要在国内，这些麻雀、鸽子早就叫人逮住成了盘中餐了，在这里鸟雀与人们的相处显得很和谐。

这次考察团把贝加尔湖环境保护作为一个课题来了解。8 月 29 日上午 9 点半，考察团一行乘火车从伊尔库茨克奔向赤塔。一路上，火车从茂密的原始森林边缘穿过，大片大片高大的樟松林、白桦林、混合林，比比皆是，一闪而过，木材资源十分丰富。火车从伊尔库茨克出发，路上可见岸边建筑了许多旅游基地、疗养所、少年夏令营等。一个小时后，火车就绕湖岸行驶，公路是沿湖修建的，铁路靠湖水更近，我惊叹俄罗斯的基础设施建设能力，这公路、铁路都是通向莫斯科的，迢迢万里，得投入多大的人力物力。远望湖水是蓝蓝的，也是沉静的，湖面偶尔有船楫，岸边多是木刻楞组成的村落，时而看到水鸭在游玩，海鸥飞翔……从湖这岸向对岸望去，只见湖连着山、山连着天，火车沿湖岸绕行了四个多小时，王福顺与我对面而坐看湖谈湖议湖。我们在湖岸边的一个火车站台花五个卢布买来两条重约一斤半焦黄色的欧目烤鱼，吃着味道鲜美的烤鱼，望着烟波浩渺的湖面，心胸辽阔舒畅是不可言状的。四个多小时没眨一眼，看得那么真切，看得那么开心。

贝加尔湖水为什么能那样清澈透明呢？王福顺回答得干脆，主要是湖区全民环保意识高，管理得好。他指着湖面，谈起一次次的回忆：贝加尔湖鱼种繁多，捕鱼有固定的捕鱼场，见不到乱捕乱捞的现象……一次他见到一个汽车司机，天气炎热，用桶从湖中提水洗澡，身上打上了香皂，全身都是香皂沫，这个司机没有到湖边将身上的香皂沫冲掉，而是用水桶提水在离开湖岸边 20 多米远的地方冲洗；几位外国游客买来刚从湖中捕捞上来的活鱼，将鱼开膛，刮了鱼鳞，要端盆去湖洗鱼时，被一位十来岁的俄罗斯小孩发现，制止了这种做法，让他们用干净的盆从湖中取水到远离湖的岸边去洗鱼。俄罗斯人到贝加尔湖旅游观光的很多，一次，王福顺见到 6 位俄罗斯游客，中午在湖边聚餐，喝酒吃菜，用餐后，自觉地把塑料袋、餐盒、餐巾纸等物点火烧了，烧不着的就用土埋了……在浩瀚的贝加尔湖岸边，见不到垃圾，湖面见不到塑料、碎纸等杂物漂浮在水上。贝加尔湖的美是自然的美，是环境保护的美，是生态平衡的美，要是世界上所有的大江大河都能像贝加尔湖这样美该多好啊！

四个多小时后火车驶入莽莽原始林海，这里生活着许多寒带珍奇动物，和人们友好地生活着。再见吧！贝加尔湖！贝加尔湖水美、山美、天空美、环保意识更美，给了人们一个很好的启示！

（刊于《改革大潮赛风流》第315页）

赤塔散记

(一)

8月25日我们从满洲里口岸出发，夜宿距满洲里9公里的后贝加尔斯克。它是俄罗斯联邦赤塔州的一个小城，是欧亚大陆桥的重要枢纽站，铁路与中国的宾州铁路网直接相连，俄罗斯和东欧各国的货物、邮件均由此经满洲里直放中国内地。我们考察团一行10人住在俄罗斯饭店，房间虽小，无电视，两至三人一间，但卫生条件颇好，床单白净，客人来了枕巾一人一换，房间及走廊的地面油漆涂得很协调，给人以文雅之感，房间无开水，客人如需用开水，自己端杯子到服务室联系。夜晚听到的狗叫声不断，差不多家家养狗。第二天一大早，我们就起床了，不用一刻钟就走遍了全城，每家每户园子里种着土豆、大头菜，几乎家家都有汽车，车辆破旧些，很少见到像样的进口高档汽车，国产货占绝大多数。

26日上午九点半，我们准备从后贝加尔斯克出发。凑巧车后轮胎坏了，面包车是满洲里口岸办的，车主又没带备用外胎，这可怎么办？在俄罗斯很少见到汽车修配厂，车坏了，一般都由司机自己修理。给我们开车的司机又没带工具，这要在国内找个修理厂问题就解决了，可在这里就需自己动手。没有工具，在后贝加尔斯克一连找了两个俄罗斯司机，他们都有求必应，要什么拿什么，亲自帮助换胎充气，对中国人热情而真诚。换好后轮胎，汽车直奔赤塔，要赶480公里的路，汽车在茫茫的荒原、草地上奔驰，不时见到放牧的牛群，依稀的村落。俄罗斯的道路很好，除低洼处，公路很少有路基，路面柏油很厚，很少有龟裂之处。尽管这样，路旁还看到几处精制的铁架花环，上面附有大照片，据说他们是在交通事故中身亡的，亲友们就在出事地点安葬了他们，以便警示后人。在墓碑旁，经常可看到一些司机扔下零星卢布和物品。在俄罗斯见不到公路有收费站、汽车违章罚款的事，据说，司机违章就被吊销驾驶执照，处罚很严厉。给我们一个重要印象，司机逢到路口，都能自觉做到礼让，路上很难见到交警。到了下午两点，汽车后轮内胎又瘪了，不能动弹了，在人烟稀少的荒原上，我们拦了一辆货车，司机立刻将车停住，从他们车上拉出皮管，帮助充气、换胎，大约用了半个小时，俄罗斯司机表现得很热情，直到修完车才与我们告别。车行了一小时多点，我们又停车充气换胎，一路上，俄罗斯人都热心帮助我们，换完了轮胎，一位72岁的俄罗斯老人见了我们，跟我们接吻拥抱，连忙说，你们是中国人，来俄罗斯是朋友，中国改革开放了不起，中国伟大！后来几天，我们在与俄罗斯人接触中，看到不少上了岁数的男女老少见了我们说“您好!”“欢迎!”

晚上快到九点，终于到了赤塔。

（二）

我们考察团一行本着夜间赶路，白天考察，快节奏的思路，当晚乘火车去贝加尔。走进赤塔火车站，宽敞的候车室井然有序，卫生搞得很好。车站内有售票厅、候车室、售货部、售药部、医务室、就餐部……我们拿出护照购完车票，就来到候车室。我们几个同志要到厕所方便，车站警察亲自给带路，直到方便后又陪送回来，很有礼节。行了一天路，肚子饿了，大家来到就餐部，由翻译、考察团指导王福顺从就餐部买来熟鸡蛋、点心、面包、热茶，大家边吃边注意观察前来就餐的俄罗斯旅客，他们用完餐，主动将塑料杯、食品袋、蛋皮等物，或送垃圾箱、或放在桌边，不乱扔乱放。

候车室里的旅客虽很多，但非常肃静，没有大声喧哗、大声说笑的，看到的是，多数看书、看报，也有闭目养神的，在候车室里嗑瓜子、吃食品、瓜果的，都自觉地将果皮、瓜子皮用纸、塑料袋包好送到果皮箱内。我们把几个候车室都转遍了，个个候车室都是这样，地上没有一块纸屑、果皮，人人都养成了文明习惯，给我们留下深刻的印象。

晚上 11 点多上火车，俄罗斯火车票印有旅客的身份证号，在这里根本没有硬座号，一律是卧铺。我们上车后，服务员将包封的枕套、枕巾、床单、毛毯分送给各位乘客，旅客下车到站时，再交送给服务员。车厢内茶炉开水满足需要，厕所用水敞开。车厢座位有一两成空缺。我们在俄罗斯待了一星期，坐过好多次火车，车厢内都很整洁、安静，听不到大声说话的，没见到服务员擦地，因为大家都自觉保持卫生，用不着清扫，旅客自觉地将果皮、食品袋等送到每节车厢的果皮箱内。用完厕所后，只要用脚一踩水闸，就冲刷得干干净净。吸烟者自觉地到车厢尽头去吸，吸完将烟头放在果皮箱内。在俄罗斯考察期间给我们留下深刻的印象是，俄罗斯人整体素质高，在公共场所，自觉地养成了文明习惯。

（三）

8 月 30 日，在回国的路途中，专程到赤塔考察。赤塔是赤塔州政府所在地，是赤塔州的政治、经济、文化中心。赤塔坐落在莫格达河和赤塔河的交汇处，城市沿河建筑，居住着俄罗斯、布里亚特、达斡尔等几十个民族，38 万人。

8 月的赤塔，绿地连片，绿树成荫，鲜花盛开。宽阔的街道很整洁，建筑物具有浓郁的俄罗斯风格，建筑色彩纷呈。

赤塔始建于 1653 年，1920 年变为苏联远东共和国的首都。现有 4 个政区。赤塔的工业企业有 50 多家，主要有机械工业、纺织工业等，赤塔最古老的建筑是杰卡勃里斯托夫博物馆，其内的伊尔·阿尔汉格尔斯科教堂修建于 1776 年。赤塔市区内还有反法西斯战争纪念碑、革命烈士纪念碑等。

我们来赤塔这天，是星期天，这里休息双休日，星期天商店关闭不营业，只有到副食店、小摊点购物。这里水果、蔬菜比国内贵多了，每斤价格：香蕉 15 元、苹果 10 元、西瓜 6 元、黄瓜 3 元、西红柿 6 元……

很多下层人民是吃不到好一点的食物的，招待客人有肠、有鸡腿、有鱼便是很奢侈的。平日只有面包，大头菜拌胡萝卜。在赤塔及俄罗斯其他地方，在餐馆里看到俄罗斯人喝啤酒，有不少人只点一两道普通菜。我们在与俄罗斯人接触中，了解到他们家庭里用的电器，远不如中国，使用的 VCD、手机、BP 机，远远落后于中国。俄罗斯人的生活水平，贫富悬殊，在赤塔及其他地方常可以看到乞丐。

从赤塔归来，觉得这次出国最深的印象是：俄罗斯是一个美丽的国家，地域广大，资源丰富，尖端科技发达，全民素质高。中俄优势互补性大，在交往中，俄罗斯原材料特别多，木材资源极为丰富，全国森林覆盖率达64%，废钢铁极多，在通往赤塔各地，路边堆放的废钢铁很少有人回收，建筑市场很大，在赤塔、后贝加尔斯克，我们见到多支中国建筑队伍。

俄罗斯人赞美中国改革开放取得的伟大成就，赞美邓小平建设有中国特色的社会主义理论，提起这些，他们伸出大拇指，连声说："合罗少！"（好！）

（刊于《改革大潮赛风流》第319页）

下龙湾印象

9 月 24 日，我们乘车从广西的东兴口岸出境，跨过北仑河大桥就到了越南芒街，下午三点从芒街出发，经过六个小时行车，晚九点抵达下龙市，下龙市有一片美丽和神奇的海湾，这就是被称之为“世界奇观”的下龙湾，没来下龙湾之前，就听人讲，到过这里旅游的中国客人都亲切地称下龙湾为“海上石林”。

这次亲自耳闻目睹下龙湾，大饱眼福，太开心啦！在下龙湾海域有数不清的小岛，而这些美丽神奇的小岛使下龙湾成为越南最著名的风景区，在 1553 平方公里的海面上，星罗棋布着 3600 座大小岛屿和奇峰异石，其中近 900 个已经命名，这些小岛都是石灰岩小山峰，造型各异，景色优美，与桂林山水有异曲同工之妙，山连水，鬼斧神工，千变万化，烟波浩渺，峰岛叠翠，这些典型的喀斯特地貌的小岛千姿百态，把下龙湾点缀得美妙绝伦，令人陶醉忘情，叹为观止。

凡到过下龙湾的人，游后都会对下龙湾有极高的评价，给人最深的印象是下龙湾太有名气，联合国教科文组织于 1994 年 12 月 14 日将下龙湾列入世界遗产名录。自此，世界遗产名录中增添了独特的自然遗产，丰富了人类不朽的宝库。联合国在下龙湾遗产证书写道：“承认这个文化和自然遗产，就是肯定它的特殊价值和全球价值，应该成为全人类的利益而受到保护。”联合国自然遗产组织的专家姆·托尔歇对下龙湾评价道：“下龙湾水面突起的石灰石山，是独特的绝美的自然景致，得天独厚，各种考古遗产尤其特别，值得一种自然遗产受到保护并列入世界名录。”多少世纪以来，下龙湾不但是越南诗歌、音乐、绘画、电影无穷尽的灵感源泉，而且对来访的外国诗人、作者而言，也是富有魅力的题材。我国诗人萧三认为下龙湾是地球上独一无二的，只有天上的桃源能比美：下龙湾　美绝伦　突起山山岛岛成千万　难道桃源是在天上有　眼前奇观一层层（《下龙湾》）。

越南人为拥有美丽神奇的下龙湾感到自豪，将下龙湾称为世界第八大自然奇观；美丽神奇的下龙湾吸引着世界各地游人接踵而来。

下龙湾有神奇古老的传说，给游人们无不留下深刻的记忆。下龙湾位于越南东北，距首都河内165公里，下龙湾与我国防城港和北海港的距离约150海里。晚上从防城港或北海港出发，清晨可以抵达，我们这次去下龙湾考察是走陆地。下龙湾，顾名思义，下龙即龙下降。下龙湾的名称究竟渊源如何？始于何时？在民间，长期以来一直流传着关于下龙湾及其名称来由的神奇故事：

越人立国之初遭到外国侵略，上天派遣母龙带一群子龙下凡帮助越人抗敌，敌舰从海道汹汹而来。群龙立即喷下无数个珍珠，化成千万个小岛，结成坚固的城墙，突然挡住敌舰的去路，正在飞驶的敌舰突然受阻，互相碰撞或撞着石岛，碰个粉碎，敌人被歼灭后，群龙不想返回天上，而是留在凡间，母龙降落的地方为下龙，子龙降落的地方是拜子龙，群龙搅起白浪之处是龙尾，即今日有延绵数十公里细腻沙滩的茶古半岛。

下龙湾是造化奇伟的造型艺术作品，是雕刻与绘画，刚劲的宏观性和柔和梦幻性的和谐结合，它不是静态艺术作品，而是随着时间、观察角度不断改变形状颜色，变幻莫测，成为人们记忆中的一个深刻印象。

地球上没有任何海岛区像下龙湾这样，在不大的面积上，冒出成千个千形万状的石岛。有的地方岛屿密集，远远望去仿佛互相重叠，有的地方排成一溜，延绵数十公里，有的地方断裂开来，一起一伏。

游下龙湾，最有趣的莫过于乘汽轮轻轻荡漾，穿行于神秘的岛林中间，观赏忽隐忽现的海天。

汽轮驶出海面，展现在我们面前的是一连串的小岛，如丁香岛、屋顶岛、斗鸡岛、乌龟岛、香蕉岛、龙岛、贞女岛等，就像一座长城，连接着水和天，等走近了，城墙突然破裂，变成一个个独立的大小岛屿，这些小岛千形万状，景色各异，使游人们产生各种各样的想象，远远望去，龙岛就像一条巨龙，丁香岛就像一朵含苞待放的丁香花，斗鸡岛就像两只雄鸡正在搏斗。更为奇特的是这些小岛会随着汽轮的移动而变化。乌龟岛远看就像一只巨大的海龟在爬行，但当汽轮驶离乌龟岛几十米时，它的形状就发生了变化，展现在眼前的是一幅充满神奇色彩的景象，似乎是神仙移动了这座大海中的石山。曲折的通道在你眼前展开又忽然封闭，后面有时是白云缭绕，有时是急驶的帆船，景物变化多端。汽轮行驶在狭窄的峡谷中，蓦地冒出一溜石岛拦住，疑为无路，但一走近，石岛便闪过一边，意外的通道把你引进默默沉思的岛林，这简直是人与自然在捉迷藏，使游客捉摸不定。

下龙的美不仅表现在山势天色，而且潜藏于山洞里。数十个山洞分布在海湾，集中于世界遗产区。现在已经发现并开放迎宾的山洞中，要数新近发现的天宫洞最有魅力，通向洞口的路陡峭，穿过缠藤蔓葛，风兰花香四溢，间或响起婉转的鸟鸣，仿佛在邀请欢迎来客。天宫洞呈长方形，长 120 米，宽 25 米，高 20 米，长度取北南走向，从洞口往里看，就有规模宏大旷大之感。走进洞里，更被天然的奇伟迷住。东西相对洞壁上是两幅巨大的浮雕，线条粗细有致，刚劲有力。这里是卧象飞马踞虎，那里是战兵甲马，刀剑闪闪。仰望东边洞柄，可见天府生动的人物形象：玉皇、雷公、南曹、北斗，须发如云。还有美丽的仙女，衣裳飘飘，舞姿翩跹。洞顶空悬着曾经大闹天宫的孙悟空的神棒，不时发出亮光。此棒笔直，长两米，圆柱形，一端靠在洞壁上，每一个洞壁都是一个绝品，每一个洞室都是一项杰作。

下龙湾动植物的丰富性是留给我们的又一个深刻印象。下龙湾有一千多种鱼，其中 730 种已命名，这里的环境几乎适于一切热带鱼类，这里盛产珍珠、海虾、海蟹、鱿鱼、沙虫……

下龙湾内的石岛林形成庞大的池塘，适合多种鱼类的生活条件，浮游生物从河口注入，给鱼类带来大量的食物，下龙湾的鱼类终年稳定地生活而不迁游。下龙湾还有著名的海产，如海参、鲍鱼，过去只有帝王才能享受，红蚶也曾一度驰名印度支那，下龙湾畔的市场摆满了生猛仙灵的虾蟹、鱼螺，展示下龙自然资源的优厚。下龙海里水族繁多，岛上的树林也日夜活跃着各种飞禽走兽，颇常见的有白头鹦鹉、羚羊、蜥蜴、梅花鹿、猴、鼠身蝙蝠等，具有医学价值的身小红臀红鼻猴。热带林岛有青鸟、斑鸠、雷鸡、啄木鸟、翠鸟、八哥、白鹭等，每天清晨，鸟类便唧啾鸣啭。下龙诸岛植物丰富，有厚生林、人工林，有珍贵木材和花卉。

我们一行在越南下龙湾逗留虽仅三天，但下龙湾给我们留下了许多深刻的记忆。从越南归来，选购物品做纪念，当然，从下龙湾市场选购经济实用的木雕工艺品、煤雕工艺品、牛角梳、越南产香水、橡胶拖鞋等做纪念品，这一件件纪念品，将使我们对下龙湾的印象留得更久，记得更深……

（刊于《改革大潮赛风流》第 324 ~328 页）

“女儿国”纪行

人们提起美丽的泸沽湖，就自然联想起神秘的“女儿国”。泸沽湖畔的摩梭人至今仍完整地保留着女性当家和女性成员传宗接代的母系大家庭以及男不娶、女不嫁，婚姻双方终生各居母家的阿夏婚姻形态，被国内外专家誉为“人类母系文化的最后一片净土”。

六年前我曾随团去过泸沽湖，今年三月中旬又随团重游泸沽湖，两次游泸沽湖，给我留下美好的记忆，使我更加深刻地了解摩梭人。归结起来印象最深的有三点。

一是泸沽湖美丽的自然景观和神奇的传说融为一体，使“女儿国”引人入胜。3 月 20 日春光明媚，我们从攀枝花坐大巴汽车经华坪、宁蒗两县，翻山越岭，在山路间奔驰八个多小时，就到了拥有独特的摩梭风情和秀丽的山水风光的泸沽湖，它被列为国家风景名胜区、省级旅游区和省级自然保护区。

泸沽湖地处滇西北高原群山丛林之中，位于云南省宁蒗县永宁乡与四川省盐源县的左所交界处，是由断层陷落而形成的高原湖泊，湖面海拔 2685 米，湖水面积 52 平方公里，最大水深 93 米，平均水深 45 米，10 米以内游鱼可见，是我国深水型淡水湖泊，属国标一级饮用水质。泸沽湖中有五个全岛，似一串晶莹透亮的绿宝石镶嵌其中。三个半岛蜿蜒起伏的山梁，一道道从远处直伸湖中，好似一条条蛟龙戏水，又似群龙夺珠般挑起湖水几个岛屿。泸沽湖因其形酷似葫芦而得名。

泸沽湖畔世世代代居住着摩梭人。摩梭人在远古的时候，属于羌人部落之游牧者，在向自然索取物质条件的漫漫岁月里，从黄河、赐支河、湟河三河之间的青海一带向南迁徙，最终定耕定牧在以泸沽湖为中心的宁蒗县的永宁、拉伯、大兴等地，至今人口有15000多人。摩梭人没有文字，但有自己独立的语言，有自己的音乐舞蹈、服装服饰、房屋建筑、饮食习俗、婚丧礼仪等灿烂的民族文化。

来泸沽湖坐猪槽船游湖，可称一大乐趣。三月中旬和煦的春风吹来，湖水碧波荡漾。湖水环境保护极好，这里没有用油做燃料的汽艇，每只猪槽船可坐8个人，摩梭女坐在船头上摇桨，上穿金边大襟衣，下穿百褶裙，腰系宽花格带，头盘加有牦牛尾毛的粗辫，放开歌喉，唱起一首首泸沽湖风情的歌曲。一只只猪槽船并排而行，清脆嘹亮的对歌声此起彼伏，湖面的海鸥、野鸭子与人和谐相处，同欢共舞。游泸沽湖，坐猪槽船，看狮子山，不由想起泸沽湖与猪槽船的传说，使泸沽湖蒙上了一层神秘光环，增添了了解“女儿国”的情趣。

记得六年前，我第一次来泸沽湖，这里的摩梭人导游跟我们讲起狮子山与泸沽湖的由来及猪槽船的故事。

传说，在很久以前，有一位女神叫格姆，巡游在永宁坝的上空。有一次，格姆女神与一位名叫吕那古尔的男山神相遇并相爱，不久便结成阿夏关系。每当夜幕降临时，吕那古尔山神就骑上骏马，从远方赶来与格姆女神幽会。他们不能昼夜厮守在一起，必须夜间来相会，黎明前离开。有一天晚上，吕那古尔山神又来与格姆相会，他俩纵情欢娱，忘记了时光流逝。待吕那古尔山神睁眼醒来时，天边已泛起鱼肚白，他猛唤醒仍依偎在自己怀中的沉睡的格姆女神，慌忙跨上马背，飞驰而去。这时，天神已设下陷阱，使男神马蹄深陷泥潭里不能自拔，男神的马顿时变成一股青烟腾空而去，只留下一个深深的马蹄印。格姆女神见自己的阿夏被天神处罚，非常难过，去追赶男神，追至马蹄前天已大明，她再也不能向前追赶，悲痛地号啕大哭起来，泪如泉涌，男神的马蹄印被格姆女神的泪水注满，变成泸沽湖。为了与情人朝夕相处和寄托自己的思念之情，格姆女神将天神赐赋的护身符中的珍珠撒在湖里，变成了几个小岛，而女神在悲痛中化成了一座狮子山伏卧在马蹄印前，永远仰望着情人飘逝的方向而凝然不动。从此，人间便有了雄伟的狮子山和泸沽湖。

猪槽船，形似猪槽，是泸沽湖畔的摩梭人用来捕鱼捞虾，运柴火杂物，来回走婚所用的水上交通工具。这条独木舟伴随着摩梭人演绎出许多悲壮离奇的故事。

传说，很久以前，现在的泸沽湖底原是高原盆地，盆地中央坐落着一片村庄。村中有个哑巴孤儿，以帮人放猪为生。他常赶着猪群到村东头那个山崖下的出水洞口放牧，饿了就烧几个洋芋吃，渴了就喝几口洞内流出的清泉水。一天，烈日将人照晒得口干舌燥，哑巴口渴难忍，正要往洞里舀水喝，发现洞内泉水断流，哑巴爬进洞内察看，原来是一条大鱼堵住了洞口，哑巴见之大喜，拔出弯刀割下一块鱼肉烧起来就吃。第二天哑巴又赶猪到洞前放牧，发现昨天刚割过的鱼肉已全部长齐复原完好无损，哑巴又割下了一块，美餐了一顿。第三天、第四天也是如此。过了很长一段时间，村民们发现，哑巴长高了，长得很结实，每天也不带洋芋午餐了，牧归时又是饭足肉饱的神色。村里人感到奇怪，有人尾随哑巴前去看个究竟，结果很快发现了这个秘密，人们奔走相告，这一消息被村中一个贪婪的财主知道后，想把鱼占为己有，派了九九八十一个长工，赶着九头牛拖着这条堵塞在洞口的鱼。长工们用了九牛二虎之力，终于将鱼拖出了口。洪水伴随着被拖出的鱼喷涌而出，淹没了村庄。这时，有一位正在喂猪的妇女，急中生智，迅速跳进猪槽内，顺手抓了块木板用力划，逃到安全的地方，这位靠猪槽船幸存下来的妇女繁衍了泸沽湖畔摩梭人，而这条猪槽船成为泸沽湖畔摩梭妇女生活中不可缺少的交通工具。

二是“女儿国”摩梭人的婚姻形态，耐人寻味。到过泸沽湖的人，无不对这里摩梭人的婚姻形态产生极大的兴趣和关注。一般说来，摩梭人婚姻有三种形态，以阿夏异居婚为主流。阿夏，摩梭意思为情侣，对自己爱人的一种亲昵称呼。阿夏异居婚即男不娶，女不嫁，男女双方终身在各自母家生产生活，双方除了婚姻关系外，没有家庭经济关系，其子女由母抚养，住在女方家。男方视自己的经济能力，给予帮助和关爱。男女双方一旦确立阿夏的关系，男阿夏在完成一天的生活劳作后，黄昏时刻到女阿夏家去夜宿，女阿夏则在自己的花楼中迎接他的到来。翌日清晨，男阿夏们陆续走出各自女阿夏的家门，回到母亲家里，开始一天的生产生活。阿夏双方感情一旦破裂，离异自由，所生子女随母，由母亲方独立承担抚养教育义务，无财产纠纷，不会因为婚姻的破裂而产生敌意。有的游客到泸沽湖开玩笑地说，咱们也来一次走婚。玩笑归玩笑，其实这是一种误解，阿夏异居婚是要靠道德、靠舆论、靠阿夏双方的感情基础来决定的婚姻关系，不少人把这种阿夏异居婚誉为一片人类最文明、最纯洁、最不被污染的感情圣地。

摩梭人除了主流阿夏异居婚外，还有阿夏同居婚形态，阿夏双方不再各居母家，而是同居某一方母家生活劳作，和这个家庭其他成员共同担负抚养子女和赡养老人的责任。

此外，还有一夫一妻制小家庭婚姻，脱离母系大家庭自立门户，他们的婚姻不是母系大家庭中的一个组成部分，而是从母系大家庭中分离出来而成为自己小家庭的独立支撑者。摩梭人到外省市工作，结成婚姻形态，属于小家一夫一妻制小家庭婚姻。

我这次来这里，在泸沽湖住了两天。接触了一些摩梭人，跟他们谈起阿夏异居婚时，他们说出好多条优点，我概括起来有四点：第一，家庭成员同是一个母系血缘关系，人与人之间有宽松和谐相思长恋的关系。第二，母系大家庭以自身的人口和经济优势保障了赡养老人和抚养小孩的物质条件和人力的安排，体现了老有所养，少有所扶。第三，婚姻双方除了爱情无须顾及其他因素，家庭本身对所有成员的婚姻除了必要的正面帮助外，不会过多干涉，体现了婚姻自由。第四，由于摩梭人阿夏异居婚视父亲的甥辈和舅舅子女为亲兄弟姐妹，忌讳谈论爱情、婚姻之类，避免了近亲结婚，并从血缘和遗传学上保障了后代的优生。摩梭人的婚姻形态，唤起社会各界普遍的兴趣，有的认为它的存在是人类历史文明的精华，也有的将其与人类历史发展最原始最落后的古代群婚联系在一起。究竟是文明精华，还是历史糟粕，只有靠你在泸沽湖旅游中加以思索，去寻求答案。

三是“女儿国”靠开发旅游业致富，令人羡慕。

1997 年我第一次来泸沽湖，就住在湖西面的落水村，一个当时食宿及旅游服务属刚起步阶段的民俗村。六年过去了，今日的落水村发展很快，已成为泸沽湖旅游业发展中综合服务功能较成熟的中心点。以村为单位开发的骑马观光、猪槽船游湖、晚间歌庄联欢，参观摩梭民俗博物馆等，集游、购、娱项目和民俗家庭式食宿为一体，备受游客青睐，成为旅游者的首选游览和下榻地。

3 月 21 日下午，我们绕着落水村转了一圈，所到之处全村 72 户家家户户都在新建和扩建宾馆、旅社，摩梭人依山傍水而居，宾馆多为四合院，颇具民族特色，少则有 20 多个床位，多则有 80 多个床位。根据游客需要，宾馆备有高、中、低档房间，服务设施齐全，家家都接待游客。村里将骑马、划船游湖编为两个组，一周一轮换。

除了开发旅游业，他们还种植包谷、土豆等。牛、羊、猪是用绿色饲料喂养，肉质高、味道美。据了解，2002 年落水村户年均收入突破 10 万元，全村人年均收入 15000 多元。改革开放使摩梭人走上致富路，改革开放已使全村 50 多人走出家门，走出省、市，去开辟自己的事业。

（刊于《改革大潮赛风流》第 356 页）

神农架之行

9月中旬，我第一次游览了慕名已久的神农架。神农架的神奇，掀起我感情的涟漪。

闻名于世的神农架是我国灿烂文明发祥地之一。上古时代，中华民族大的始祖炎帝神农氏曾在这里发明了稼穑蚕织，遍尝百草，拯救了很多宝贵的生命。人们为了纪念他，就将这一带千里山林叫做“神农架”。

神农架位于湖北省西部，属大巴山延伸部分，是我国西部高山向东部丘陵的过渡区域，面积3250平方公里，最低海拔480米，最高“神农顶”海拔3105.4米，是华中第一峰。

神农架有完整的亚热带森林生态系统，丰富多样的生物，绚丽的自然风光，吸引了一批又一批科学工作者和自然爱好者，这里成为多种学科的研究基地，也是旅游观光、享受大自然美景的胜地。

神农架以“绿色宝库”誉满全球。1990年12月，神农架自然保护区被联合国教科文组织接纳加入了“人与生物圈计划”国际生物圈保护区网。神农架还以“‘野人’之谜”举世瞩目。凡来过神农架旅游的人，无不为神农架“奇异”二字所吸引：这里有数不清的奇峰异石、奇水异谷、奇树异木、奇花异卉、奇禽异兽、奇药异材、奇洞异穴、奇景异观、奇传异闻……在神农架游览，不仅使人产生一种回归大自然之感，而且能广开视野，增长见闻，陶冶情操，开阔胸怀。

(一)

9 月 17 日我来到神农架办好了住宿手续，就徒步行至林区科委办公大楼，去参观神农架动植物标本馆。耳闻目睹神农架“奇异”生物圈的丰富内涵。

跟随讲解员，进入第一展馆是植物馆。我认真听讲解员介绍神农架自然保护区植物区系丰富多彩，充分显示植物具有古老、特有和珍稀三大特点，神农架因而素有“绿色宝库”“物种基因库”“百草药园”等美称。神农架区内有高等维管束植物 2419 种，植物馆内珍藏 2000 多种、12000 多号神农架植物标本，属国家重点保护植物的珙桐、香果、银杏、莲香、篦子杉等 60 余种古老孑遗物种素有化石之称；药用植物超过 1800 种，其中著名的有头顶一颗珠、文王一支笔、江边一碗水、七叶一枝花等珍稀药材，使人大开眼界。“咳！这太珍稀啦！”引起游客的注意。馆内还珍藏着 1989 年采挖到的一窝特大何首乌标本，为一公一母一子，皆佛姿神态，栩栩如生，计重 10 余公斤，堪称世界一绝，令人叹为观止。

第二展馆最吸引游客。馆内是一个令人眼花缭乱的神农架动物标本，讲解员边介绍边指着标本让我们看，馆内大致按鸟类、兽类、鱼类、昆虫类排列，有 400 多种，1000 多号。

鸟类中最引人注目的是属国家重点保护物种的白鹳、飞鼠、白冠长尾雉。除此之外，还有凶猛的鹰雕，小巧的太阳鸟，别致的灰斑角雉，奇异的琵琶鹭，美丽的红腹锦鸡和耐人寻味的相思鸟等，个个活灵活现，真讨人喜爱。

讲解员用指示棒着重介绍神农架珍稀动物。介绍到飞鼠时分外引人注目。飞鼠属鼠类，面部像狸，眼睛似猫，嘴巴如鼠。全身毛呈棕黄或棕褐色。头部有少许黑毛，耳朵像兔爪子般锋利，尾巴又粗又长，最大的飞鼠体重可达十多斤。它能像老鼠一样打洞，像松鼠一样爬树。它又与鸟类相似，有两只类似“翅膀”的蹼，能从高空一飞而下，故而得名飞鼠。飞鼠的蹼生在左右的前后肢之间，是皮质的。上面遍生绒毛，毛色棕褐。蹼呈长方形，大的可达两尺多长，五六寸宽。飞鼠就靠这两片蹼滑翔，其冲刺却堪与鹰雕媲美。

飞鼠滑翔凌空而降，呼呼作响，一滑翔就是千米远。滑翔途中，双蹼同时兼有武器的作用。蹼的外缘呈锯齿状，遇有藤类枝条挡住去路，锯齿过处无不立即断为数截。

飞鼠还有一个“催生子”的别名，“催生子”即催产婆的意思。相传古代有位孕妇，因家务纠纷想不开，独自偷跑到山崖间欲寻短路。正当她颈套青藤，身体悬空之时，恰被一只飞鼠撞着，青藤被割断，孕妇得救了，婴儿也因此提前出世了，人们因此而认为飞鼠是专司催生救命的神鸟。“催生子”的美名也因此被公认并日益流传开来。飞鼠全身是宝，皮毛细亮如丝，光滑柔软，可与水獭皮、貂皮相媲美。飞鼠排出的粪便，是专治妇科病的良药，名为“五灵脂”，可调经活血、滋阴补气。

神农架野生动物资源极其丰富，兽类无奇不有。现知脊椎动物336种，其中属国家重点保护动物的有金丝猴、红腹角雉等四十余种，还多次发现白熊、白獐、白鹿、白蛇等白化动物。在兽类世界最受关注的当然要数国宝金丝猴，它生活在海拔1500米至3000米的密林中，在野生动物王国里，金丝猴属于“名门望族”。这不仅因为金丝猴是我国特有的动物，还因为神农架的金丝猴具有许多别地金丝猴难以相比的优点。我国有三种金丝猴，分别叫做金丝猴、灰金丝猴和黑金丝猴。灰金丝猴主要分布在贵州一带，黑金丝猴主要分布在川藏交界之处，金丝猴主要分布在川东、陕南和神农架地区。神农架金丝猴具有种群更多、数量更大和更灵巧、更娇美的特点，因而更备受重视。仅在神农顶、大小神农架及金丝岭一带，就生活着数十个金丝猴家族，数量至少在2000只以上，游客们为之叫绝，专家们为此倾心。

神农架的金丝猴外形特别，的确好看，惹人喜爱：吻部鼓起明亮的眼珠，上翻的鼻孔，生花的颜面和微笑的吻部，自然构成一幅精灵像。它的身上毛发柔而长，肩部的金黄色，背部的猩红色，腹部的蛋黄色，无不酷似金丝。它的尾巴拖着犹如一条裹着金线的长鞭，杵在地上像一道扎深海底的彩虹，高翘起来又似一根上指云天的画戟。神农架的金丝猴堪称精灵！它们是以家族为单位群居的，一个家族少则几十只，多则数百只。金丝猴家族是一个充满欢乐气氛的家族。家族内的所有成员都是一流的杂技演员，玩起“空中飞人”堪称一绝。金丝猴天生机警、聪明。农民耕地，它们远远学着，一举一动像得很。在金丝猴家族中，猴王的权力至高无上。家族内纪律严密，外出觅食，只能在猴王规定的范围内进行。觅食中猴王安排有“哨猴”。哨猴都是死心塌地效忠猴王的亲信，忠于职守，选择最高处蹲着，眼观六路，耳听八方。猴王最富有牺牲精神，在同异族搏斗的关键时刻，总是冲锋在前，因而受到族员出自内心的拥护和尊重。讲解员紧紧抓住游客的心，使大家记得那样牢固。

神农架已发现鱼类35种、两栖类12种，昆虫类尚未全面考察，已展出的昆虫标本就有27目，占全国昆虫目数的81.8%，它们之中最招人喜爱的是各种蝴蝶和一只号称世界蚊王的老爷蚊，这只蚊身长寸余。讲解员稍停了一会，“哎呀！这太可怕了！”游客中有人说道。“不要怕，这蚊子竟不咬人。”游客的心一下子松了下来。神农架虽有如此蚊王，却无讨嫌的夜蚊子。

（二）

参观神农架动植物标本馆后，我真觉得“奇异”生物数不清。不到神农顶，枉来神农架。第二天一早，我们就上山。客车在峻岭中盘旋。一千米、两千米、三千米……一路上，从窗外望去，无不体现出奇峰、怪石、云海、温泉、飞瀑，谓之神农架“五绝”，尤以奇峰、怪石为最，堪称绝妙景观。

在崎岖的山路两旁，处处可见奇松柏，郁郁葱葱，生机勃勃，千姿百态，耐人寻味，妙不可言。岩松叶墨绿，顶平如削；迎客松枝丫随风摇曳，像是向客人招手致意，欢迎光临；蒲团松平整地向四周伸展，树冠恰似蒲团，又像撑开的一把太阳伞，为游人遮阴避凉；凤凰松状似展翅的凤凰，腾空欲飞；黑虎松，枝叶黛绿，昂首挺立，威武雄壮；形态各异的卧龙松、麒麟松、探泉松、龙爪松、连理松……都富有不同的情趣。在松林间，怪石鼎足而立，如同松林中长出的石笋。

到了！到了！

客车停下。

我一鼓作气登上了神农架主峰顶的瞭望塔，俯视四野，尽收眼底，足下秀峰重重，峭岩叠叠，险处如天降，群山连绵起伏，处处千姿百态。神农顶端，岩石裸露，石林耸天，不见树木，唯有苔藓、蕨类铺在地上，神农架的小气候特征十分明显，植被类型多样，有明显的垂直分布规律。瞧瞧半山坡，鲜明地分出三个层次来，下层是葱绿的竹林带，中层是墨绿的冷杉林带，上层是杜鹃林带。

接着，我们来到神农顶西侧一迷人的山口，名叫风景垭。风景垭得名于亚楠幽幽深谷中的景观。从风景垭往下看，只见千丈绝壁下浓雾正缭绕漫卷，绝壁下的千峰万壑顿现惊心动魄的狰狞，四周山坡有茂密的原始森林，烂漫的山花鲜果，动听的鸟鸣和浓郁的药香，我仿佛置身于蓬莱仙境，赞叹声不绝于耳。我站在风景垭的标碑旁，“给我拍一张!”小刘手忙脚乱地选角度。只听“咔嚓!”一声把我和美景留在了相机里。

神农架奇异的自然景观，使我顿觉心旷神怡。

（三）

神农架珍稀的一草一木，一鸟一兽，一鱼一虫，无不流传着神奇古老的传说，这些富有想象力的故事，更为有力地展现出美丽的神农架神奇般的魅力和别致的情趣。我来神农架听导游讲了许多故事：

故事之一，珙桐树的故事。珙桐树系珙桐科，落叶乔木。一百万年以前，珙桐在世界上众多树种中属于旺族。第四纪冰川给珙桐造成了一场灾难，世界各国的珙桐相继灭绝。当时冰川在中国这块土地上的分布与欧美不同，珙桐少数族员竟能大难不死，在神农架幸存下来，被植物学界誉为“活化石”，列入我国一级保护树种。

珙桐生长在神农架的密林中，珙桐树形端直，高大挺拔。开花洁白，花片下面有两片白色的大苞片。一眼望去，恰似一只只白鸽落在枝头，这就是人们常说的“鸽子花”。

相传，很久以前，有位皇帝生了个女儿。女儿长得聪明伶俐，皇帝视女儿为掌上明珠，取名白鸽公主。一次皇帝带着白鸽公主出游，在一个山村歇息，村里走出一个名叫珙桐的小伙子，长得英俊剽悍。白鸽公主从心里喜欢上了珙桐，悄悄跟珙桐订了婚。这事让皇帝知道了，堂堂皇上的千金小姐，岂能与村民通婚？为了让白鸽公主死了这条心，皇帝暗地里派刺客杀死了珙桐。白鸽公主得知珙桐被害，着白衣白裙白鞋白袜，头系白帕子，深夜逃出皇宫。找到珙桐被害之处，白鸽公主痛哭失声。就在这时，平地生出一棵小树苗，转眼间长成了一棵枝繁叶茂的大树，白鸽公主认定是珙桐变的。白鸽公主伸开双臂向珙桐扑去，顷刻间，变成一朵朵洁白的花，挂在了枝头……

如今，珙桐树不仅在我国庐山、井冈山、上海植物园、云南热带植物研究所等地落户，而且作为友好使者，载着中国人民的深情厚谊漂洋过海，在世界各国繁衍开来，被誉为“中国鸽子树”。

故事之二，娃娃鱼的故事。娃娃鱼又名大鲵，为国家一级保护两栖动物。娃娃鱼皮光滑多黏液，背呈棕褐色，有不规则的深色斑块，头长得胖乎乎的，前肢后肢长得像娃娃的手，被人们叫做娃娃鱼。娃娃鱼憨厚老实，反应迟钝。喜欢在水质清净、水流湍急的石缝、岩洞内潜息。人们捕捉娃娃鱼很容易，看准了走进溪里伸手可捉，捉到手里不用担心它逃走，滑入水中原地不动让你再捉。神农架地区娃娃鱼数量很多，遍及溪流，而且重量居世界之冠，1971 年有人曾在神农架捕获一条重达 120 多斤的娃娃鱼。

相传很早的时候，神农架的溪流中有很多娃娃鱼。娃娃鱼的天敌很多，老鹰、蛇、大鲢鱼、水獭都把娃娃鱼当做美味佳肴。有一年，天上太上老君的仙鹤童子偷着下凡，它一来就抓娃娃鱼吃，娃娃鱼的肉又鲜又嫩，比吃什么都有味。于是它就选了一洞穴躲起来，白鹤的食量很大，不分昼夜地抓娃娃鱼吃，娃娃鱼眼看越来越少了。于是娃娃鱼躲进了一个深潭里不敢出来，躲了 49 天，娃娃鱼再也憋不住了，估摸着白鹤耐不住饿，飞走了。谁曾想，领头的娃娃鱼刚一冒头，饿红了眼睛的白鹤就一口叼住了它，水底娃娃鱼见此情景，一个个都浮了起来，它们搅动着水花，愤怒吼叫着。吼声飞上九天，惊动太上老君，他驾云来到神农架，正见白鹤往水里飞扑，赶紧用拂尘一甩，白鹤噗的一声变成一块石头。

娃娃鱼们磕头谢救命之恩，太上老君很过意不去，连声说道：

“我把你们变成人”。太上老君用泥巴给他们做手脚，刚做完手脚，天鼓敲响了，太上老君叹了口气跺了下脚，就上天去了。所以到现在娃娃鱼只有手脚像人。

娃娃鱼至今已成为重点保护对象，任何人不得捕捉。在神农架，盛行一种让客人高兴，同时可以领略一番娃娃鱼憨态的习俗。初到神农架的客人，主人往往会演出一出“恶作剧”为客人接风。将几斤重的娃娃鱼提起来送给客人，吓得客人惊叫着连连后退，于惊奇中增添了乐趣。“恶作剧”结束，主人又将娃娃鱼放入水中，并不伤害。

神农架的神奇传说故事讲不完……

神农架，神秘的架。

神农架，迷人的架。

（刊于《改革大潮赛风流》第 348 页）

美景撷粹

MEIJING XIECUI

滦州古城采风

古镇游成了近年来非常热门的旅游主题，感受古城悠久历史和特色建筑，欣赏灿烂的民俗文化。

——作者题记

辽国的“国王”和“皇后”率领身披盔甲的仪仗队出城迎客，俨然一场“穿越秀”，“大美滦州已备好美酒佳肴，恭候八方朝拜的大臣进城就座”，这是2012年10月初，颇具独特历史特色的滦州古城核心旅游区落成，举行开城大典，拉开了旅游大幕时的情景。从那时起，我就萌发了寻机到此观光采风的念头。

时下，全国正兴起古镇开发热，原生态的古镇资源更受热捧，南方的云南丽江、湖南凤凰古城、浙江乌镇和北方的山西平遥较为著名。滦州古城复建成功填补了北方历史文化旅游的一项空白。滦州古城在旧县城内复建，占地面积2000亩，东西长1670米，南北宽900米，投资52亿元，计划5年建成，规模宏大，目标是打造成国家5A级景区及北方汉文化载体，集旅游、文化、商业、居住于一体的国内一流旅游度假胜地。它的横空出世，备受世人注目，人流、物流、资金流接踵而来，不仅引来云南、北京、天津等外地的商人，还吸引泰国、缅甸、韩国的客商纷纷来此置业，现已有400余家商户入驻，游客从四面八方纷至沓来。

古城复建特色

我期盼游览滦州古城的夙愿实现了。2013年11月3日，我随中华大地之星采风团一行来到滦州古城采风。大家先参观滦州古城复建沙盘展示，对古城的规划、建设有了清晰了解。

接着，我们走出沙盘室，被路北边一大片古建筑群所吸引，哇！想不到滦州古城还会出现这么宏伟壮观、风格独特、文化深厚、风情浓郁的文化旅游区，深感惊奇、震撼、兴奋！

远看大街小巷、酒肆茶楼到沿街的客栈商铺均是青砖灰瓦、古香古色的，建筑特色突出个“古”字，明清建筑风格为基调，建筑形式多姿多彩，萃取中华民族建筑经典。

古城的园林绿地体现出江南水乡特色，环境布局凸显小桥流水，花木繁荫，庭院深幽，古朴典雅，步移景换，美轮美奂，美不胜收。

古建筑群中最为“抢眼”的当属四合院。四合院是中国顶级生活居住形态代表，建筑之雅致，结构之巧妙，是我国古老、传统的文化象征。“四”代表东西南北四个面，“合”是合在一起形成一个口字形，这是四合院的基本特征。从外面看四合院，每栋都是斗拱飞檐，青砖灰瓦，雕梁画栋，周围环境显得宽敞而宁静。走进古香古色的门楼，正面是两层的楼房，坐北朝南，通风性能颇佳；东面与另一栋四合院仅一墙之隔，西面则是一层的配房，里面设有厨房、卫生间、餐厅、储藏室……露天的方形院落由青石板砌成。四合院内，可以见到影壁、垂花门、石雕、砖雕、木雕，处处显露出明清盛世胜景。

徜徉在古城，映入眼帘的是雄伟的东城门，宽阔的迎宾广场，高矗的紫金塔，粉刷一新的关帝庙、钟鼓楼、滦州衙门、古戏台等特色鲜明的景点……我们把一个个美景全捕捉记录在相机镜头里。

畅游江南韵味楼台亭阁、韩缅异国风情商货一条街，婚俗文化、庙会文化、休闲养生、小吃烧烤等 8 条主题商业街……耳闻目睹激情篝火晚会、冀东大秧歌、腰鼓、东北二人转……丰富多彩的文艺活动，滦州古城一幅幅穿越时空盛世的画卷尽收眼底，使我感受到滦州古城有无限的魅力。

据了解，东城门、万佛塔、文姬楼、衙署等一大批标志性景点现已建成，滦州古城旅游核心区包括北方古街博览区、传统民俗旅游区、滦河文化风景区、北方美食杂荟区、北方文化传承区、宗教文化朝圣区、北方婚庆体验区、中国古代养生区等已完工。滦州古城完全具备吃、住、行、游、购、娱六大功能，达到国家4A级景区标准。

滦州古城以展示历史文化为核心，再现一部农耕文明与游牧文明之间碰撞、融合与发展的近代史，勾勒出一幅各个历史时期北方古镇的社会生活画卷。同时汲取中原、江南、西南等地区的民居文化精髓，成为集中式建筑文化之大成的现代性古建筑群落。如今，滦州古城的崛起使这座千年古城的历史符号变为历史存在，滦州古城已当之无愧地成为滦县最耀眼的一张名片。

滦州古城成为京津冀游客不可不到、不可不看的地方。

古城背后故事

滦县倾力打造文化产业的目标锁定在滦河畔的“滦州古城”，再造与复兴的优势在哪里？我们在采风中多方了解到，古城历史悠久深远，文化灿烂辉煌，传承、挖掘使命压肩，古城演绎故事魅力横溢，复建滦州古城受益于得天独厚的优势“故事群”。

故事群之一，历史文化。滦河发源于张家口巴彦古尔图山北麓，流经内蒙古、辽宁、河北，由乐亭、昌黎汇入渤海，全长888公里，这条与孕育华夏五千年文明的母亲河黄河、长江比肩，被称之为中国第三条“母亲河”。在滦河流域唯一因滦河而得名的行政区就是现在的河北省滦县。

滦县古称滦州，历史悠久，早在20万年前的原始社会就已有人类在此生息。地处京畿，人杰地灵，是一个经历了三千多年文化滋养的历史名城，居北方要塞地位，拥醉人景致风光，历史上曾有18位帝王37次御驾巡滦，乾隆帝更是多次驾临，并留下“千古此滦州”的万代绝句。殷商时期是孤竹国建都所在地；是“夷齐让贤”“老马识途”等典故的发生地；是清末洋务运动发祥地之一，詹天佑设计并修筑中国第一座铁路大桥；是在孙中山直接策划下震惊中外的辛亥滦州起义及张学良东北易帜、冀东抗日暴动、杨三姐告状等重大历史事件的纪念地；是评剧、滦州皮影、剪纸冀东“三枝花”

的诞生地；“关学东进”的推进之地；同时也是契丹、鲜卑、女真、蒙古、满、汉多民族聚集地；是中原文化和北方各民族文化交流的前沿……

滦州古城自辽代筑城，经宋、金、元、明、清，历尽沧桑，饱经战乱，却在1939年日伪的轰炸和1946年国民党拆毁中轰然倒下。后又经过1958年“大跃进”，人们取土用砖，至20世纪五六十年代，古城墙全部夷为废墟，滦州原古城实际存在1100多年，留下的仅有残砖断瓦，古迹已成昨日旧梦，萧萧落叶送残秋。几十年来，散落碎片留给人们的是思古幽情，重现滦州的辉煌成了全县人民的期盼和愿望。

故事群之二，山水资源。山水生态资源禀赋天成，素有“滦州形胜”之称，县城周边矗立着研山、龙山、横山、青龙山等12座山脉，滦河流经县内42公里，有夷齐庙、雪峰寺、文峰塔等众多著名景观。

故事群之三，区位交通。滦县是唐山的东大门，位于京沈黄金旅游线沿线，是东北交通的“咽喉”，素有“关西第一州”之称，距北京220公里、距唐山47公里、距天津155公里、距秦皇岛80公里，铁路公路四通八达。天赋地利成就了如今滦州的旅游人气与商机，随着北戴河机场落户昌黎，京秦高铁在滦县设站、在建滦河大桥通车，形成直通黄金海岸的全新旅游线，滦州古城成为扼守其中的黄金“驿站”，凭借充满特色的一站式旅游综合配套，大放光彩。

故事群之四，城市品牌。滦县是河北省唯一一个集国家卫生县城、国家园林县城和全国文明县城三城桂冠于一身的县城，是中国最具投资价值城市。滦州古城复建与东北、华北仿古建筑相比，从建筑风貌与功能上均有本质的差异，将成为京津唐地区，乃至环渤海湾区域的热点品牌。

故事群之五，政策扶持。“十二五”规划以旅游产业为国家战略，政策扶持，滦州古城依存旅游业发展示范点，得到省市各级领导的关注和大力支持。滦州古城复建工程全面启动，列入唐山市“十二五”七大重点旅游项目和“十大文化产业园区”，被评为全省唯一一家“中国最具影响力旅游区”，被确定为“十二五”精品旅游区和“十佳特色风貌街区”。

故事之六，开发建设。滦州古城由中国旅游地产先行者——云南楚雄汇通房地产开发公司开发建设，汇通集团十年来，一直致力于打造文化旅游景区，先后成功开发出彝人古镇、长寿古镇，堪称“中国古镇开发运营专家”，滦州古城运营精英统筹管理，必定再现中国北方首席古城旅游区胜景。

滦州古镇有上千年历史，是滦河文化的缩影。滦州古城复建不单纯是一个旅游景点复建，而是一种全新产业模式。我们在采风中看到，滦州古城复建为融合文化、旅游、建筑、商业、人居五大要素，把传统的商业街、居住院落与历史古迹保护开发结合起来，通过打造旅游文化特色品牌，形成复合型产业链。滦州古城复建中紧抓两点不放松，大有起色，颇受启示，给我们留下深刻印象。首先，整合历史文化资源。他们把有形文化做好、做足、做精，非物质文化遗产（评剧、皮影、剪纸）更好地得到传承弘扬，加强游客的参与性和互动性，使有形文化与非物质文化共存共荣，相得益彰。其次，探索新型开发模式。滦州古城复建是滦县文化产业的龙头，在市场大环境下，探索文化传承发展之路，如何将城市丰厚文化资源与城市稀缺土地资源有效结合，历史文化遗产保护资源与开发有机结合，以此提升城市价值开发模式，他们进行有益尝试。

观赏矿区奇葩

滦县的滦州古城、司家营铁矿像一对孪生弟兄。游人逛完了滦州古城，总觉得意犹未尽，总要去司家营铁矿区景点游一遭，大饱眼福才觉得完美。滦县曾作为中国近代工业的摇篮而名扬天下，素有“津东工业，唯滦最盛”的美誉。滦县铁矿资源尤为丰富，已探明储量31余亿吨，为全国之最。

据河钢集团司家营铁矿相关人士介绍，司家营铁矿作为亚洲最大的在产铁矿山，已于2008年底投产，目前该矿年采选矿石750万吨，年产铁精粉255万吨。司家营铁矿从建矿时起就遵循走“既要金山银山，也要青山绿水”的科学发展之路。

铁矿山在人们的记忆里，曾是黑色、污染的代名词，而在这里，环保成为全矿耀眼的绿色名片。

2013 年 11 月初，我来到位于滦县县城南约 10 公里处的司家营铁矿区参观游览时，站在铁矿观景台上，气势宏伟的现场景象简直是一种巨大的震撼。司家营铁矿区南北长 10 公里，东西宽 2 公里。眼前是挖开的 2 平方公里、深 90 多米的巨型露天采坑，车轮比两人还高的“巨无霸”矿石运输车在矿区内有序穿梭；在长 100 米、高 50 米的“超级厂房”里，正在运转的磨机也是中国冶金矿山装备中首屈一指的，全部实现自动化控制，车间很难遇见工人；在采场上也是中国冶金矿山企业首家大胆选用 203 米液压铲、180 吨和 130 吨电动轮矿车等国内外大型设备的。令人奇怪的是矿床上方数十米厚覆盖土层、剥离的土石方，还有井下提上来的废石看不见啦？更为叫人纳闷的是这里见不到巨大的废石山和尾矿库。按常规，一方面由于建像司家营这样的特大型铁矿，产生“海量”矿石和铁精粉的矿山，必须剥离山体表面的岩土，开采时会产生大量的废石，加工铁精粉时会产生巨量尾矿；另一方面，建设传统铁矿山业，要同步建设废料台和尾矿库，需占用大量土地，被称之为“吃地”的产业。那么，司家营铁矿的剥岩土、废石和尾矿到哪儿去了呢？走进司家营铁矿，彻底颠覆了我对铁矿山企业的传统看法，凸显出建设靓丽绿色矿山的典范，“两大卖点”的魅力格外引人注目。

卖点之一，创造耕地零占用的“奇迹”。司家营铁矿豪情满怀，挥起大手笔，浓墨重彩，谱写铁矿业无排土场和尾矿库的新诗篇。

据了解，该矿表层覆盖着 40 米厚的岩土，矿山开发需要剥离岩土总量 17 亿吨。据原始规划，该矿需要在选矿厂周边平地建设排土场和尾矿库，仅这两项占地就需要 2 万亩。2009 年曹妃甸大港建设给该矿带来一个机遇。距该矿 70 公里的曹妃甸每年需大量土石填海造地，他们抓住这一难得契机，与铁路部门合作，建成铁路专用线，将采矿产生的剥岩土全部运往曹妃甸填海造地。

我站在该矿岩土装车站台上，看见远处一列满载岩石土方的火车轰隆隆地开往曹妃甸，从根本上解决了采矿剥离岩土的堆放难题，年运量达 5000 万吨，未来 17 亿吨剥离岩土全用于曹妃甸 310 平方公里的填海造地计划。此举减少了耕地占用，节省了征地款，避免搬迁村民4500户，节省建设资金6亿元，生态和社会效益显著。

同时，该矿在国内首创利用采煤沉陷区建设尾矿库，将每年产生的450万吨尾矿砂，通过埋设地下专用管道输送至28公里以外的开滦南范各庄采煤沉陷区，节省占用几千亩土地，8年后将使面积达1.76平方公里的塌陷坑变成2640亩良田，可用于种植花生、大豆等作物。

司家营铁矿把原本建排土场、尾矿库是“吃地”的“大窟窿”，创造为用于造地和回填另一种被“吃光喝净”的奇迹。

卖点之二，引领创建绿色矿业的“标杆”。司家营铁矿大展宏图，壮志凌云，捷足先登，抓住“科学发展，节能环保”的主旋律，奏响打造绿色矿山领军者的进行曲。

置身司家营铁矿十里矿区，花园式的环境令人耳目一新。全力实施符合矿山特点的水土保持、复耕绿化。据统计，该矿对全矿区进行绿化、硬化和复垦，基本消除了裸地，种植各种乔木、灌木。采场边坡也进一步绿化，矿区绿化面积达到厂区总面积的38%以上，占可绿化面积的95%以上，恢复生态环境，抑制二次扬尘，防止了水土流失。实施了生活区绿化美化工程，建成多功能娱乐室、文化活动中心、塑胶篮球场等，厂区建成拥有200多万平方米绿地花园，空气清新、环境优美的矿区。

漫步于宽敞整洁的厂房车间，体会现代矿工愉悦工作的同时，了解“乌砂变金”过程，极为难得。据一位选矿车间技术人员介绍，该矿把“吃光喝净”精神贯彻到选矿各个环节。他们与多家高校、科研院所合作，成功研发常温浮选药剂，年节能达60万吉焦，创效4000万元；利用余热发电，实施矿山集中供热，年节约用煤20万吨、年减少排放二氧化硫140吨、粉尘47吨；回收利用水资源，有尾矿库回水、露天采坑排水和井采疏干水等，甚至雨水也被收集起来利用，每吨原矿新水用量0.3立方米，水资源重复利用率达94.6%，这一指标在全国属于先进的；即便是尘和废渣也要做到综合利用……

司家营铁矿投产五年来，发生了“六大转变”，即由大量占地转变为节地造地、由高耗超排转变为节能减排、由粗放发展转变为科学发展、由传统工艺转变为现代工艺、由经验管理转变为精细管理、由传统设备转变为现代化大型设备，加快绿色矿山建设步伐。

国土资源部启动绿色矿山建设后，该矿成为第一批签约企业。2012 年，该矿入选“国家级绿色矿山试点单位”，2013 年被中国矿业联合会授予“全国绿色矿山学习观摩基地”称号。该矿还是河北省国资委和旅游局联合授予的首批“河北省工业旅游示范点”。

司家营铁矿把工业旅游与矿山紧密结合起来，丰富了滦州古城旅游内容，增加了旅游消费新亮点；也借助滦州古城旅游业的发展，使矿山的新形象得到充分的展示。而今，司家营铁矿露天观礼台、主厂区等已成为滦州古城旅游线路中的重要景点，受到游客普遍好评。

（刊于《中华大地之星获奖作品选》，2013 年）

小站练兵园

作者与阮观荣于天津小站城楼留影

人们常说，五千年文明看西安，一千年文化看北京，近代中国看天津，百年天津看小站。

——作者题记

提起天津小站，熟悉中国近代史的无人不晓，小站不仅以袁世凯在此练兵而出名，而且还以盛产“小站稻”而兴。中国近代以小站练兵和小站稻米而声名远播。

2013年11月中旬，中华大地之星采风团在团长阮观荣的带领下，来到天津小站练兵园参观采风。采风中大家最为关心最感兴趣的问题莫过于小站原为一片茅草丛生、偏僻荒芜的盐碱地，缘何在近代欧洲列强各国的世界地图上，却把小站登入版图之中，伦敦大英博物馆收藏的19世纪地图中，甚至没有标注天津，而标注小站，这在全国数千个小镇中是绝无仅有的。随着采风深入参观，诸如对小站、小站稻、小站练兵等一个个名称蕴含深意的破解，小站的显赫名声找到满意的诠释。

小站独有文化名片

小站位于天津市津南区小站镇，地理位置相当重要，东临渤海，居大沽海防要塞通往天津的中间，距北京149公里，距天津市中心20公里，是天津的南大门，系京津屏障，进能当关，退能纵横，乃历代兵家屯兵及防御之重地。

小站镇始建于1875年，总面积56.75平方公里。原名为新农镇，1870年“天津教案”爆发后，直隶总督李鸿章调手下周盛传的“盛字军”屯防于直隶青县的马厂练兵，同时负责修建新城炮台。为方便交通，“盛字军”在马厂至新城之间修筑一条马新大道，沿途分设驿站，每20公里设一大站，5公里设一小站，于是这个小镇就有了它别致的名字——“小站”。

李鸿章曾经将淮军与此屯田20多年，而且还培育了驰名中外的“小站稻”。历史的机缘选择了小站，小站就有了“小站稻”与“小站练兵”两张名片。

名片一：小站稻。为加强近海防御，“盛字军”一方面加强训练军队，在津南地区修筑炮台；另一方面兴修水利，垦荒屯田，将南运河与漳河的水引来拉荒洗碱，从黄土高原带来的泥沙和氮、磷、钾等有机肥料，注入小站的土地，以甜洗碱，化碱成腴，构成独特的优质稻生长条件，引进安徽稻种，经过几十年不懈努力，使这里由不毛之地，变成水网密集、稻谷飘香、鱼肥蟹美、地域辽阔的人称“天津小江南”，培育出闻名遐迩的小站稻，小站由此名扬四海。小站稻是著名的优质水稻之一，小站稻米质优异，有口皆碑，清末曾作为宫廷御膳米。20世纪五六十年代曾以特级优质米销往日本、东欧、东南亚、古巴等国家和地区，小站米粒椭圆嫩长淡绿、油光发亮、如冰似玉、晶莹甜糯、脍炙人口、清香味美、软而不糊、冷后不硬、营养丰富。小站米是“天下第一米”，小站稻是我国唯一以生产区域命名的水稻，又是全国第一个粮食作物地域性证明商标。小站稻耕文化在天津文化历史上独具风采。

名片二：小站练兵。这是中国第一支使用西方武器和军事技术装备的正规部队——“新建陆军”的诞生地。

据史料记载，1870 年震惊中外的以反对法国天主教势力为主要内容的“天津教案”爆发，英法美三国军队集结大沽口，虎视眈眈进行恐吓。1871 年清政府接受英法等国解决“天津教案”的条件，清同治帝任命李鸿章接任曾国藩的直隶总督职务。李鸿章到任后，立即将正在陕西执行清剿任务的淮军周盛传的“盛字军”调防青县马厂。1894 年中日甲午战争爆发，“盛字军”奉令调往丹东前线，李鸿章苦心经营的淮军和北洋水师在甲午之战中几乎全军覆没。丧权辱国的甲午《马关条约》，深深地刺激和震撼了中国朝野，统治者加快求变图强的步伐。1895 年袁世凯开始在小站督练“新建陆军”，制定新的营规营制、饷章、操典，“新建陆军”从此出了名，也是袁世凯开始发迹的地方。小站改变了中国封建的旧军制，为中国近代军队的发展开辟了先河，小站成为当时中国先进的军事基地和北洋军阀诞生地，并由此产生了北洋政府，走出袁世凯、冯国璋、徐世昌、曹锟四任民国总统及段祺瑞一任临时执政和 9 人 17 届总理，对中国历史发展产生了巨大影响。

小站练兵园的由来

小站练兵园位于小站镇，小站练兵园成了天津市“近代中国看天津”的重点项目之一。采风中了解到，小站练兵园占地 400 亩，总投资 3.2 亿元，目前是国家 3A 级景区。练兵园兴建了城墙、讲武堂、军事博物馆、新军督练处，还建设了袁世凯行辕、行营买卖街等，是以北洋历史、天津近代文化、小站稻文化为脉络，以历史展示和情绪体验为互动性的核心功能，兼具教育、休闲、购物、会议功能的故事主题性历史文化旅游区，旅游区具有

遗址公园 + 主题公园 + 文化博物馆的综合特征。小站练兵园是严格按历史记载复原的建筑，上万幅珍贵的照片，两千多件实物，加之声、光、电、影等高科技手段，向人们讲述着近代中国那一段不平凡的历史。

当采风团问及为什么要建小站练兵园时，导游详细地向我们做了介绍：记得在 2001 年，袁世凯的嫡孙女婿全国政协委员柏均和与时任民盟中央宣传部文史处处长张冠生先生一道来小站镇调研，发现练兵园遗址完全被破坏，遗存还大量存在。在与小站镇领导共同商议建小站练兵园事宜时，达成三点共识：一是小站练兵园是中国近代军事的发祥地，史称该镇为“北洋军阀的摇篮”，但遗址被完全破坏。二是属于国家级的历史文化遗存大量存在，建议天津市有关方面加强对小站历史文化遗址的调查、规划、开发。三是恢复督军处、讲武堂等遗址，兴建晚清建筑群作为博物馆，这样投入少，产出大，可对游人进行爱国主义教育，主办主题和特色旅游，丰富天津市的旅游资源，是一件有意义的乐事。

2006 年 9 月 28 日，小站练兵园开始动工兴建，是天津市 12 个旅游板块之一，主要建筑包括讲武堂、新军督练处、袁世凯行辕、行营买卖街和风貌建筑景观区。展品包括古代冷兵器、近代热兵器、不同时期的军队服装。

2008 年 11 月 2 日，小站练兵园正式对外开放。恢复重建了小站练兵园，用老照片、文物、多媒体场景等手段，再现了当年袁世凯小站练兵的场面及细节。

小站练兵园的工作人员与采风团交流时说，更值得一提的是小站练兵史馆是中国军事博物馆帮助策划建立的，堪称是一部“中国近代海防史”，诸多海战、陆战都以翔实的历史图片和图表加以展示，其中小站练兵是重点体现部分。20 分钟普及版本的电视片中许多画面是以秒为单位从大英博物馆里买来的，游客观看后就知道中国军队是如何一步步演变发展的，十分珍贵。

历史上“小站练兵”孕育的军事文化和以“小站稻”而闻名的稻耕文化形成了两张特殊的“文化名片”。如今的小站已从那战火纷飞的年代走了出来，正以追溯历史的方式，被打造成“近代中国看天津，百年天津看小站”的文化旅游品牌。

参观练兵园悟感受

小站练兵在历史上曾经叱咤风云，是中国近代史上重要的一页。采风团还未进入园区，就看到几座仿古建筑屹立在远处，穿过走廊，左右两侧各有三座高大立柱，每个立柱上端雕刻着斗大的“兵”的篆字，小站练兵园就在路的尽头。进入园区，被凝重的气氛所笼罩，一座高大城门展现在眼前，城楼上悬挂着书写精巧别致的“讲武堂”三个字的匾额，威严、气派。登上讲武堂，东西长，南北宽，坐北朝南的矩形建筑，正厅由袁世凯手书的光绪帝语“严加训练”。这里将当时西方先进军事思想根植，承载了中国近代军事变革的历史使命，成为中国近代新建陆军的诞生地。

参观小站练兵使馆，展馆陈列着我国近代军事发展中极具有历史价值的各种展品，囊括冷兵器、热兵器、军队服装及军需物资等各个方面的军事展品，从清朝“八旗”的官服到新军的军装，从大刀、弓箭到手枪、大炮，全景展现小站练兵在编制、装备、训练、教育等方面开创中国军队近代化先河的史实，见证了清末民初我国军队发展的艰难历程。最引人注目的是有些展品是中国军事博物馆特意从国外找来的，其中不少是国内首次展出的。观看小站练兵的历史纪录片和配合企业对员工进行励志培训的励志片，将小站练兵园打造成集历史重现与现代化培训于一体的多元化景区。

站在城墙上，一眼望去，脚下是成片的青砖灰瓦建筑，把这里打造成徽式建筑的小站古街，除了酒店、旅馆、餐馆等必要设施外，售卖古玩古画等商品的商店也会进驻。

漫步在练兵园大街上，听年老居民讲述恢复种植小站稻的故事。有关部门在城墙北面辟建千亩小站稻种植区，把种稻作为小站练兵园的一个特色项目，目的是让游客亲自体会清军屯兵种稻的历史，感受种稻的人文气息和稻浪飘香的田园风光。

小站练兵园成为游客感受小站稻文化的好去处，游客可根据季节不同参与种稻、收稻等活动，使游客“吃小站稻米，干农家细活，享乡村陶然之乐”，品味小站特有的民俗习惯和地域文化。

采风归来，大家交流参观小站练兵园的感受，总结出两大看点：一是小站练兵园具有厚重的军事文化内涵，经修复扩建，成为近代史及爱国主义教育基地。小站练兵园展示那段令人难忘的历史，昭示了中华民族不屈不挠，敢于也能够在苦难中崛起的豪迈性格和奋进精神，牢记“落后就要挨打”的道理，激发出人们的爱国热情，进一步增强国防观念。二是小站练兵园就是挖掘当地独特的历史和人文资源，新建成一个文化旅游项目，将成为集历史性、教育性、观赏性、体验性、文化性和艺术性于一体的旅游景点。现在这里不仅成为游人休闲度假旅游的好去处，也为当地的产业结构调整提供了一个良好载体。

“近代中国看天津，近代天津看小站”。其实，不仅近代，现代的小站依然不落窠臼。

谒见炎帝陵

我们中华民族都尊炎帝和黄帝为我们的始祖。9月13日井冈山淅淅沥沥下了一夜雨，我们是多么盼望天晴云散去谒见炎帝陵。14日大清早雨还是下个不停，为缅怀炎帝的丰功伟绩，表达对华夏始祖的敬仰之情和尊崇之意，早七点钟我们冒雨从井冈山出发，一路翻山越岭车行三个小时，行程120余公里，经宁冈、炎陵两县，上午十时来到历来是炎黄子孙心中的一块圣地——炎帝陵。

炎帝陵地处湖南省东南边境炎陵县鹿原坡，属罗霄山脉中段，井冈山西麓，这里青山峨峨，绿水悠悠，就在这崇山峻岭、苍松翠柏之中，长眠着中华民族一位赫赫始祖。

这位始祖就是传说中的炎帝神农氏——我国农耕文化的创始人。

史书记载，炎帝姓姜，名石年，因为他把火广泛地运用于生活和生产，有火之德，人们尊他为“炎帝”。他发明了耕播农业，有神之功因而又称他为神农氏。

雨哗哗地下着，我们撑开伞，在导游的引导下走进讲解厅，仔细认真地听她介绍：“传说炎帝的母亲名女登，长得极漂亮又善良。一天晚上，她梦见天上太阳落在自己的怀里，惊醒之后便怀孕了。怀胎一年零八个月，到了第二年5月25日，生下了一个红球。大家正感到惊奇，那红球在地上打了个滚，裂开两半，中间坐着一个胖乎乎的男孩。女登见了，高兴极了，连忙把他抱在怀里，用兽皮包好，取名叫石年。相传，石年出生时人身牛首，三天即能说话，五天便能走路，七天长齐了牙齿，到三岁时能做种植一类的游戏。石年成长于姜水流域（今陕西省江水流域），长大后，身高八尺七寸，宽体牛额，龙颜大唇，他担任部落首领，在位 120 年，崩于长沙茶乡，葬于炎陵县鹿原坡。”

跟随导游，顺着她指引的方向向远处看去，听她讲解：炎帝陵位于炎陵县（原名酃县，1994 年更名），鹿原坡又名炎陵山，方圆 2.4 平方公里，山上青松叠翠，古木荫翳，烟云出没，气象万千。论山形地貌，炎陵山宛如一条莽莽苍苍的巨龙，它镇守蜿蜒洣水，环护巍峨帝陵，是令地学家叹为观止的圣尊至祥之地。

跟着导游的脚步，走进炎帝陵殿，看到四周红墙环绕，呈马蹄形，坐北朝南，南北长 104 米，东西宽 40.5 米，主体建筑沿陵墓南北中轴线布局，东西两侧配以碑房，亭殿相间，左右对称均衡，高低错落有致，气势极为轩昂。整个陵殿分四进，每进一陵殿，我都仔细地看，用心地听，认真地记。

一进午门。午门高 8.67 米，正中嵌汉白玉门额，上书正楷“午门”二字。进午门正中，树立有时任国家主席江泽民手书“炎帝陵”的汉白玉碑。碑前嵌有巨首盘龙龙陛。碑左右立有花岗岩白鹿、山鹰雕像各一座。这里有一段神奇的传说，炎帝生下，取名石年，母亲女登背着他到野外去找食物。女登来到一座大山前，远远看见山崖上有一树又红又大的果子，决定爬上去摘些下来。她把石年安置在一个长满花草的山窝里，让他躺在一块大石上睡觉，然后就朝悬崖爬去。这时，山窝里的石年饿得哇哇直叫。这叫声直冲云霄，被九天玄女听到了。她拨开云雾，朝下界一看就明白了，原来是太阳神在呼喊，她吩咐身边的一头白色母鹿飞速下凡给石年喂奶，又命神鹰下凡给石年遮风雨。两位神仙一纵云头就来到石年身旁。仙鹿给他喂奶，神鹰为他遮阴，直到女登找食物回来，她们才离开。以后，每当女登去找食物时，仙鹿、神鹰就过来喂养石年。这样，石年就有三个母亲，女登是他的生母，仙鹿是他的奶娘，神鹰是他的养母，石年兼有女登生母的慈爱、仙鹿奶娘的智慧和神鹰养母的矫健。碑左右立有花岗岩白鹿、山鹰雕像以附和炎帝幼时白鹿哺乳、山鹰遮阴的传说。

二进行礼亭。行礼亭为庑殿式结构，正上悬挂有周培源手书“中华始祖，光照人间”的匾额。

三进主殿。大殿门额高悬陈云题词“炎黄子孙，不忘始祖”的匾额。殿中设有花岗岩基神台，上立檀木神龛，龛内端坐炎帝金身祀像。他额蓄沧桑，面蕴慈爱，目藏睿智，右手捧着稻穗，左手拿着灵芝，赤足之间的竹筐里满放着药草，仿佛还散发出清香。殿外有花岗岩石护栏和台基，台基正中设汉白玉卧龙龙陛，与前面两龙陛相呼应，象征太平、祥和、圣尊。龙陛两侧为阶级式御道，是人们登阶入殿拜谒炎帝祀像必由之路。

四进墓碑亭。亭中刻立汉白玉碑，胡耀邦手书“炎帝神农氏之墓”。亭后墓冢，墓冢封土高 4.58 米，宽 28.9 米，进深 6.64 米，冢丘碧草茵茵，四周花木郁郁。整个炎帝陵殿建筑布局合理，层次分明，花式色彩浑然一体，庄严肃穆，古朴凝重。

陵殿之后建“御碑园”。东西两侧建有碑廊，各长 40 米。壁上镶嵌着明清御祭文碑 51 块，宋、明、清、民国及中华人民共和国等各历史时期有代表性的记事碑 5 块，共 56 块。原碑大多散失，碑廊所立御祭文碑都是今人按照旧制原文重新刊刻的。在记事文碑中有一块十分特殊的碑，这就是以胡耀邦讲话为内容的《为人民做好事碑》。

东西碑廊之间有九鼎台，台上列石鼎 9 只，每只重 1.11 吨。九鼎象征国家统一，金瓯无缺。

最引人注目的是碑园北面的弧形照壁，镶石刻壁画《神农功绩图》。壁画长 40 米，高 1.5 米，由 228 块青石板镶成。壁画融传统雕刻艺术和绘画艺术于一体，以绘画手法表现题材，以雕塑造型手段丰富绘画艺术效果，以粗犷写意的手法，以原始先民从渔猎到农耕，从穴处到定居这一历史性转变时期的生产和生活为背景，生动形象地表现了炎帝神农氏始作耒耜，教民耕种；遍尝百药，发明医药；冶麻为布，制作衣裳；首辟市场，互通有无；削桐为琴，练丝为弦；弦木为弧，剡木为矢；作陶为器，冶制斤斧；盖宇造房，安居乐业等主要功绩，生动地展示了上古社会的自然风貌和社会风情。我们边看边数，壁画上共刻画人物 99 人，动物 30 种，器物 60 种，由于设计巧妙，施工精细，壁画具有传音、扩音效果，被称为神农传音壁。

雨越下越大，导游引导我们游览行将结束了。炎帝陵景点很多，来不及看了。炎帝陵除有皇山碑林、炎帝陵附属建筑，炎帝陵十景等外，还有许多与炎帝和炎帝陵有关的名胜古迹。由于雨天和时间的关系，很遗憾失去一次全面参观的机会，为了弥补这一损失，我来到旅游纪念品商店购买了全套有关炎帝陵的书籍，从书中继续了解始祖炎帝的丰功伟绩！

从炎帝陵归来，思绪万千，觉得此次谒见炎帝陵收获多极了，归其一点就是要做到知我中华、爱我中华、兴我中华，这三者关系中，知我中华是前提。我们是炎黄子孙，就要多多了解始祖炎帝、黄帝的丰功伟绩，就要多多了解炎帝黄帝的精神。炎帝是我国上古时代的部落首领，他和各个氏族的先民共同开创的文化，是我国五千年文明的源头，为我国历史上农业立国和中华民族始兴奠定了基础。这次谒见炎帝陵给我记忆最深的莫过于炎帝勇于开拓、勇于创新、乐于奉献的伟大实践和高尚情操。炎帝在这方面留下许多故事和传说，然而它却是人们心中的一部书，一部读了几千年的书。书中充满了人们对始祖的怀念之情和对英雄的崇敬之意，特别是炎帝担任首领的 120 年。炎帝直到晚年还跋山涉水，体察民情，尝草采药，为民治病，因误尝剧毒之物“断肠草”而中毒去世的壮举铭心刻骨记在我们心中。

谒见炎帝陵，又使我再次重温中华民族始兴的源头历史：炎帝去世之后，他的后代一直沿用炎帝的称号共达 520 年。炎帝的子孙们继承炎帝的事业，积极发展生产，改善人们的生活，为形成统一的华夏民族做出了突出的贡献。

炎帝部落成为中原大地强大的部落集团之时，在西北黄土高原生活的一个部落日渐强盛。原来他们和炎帝部落不仅发祥地毗邻，而且由于氏族之间互相通婚，有着十分亲近的血缘关系。数百年之后，他们东渡黄河，逐步朝东北方向迁徙，他们来到有“熊”的地方建立都城，这个部落的首领姓公孙，名轩辕，后人称他为黄帝，他和炎帝一样是一位十分英明的首领。

此时，以蚩尤为首的 81 个兄弟氏族组成的东夷部落，也由东向西迁移拓展。东夷部落长期从事游牧，十分强悍，较早地掌握了冶铜技术，并以铜制造兵器。当他们移至炎帝部落附近时，游牧生产方式和农耕生产方式产生矛盾和冲突，发展成为原始部落战争。

炎帝部落虽然拥有农耕技术，长期从事农耕，人们安居乐业，但不善武斗，抵抗不住蚩尤部落的攻击，炎帝部落失利，蚩尤部落占领大片土地。蚩尤部落得势后，转而进攻黄帝部落。黄帝部落也未能抵挡住，只得涉江避让。当时炎帝部落首领榆罔向黄帝提出结盟，共同对付强大的蚩尤，黄帝欣然同意。

炎帝与黄帝两个亲族部落终于结成联盟，共同对付蚩尤。这场战争旷日持久，黄帝率炎帝联盟久战不胜。后来，炎帝联盟得到天女魃、风后、伍胥等氏族的帮助，打败蚩尤。

战争结束后，黄帝成为中原大地各民族部落联盟的大首领。战败后的东夷部落也加入了炎黄联盟。由炎帝部落、黄帝部落和东夷部落组成的联盟，是众多氏族的大融合。

经过长时间的发展，中原大地开始形成不同血缘氏族共处的地域性联盟——华夏部落联盟，并逐步向具有共同地域、共同经济生活以及共同文化的人的共同体——民族过渡。以炎黄蚩尤为主体，包括各个氏族在内的华夏大联盟是中华民族的雏形。经过历史上几次大的融合，最终形成统一的中华民族和国家。而炎帝和黄帝则成为民族始兴和统一的象征、认同感和凝聚力的共同标志。华夏儿女无论走到天涯海角，皆以“炎黄子孙”的称谓感到自豪。

1996 年，炎帝陵被列为全国重点文物保护单位；1997 年 6 月被确定为全国百个爱国主义教育示范基地之一。1998 年，炎帝陵风景区被评为湖南省最佳景区。

随着改革开放的深入发展，愿更多的人从四面八方涌向炎帝陵，寻找一部远大的历史，缅怀首创农耕的始祖，探索中华文化传统在新的历史时期发扬光大的“闪光点”，立下为中华民族复兴贡献力量的誓愿！

（刊于《改革大潮赛风流》第 329 ~ 334 页）

登尼山所思

近四年，我曾五次路过曲阜，虽早有登尼山拜孔庙的想法，但来也匆匆，去也匆匆，一直没能如愿以偿。

今年1月2日我从北京乘坐开往曲阜的K51次特快列车，3日早晨7时半到曲阜。下火车后，就坐汽车直奔邹城鲁南铁合金总厂，专程为鲁铁办理申请加入中国钢铁协会的事儿。凑巧，厂长上午开会，腾不出手来，约我下午再谈。

等待多年的机会终于来到了。趁上午空闲，鲁铁工会干事小张带上相机，与我一同乘车直去尼山。

1月2日曲阜一带下了一场小雪，路上盖了薄薄的一层雪。1月3日气温骤降到零下10摄氏度，寒风阵阵袭来，是入冬以来最寒冷的一天。汽车在冰雪路上奔驰，路滑难走，汽车中速前进。

汽车行驶了半个小时30多公里，路过曲阜市南辛镇，往东北直行，九点半就到了我渴望已久的“尼山”。

我为何想看尼山？尼山是我国春秋末期的著名思想家、政治家、教育家、儒学的创始者，在中国封建社会被尊为“圣人”——孔子的诞生地。

“山不在高，有仙则名。”尼山，在曲阜东南30公里外，其山并不高大，海拔不过340米，之所以名扬四海，就是因为孔夫子降生于这里。这也是我想观尼山的主要缘由。

没来到尼山，就听人讲过，尼山风景秀丽，景景相连，五老峰、鲁源村、智源溪、坤灵洞、观川亭、中和壑、文德林、白云洞等合称“尼山八景”。此次来尼山观览，远远就看到五山峰雁列，冈峦钟秀。尼山傲居正中，巍峨壮观。因时间短促，中午前需赶回邹城，只好选择重点，看尼山孔庙，观坤灵洞、尼山书院。

冬季是尼山的旅游淡季，上午九点半，我们来到尼山孔庙，见大门紧锁着，又来到尼山书院门也紧锁着，我们敲了几下门，里面也没有人应声。这时从孔庙后面走来两个游人，他们告诉我，工作人员正在院里扫雪。

我们在尼山孔庙门口等了 10 分钟，看尼山孔庙的介绍。看后，想到这里的孔庙有着特殊的意义。孔庙是纪念孔子诞生于尼山而建的祭祀庙宇。据《史记》记载，孔子的父亲叔梁纥和母亲颜征在“登尼山祷天而生孔子”，后世建庙奉祀，庙始建于五代后周显德年间（954～959 年），后经历代修扩，建成现在的规模。1977 年公布为山东省重点文物单位。

工作人员打开了庙门，我们边走边看边问。尼山孔庙现占地 1.6 公顷，有殿、堂、祠、亭等 81 间，分东、西、中三路布局。尼山孔庙共分 5 个院。其正门为棂星门，二门为大成门，其后的正殿名为大成殿。殿前两幢元碑，记载着修庙、祀庙的情况。殿两旁则有东西两个跨院，有侧门相通。东侧门外为讲堂，西侧门外为奉祀孔子父母亲的启圣王殿及寝殿，启圣王殿东南有奉祀尼山山神的毓圣后祠。

从孔庙后门出去，就见到尼山书院，这里留有大量的诗、文、匾、碑等文化遗存，它们镌刻了千年的历史，凝聚着不朽的文明。曾有诗曰：“盘石垂萝何处家，山深茅屋隔烟霞。幽人读罢无余事，纱帽笼头自煮茶。”这时，我心想，这幽雅清静的山麓，真是读书难得的好地方！

来尼山观览自然景观，领悟蕴涵极深的人文景观。感受尼山、膜拜尼山、阐释尼山，我想，这又是一大乐趣。尼山的“坤灵洞”是极为有趣的一景，从孔庙下山来到尼山东南麓就见到坤灵洞。坤灵洞又名夫子洞。坤是雌性之义，灵即精灵，民间相传孔子的母亲颜征祈祷于尼山，回家途中临产，急忙之中，将孔子生于此洞中，因此，孔子名丘，字仲尼。孔子的父亲叔梁纥嫌其相貌丑陋，弃于山下，一只雌虎将其衔入洞中养了起来，故名“坤灵”。东汉时名为孔渎，晋代名为孔窦，金代名为坤灵洞，习称夫子洞。洞原有孔子雕像，并有石磴可供观览，后来由于流沙过多，年深日久，即被淹没。1979 年维修时，扒出淤沙，才复其洞口。

到了尼山，我便想到尼山砚。我详细向本地人询问了尼山砚的情况。尼山为石山，尼山孔庙北有砚台沟，选用沟里的岩石制作的砚台为著名的鲁砚之一，已有悠久的历史，名遐中外。据行家说，只有坚细湿润、不渗水、不渍墨、发墨有光，才可制砚，可惜这种料极难找到。20 世纪 80 年代初，山东省工艺美术研究所为发掘这一古老产品，在尼山五老峰下找到了石面有疏密不均的黑色松花纹的岩石，石质精腻、抚之生润，下墨利、发墨好，久用不乏制砚上品原料。近年来，尼山砚远销海外，深受国内外用户的喜爱。望着砚台沟，听罢介绍，我特想买一块尼山砚，但这里并不出售，需到曲阜购买。

一个半小时眨眼过去了，我虽走马观花看了三四景，但抓住了精华，未枉来一次，我请小张将尼山全貌、尼山孔庙、棂星门、大成殿、尼山书院、尼山建筑群、坤灵洞等用相机拍下，留下深刻的记忆。

下山回邹城的路上，我仔细品着“登尼山拜孔庙，洞入坤灵思圣主，林上文德浸恩泽”的滋味。我在想：时光易逝，而尼山作为永恒的象征，虽经历万千年，仍巍然屹立在中华大地上，被人们创造的尼山文化将是一股永不枯竭的溪流，源远流长……

（刊于《改革大潮赛风流》第 372 ~375 页）

哈尔滨风景拾趣

美丽的哈尔滨，是北方旅游首选地之一。哈尔滨有蜚声国内外的太阳岛、索菲亚大教堂、中央大街、松花江畔、豪爽冰镇啤酒、精美小吃……让人流连忘返。中国城市竞争力研究会评选2014年中国最美丽城市排行榜，哈尔滨位居第九名。在东北最受欢迎的景点排名“天池、雪乡、中央大街”位列前三甲。今年中秋节三天小短假，我来哈尔滨参加外甥林楠和李冰冰的婚礼之后，游览了中央大街。

中央大街：展示独有特色

“没有到过中央大街，就不能说来过哈尔滨”。这是中外游客对哈尔滨中央大街步行街的评价。游客缘何如此青睐中央大街呢?

前几年，我来过哈尔滨，脑海里对哈尔滨有个总体印象。哈尔滨素有“东方小巴黎”“东方莫斯科”的美誉，被誉称“全国第一街”的中央大街最能体现其丰富内涵它又有什么特色魅力呢?

9月7日，我和老伴漫步在中央大街上，欣赏迷人的景色，亲身感受感悟，从所见所闻中找寻答案。

中央大街地处哈尔滨的心脏位置，北起松花江畔，南接经纬街，全长1450米，宽21.3米，占地面积一平方公里。中央大街是哈尔滨的老街、名街、标志性街道……中央大街目前是亚洲最大最长的步行街。

人们说中央大街最显著的特色是被称之为建筑艺术博物馆，我看一点不为过。我走在中央大街上，映入眼帘的比比皆是欧洲风格的建筑。中央大街是哈尔滨的缩影，哈尔滨独特的建筑文化和哈尔滨人的欧式生活，都在这里明显体现出来。中央大街涵括了西方建筑史最有影响的四大建筑流派，有常见的起源于十五六世纪的文艺复兴式、17世纪初的巴洛克式、折中主义及19世纪末20世纪初的新艺术建筑。五步一典，十步一观。全街建有欧式建筑及仿欧式建筑近百栋，这些建筑穹窿突起，拱券高窗，或高雅古典，或挺拔秀丽……这些建筑体现了西方建筑艺术的精华，整条中央大街就是一条建筑艺术走廊，是全国第一个开放式、公益建筑艺术博物馆，被称作“汇百年建筑风格，聚世界艺术精华”的中央大街建筑艺术博物馆。

在我看来，中央大街是哈尔滨繁华的商业区和优美的旅游景点，彰显出了另一大特色。中央大街上，最引人注目的莫过于路面上的面包石，这些方石块形状大小就像俄式的小面包一样，石面浑圆，行走在中央大街的面包石上，犹如穿越哈尔滨百年的时空隧道。中央大街用面包石铺路在中外道路史上是极为罕见的。中央大街街道的“画像人”成为一道独特风景。街头的肖像艺术师们，成为这座城市的靓丽名片。在铅笔与画纸摩擦的沙沙声中，一张张人物肖像在肖像艺术师们的画笔下“流淌”出来，身边总会有很多好奇的人围看着。

中央大街行人如梭，有逛街的、有观景的、购物的、跳舞的……热闹非凡。街道两侧鳞次栉比的商厦、有名的“老字号”时装店、特色食肆、宾馆、餐馆、舞厅酒吧……近200家，形成门类齐全、服务较为完备的商服中心。近几年商家纷纷重新装饰门面，贴金镶银、张灯结彩，打扮得富丽堂皇，成为哈尔滨乃至全国最著名最富有特色的商业一条街。

大街的美景目不暇接，我边走边拍，选择大街十个最美的拍照点，拍下中央大街入口、面包石步行街、芭米莉面包店、马迭尔宾馆、异国风情雕塑、古香古色的阳台和楼梯、橱窗艺术、旅游服务中心、室外咖啡厅、防洪纪念塔等景点。

天色暗了下来，夜晚的步行街更有一番特色，游人川流不息，嬉笑打闹的孩子、一对对情侣、一家家出游的几口人……斑斓的灯光，流光溢彩，充分体现出旅游、购物、娱乐的功能，构成中央大街美妙画卷。

据大街旅游服务公司工作人员介绍，全年日均有20万游人光临大街。各具特色的中央大街品牌活动，如西餐节、狂欢节、婚庆节、服装节、街头文化街、购物街……以独特魅力展示着哈尔滨的迷人风采，吸引着来自国内外的客人尽情地参观街道两旁的欧式风格建筑，穿梭于引领时尚潮流的精品商厦，领略热情浓郁的异国风情，感受异彩纷呈的都市娱乐生活，品尝东北特色的地方美味。

百年历史：中国啤酒故乡

慕尼黑是世界啤酒的故乡，人均啤酒消耗量占世界第一。

啤酒是人类最古老的酒精饮料，是居水和茶之后世界消耗量排名第三的饮料。啤酒于20世纪初传入中国，属外来酒种。

记得2004年夏天我第一次来哈尔滨旅游，适逢哈尔滨举办第三届国际啤酒节，中午我看见过的大、小饭店，街头上的大排档、烧烤摊上……处处尽显人们大碗喝啤酒的豪爽场面，“满城尽飘啤酒香”。听表弟介绍，哈尔滨人接待亲朋好友，喝哈尔滨、雪花等品牌啤酒，在酒桌上喝个三瓶四瓶属平常，喝个十瓶八瓶算正常，喝上一箱为超常。哈尔滨人热爱啤酒，推崇酒文化，把啤酒作为消夏的饮品，交流感情的媒介，促进旅游业发展的重要载体。哈尔滨是中国第一桶啤酒的生产地，这里有全国最早的啤酒厂。

姑父回忆说俄国人乌卢布列克斯基1900年于哈尔滨建立中国第一个年产300吨的乌卢布列克斯基啤酒厂。啤酒在哈尔滨又称液体面包。哈尔滨生产啤酒至今已有一百多年历史，据他回忆，20世纪三四十年代，哈尔滨啤酒馆的招牌新颖别致，在门口前的铁架子上用铁链子吊起一只生啤酒的桶招揽生意，悬在空中吸引眼球，成为城市一道抢眼的“风景”。如今啤酒已走进千家万户，成为接人待物的饮料，消暑降温的佳品。

哈尔滨人离不开啤酒，对啤酒情有独钟。朋友见面喝杯见面酒，同学聚会喝杯叙旧酒，结婚喝喜酒，生日喝祝寿酒，搬新居喝乔迁酒……亲朋好友把酒言欢，杯杯见底。酒量大的，酒瓶不倒我不倒，酒量小的三五瓶不醉，即使再没有酒量的喝半瓶也是平常事。

哈尔滨人爱喝啤酒，啤酒传承了哈尔滨的沧桑，陶冶了哈尔滨人的情操，渲染了哈尔滨人的文化。哈尔滨人喝啤酒“海量”闻名遐迩，雄居全国各大城市之首，在国际上与世界闻名的啤酒城市相比，仅列在德国慕尼黑、法国的巴黎之后居第三。

啤酒、红肠、面包早已成为哈尔滨市饮食文化的三颗璀璨明珠。“大面包像锅盖，喝啤酒像灌溉”，这是对哈尔滨现代饮食文化的形象概括。提到哈尔滨饮食文化，自然联想到哈尔滨啤酒、里道斯红肠和秋林大面包。啤酒、红肠和大面包三位一体。喝啤酒吃红肠是最佳搭配。里道斯红肠诞生于1900年。俄国人在哈尔滨香坊开办秋林商会，附设秋林灌肠作坊，生产各种灌肠等欧式肉制品。生产的以里道斯红肠为代表的多种肉灌制品，以其独特的制作工艺和醇香欧式风味，深受哈俄侨和欧洲人及其他各界人士的欢迎。现在秋林红肠已成为哈尔滨家喻户晓的食品，成为外地游客必买的地方特产，排队购买秋林红肠早已成为哈尔滨市一道靓丽的风景线。

哈尔滨生产面包已有上百年历史。面包生产开启了东北食品业的先河，1898年，哈尔滨建筑中东铁路，面包生产技术传入哈尔滨市，最初面包不叫面包，而采用俄语的译音——列巴、小列巴、大列巴、奶油列巴，摆满商店柜台，点缀哈尔滨的城市风情，也使市民养成吃面包的习惯。

9月8日，在我踏上返回北京的高铁列车前，表妹林桂荣赠送我一本赵尚志将军忠骨回归十周年纪念文集——《觅忠魂》，由赵尚志四胞妹赵尚英之子李龙、李明，之女李丹妮编著，全书47万字。今年是民族英雄赵尚志将军颅骨发现十周年，表妹参加省内组织的纪念活动。国内外以忠骨回归为契机，对赵尚志和东北抗联艰苦卓绝的战斗历程，作了大量宣传报道，包括影视作品，使赵尚志将军和东北抗联在第二次世界大战中的历史地位，有了新的提升和较高的定位。我们现在纪念他，就要把赵尚志将军的“真魂”找回来。在列车上，我翻阅这本文集，凝视着前方，放开思路的闸门，构思一篇散文的布局……

夏游盘山

“中华大地之星”采风团于盘山合影

今年五月下旬，我有幸跟随“中华大地之星”采风团到天津盘山采风。让人意想不到的是，如今已 77 岁高龄的中华全国新闻工作者协会原国内部主任、高级记者阮观荣和已过古稀之年、我的文学老师——《中国冶金报》河北记者站站长、中国报告文学学会会员、中国散文学会会员、主任记者谢吉恒两位老师来到盘山脚下，准备和大家一起爬这海拔 864.4 米的盘山。

一

夏日的骄阳，溽暑蒸人。考虑到两位老师年纪大，原计划让他俩儿坐索道缆车上去。

我们这些年轻人抬头远望云雾缭绕的盘山，不由得倒吸了一口冷气，其中有几个人有点退缩了，尤其是我那个胖师弟体重有200多斤，脑袋摇得跟拨浪鼓似的连着说：“我爬不上去、我爬不上去”。

我摸摸额上的汗珠，一边指着胖师弟，一边和两位老师说：“我和胖师弟陪您二老坐索道缆车上去吧?”阮主任侧头问旁边的谢老师：“老弟！咱俩爬上去有问题吗?”只见谢老师挺起腰板拍着胸脯说：“没问题，咱们能爬上去。”阮老师哈哈一笑把手一挥对大家说：“我早已做好心理准备了，是不是你们这些年轻人怕啦?”旁边导游一只手捂着嘴咯咯地笑，一只手向二老竖起了大拇指。

大家见二老这阵势，立刻激起勇气，个个摩拳擦掌地说：“搞定了，从山门到万松寺这段不坐缆车了，爬上去!”众人似乎忘却了热浪的冲击，穿过售票大厅，踏着艳阳普照的石级，向着山门走去。

记得我上高中时是第一次登盘山，至今屈指已有20多年了。那次登盘山给我的记忆很深刻，它那峰峦秀异，水石清奇，林木繁茂，波澜壮阔的气势美景，令我的胸怀无限宽广，使我内心的情感深处对盘山情有独钟，早想再次登上盘山。

盘山现为国家5A级景区。国家旅游景区分5个等级，5A级是最高级别，最低级别是1A级。要获得5A级，需要在旅游交通、游览、安全性、卫生条件、经营管理、自然资源和空气质量等多个方面满足质量许可。目前，只有175家旅游景点被评为国家5A级景区，盘山是其中之一。

盘山坐落于天津市蓟县城西北12公里处，如巨龙盘桓于京东津北，总面积106平方公里，以“京东第一山”驰名中外。曾与泰山、黄山、西湖等并列为中国十五大名胜之一，又以“东五台山”享誉佛界。

据记载，盘山始于汉，兴于唐，极盛于清，至清代已经发展到拥有72座寺庙、百余座玲珑宝塔的规模。在1800多年的发展历程中，历代帝王多有宸游，特别是清康熙、乾隆两位皇帝对盘山尤其青睐。康熙皇帝一生来盘山四次，留有御制诗碑和多处御题匾额。乾隆皇帝一生来盘山32次，留有1702首吟咏盘山的诗作，其中有

“早知有盘山，何必下江南”的诗句，现在这诗句已经成为盘山的广告语了，众人皆知。

二

盘山自上而下，按地势区域分之为三。晾甲石一带称下盘，古中盘一带称中盘，云罩寺一带称上盘。上盘之胜以松，中盘之胜以石，下盘之胜以水。从盘山正门自下而上，按景区划分，分为入胜游览区、天成寺游览区、万松寺游览区，导游今天带我们主要游览以上三个景区。

我们随着导游的脚步，进入胜游览区。

山门后为“三盘暮雨”经典景观，经改造，重新对松、石、水进行了配置，增加了冷水雾化系统，营造了云雾缭绕、人间仙境的效果。

“三盘暮雨”北侧为“入胜”石刻，雕镂涂丹，笔法遒劲有力，为仲华即清北洋总督荣禄所题。“入胜”摩崖以北，路旁崖壁有“四正门径”“鸣驺入谷”和国务院原总理朱镕基题“盘山”等诸多摩崖石刻。

我们爬山行进在入胜游览区的林木中，郁郁葱葱，遮阴蔽日，拱起的枝叶，形成了一把把天然的绿伞，行走其间便感觉有了点凉意和快感。回头看延伸至山下的石级小径，宛若临风飘逸的丝带，在山空中曼舞缓行。炽热的阳光，透过郁郁葱葱的叶片，投射在我们的身上；起伏的身影，犹如霓虹灯下的梦幻舞步……放纵心情，徒步登高，其乐融融！

夏日登盘山，拾级攀爬，感受大自然，呼吸新鲜空气，是最为惬意的享受。

过了一个不缓不急的弯道，在一株百年古松树前的一座石桥旁，大家择势而座，小歇一会儿。导游给大家讲起曾经发生在这里的一个乾隆对句的故事。

有一年，乾隆陪伴着母亲到承德避暑山庄时遇见了一件尴尬的事。

他们发现在离宫的大门外有人贴上了一副这样的对联：避暑山庄真避暑，百姓皆在热河中。

乾隆看到这副对联，心中十分不快，跟大臣们一商量，不如改道到蓟州盘山去避暑吧。于是，皇上、大臣等一行人马，转道来到盘山。

第二天来到盘山，首先到大石桥。乾隆刚要上桥，发现大臣都在桥下不敢上去，就说："众爱卿，这里是盘山，又不是热河，你们害怕什么？大家上桥对句吧！"

大臣们这才敢上桥，但是又怕皇上仍然以承德的对联对句，谁也不敢说话，都低了头站着。

乾隆为了缓解气氛，就率先说出了上句："八方桥，桥八方，站在八方桥上观八方，八方八方八八方。"

乾隆一口气说出了8个"八"。大臣们都低下头想下句，谁也不敢乱说，唯有主编《四库全书》的文华殿大学士纪晓岚抬头微笑。

乾隆就对他说："看来，纪爱卿已经胸有成竹，你说吧！"

纪晓岚听到乾隆的话，一撩袍子跪在了乾隆的面前，"万岁爷，爷万岁，跪在万岁爷前呼万岁，万岁万岁万万岁。"

一口气是8个"万"字。乾隆一听，龙颜大悦。于是要来了笔墨，为大石桥题诗一首。之后，君臣前往天成寺，气氛一下子就缓解下来。

刘墉看见皇上的脸色好了，急忙凑上前来。

"万岁爷今天上山好有一比。"

"比作何来？"乾隆问。

"乾隆爷上盘山，一步更比一步高"，刘墉说。

"那么，我一会儿下山的时候就会一步比一步低了？"

"那就不是这样了。"

"那你怎么说？"

"乾隆爷下盘山，后背（辈）更比前胸（雄）高。"

"好！好！后背高是说将来子孙兴旺、国家更加昌盛了？"乾隆高兴地问。

"就是这个意思！"刘墉见皇上高兴，便也高兴起来。

阮老和谢老师听完这个故事哈哈大笑，直夸导游讲得好，大家听完这个故事更加兴致勃勃，也休息得差不多了，继续登山。

众人一路笑语一路欢，时而穿越幽林而过，时而缘壁而行，在一片嬉闹声中，便来到了矗立于山间的卧云楼。站在楼上，凭栏远眺，左边青山黛绿，层峦起伏；右边层层石阶，阡陌交织，水光倒影，波粼暗动，炫人眼目；碧水、蓝天交互辉映，田畴如画。

导游看大家兴致很高，又讲了一个发生在这“卧云楼”乾隆对句的故事。

那次乾隆游盘山又提起了百姓这个话题，那时的皇上也确实处于封闭的状态，根本就看不见老百姓，更别提听老百姓诉说疾苦了。所以，后来乾隆皇帝就采取了微服私访的做法，一来自己离开紫禁城去散散心，二来可以了解一些百姓的事情。

刘墉见皇上想看百姓是什么样子，就出了一个主意：“不如我们把宫廷的戏班子叫到盘山的天成寺来演戏，回头在山下贴上告示，请百姓来看戏。这样，百姓来了，皇上就可以看见百姓是什么样子了！”

乾隆同意了刘墉的意见，立即派人到北京去叫戏班子到盘山演戏。与此同时，也在盘山下各村贴上了告示，请百姓到天成寺看戏。

戏台设在天成寺对面新修建的“八角戏楼”上。本来，乾隆坐在了这“卧云楼”的一楼，但被一个大臣请到了楼上。谁知，乾隆一到楼上，就发现了一个纰漏。原来，大臣们只顾忙着让皇上看见老百姓了，没发现新修的戏楼上缺少楹联。清朝的时候有个规矩，在演戏的时候，戏台的两边明柱必须有一副对联，不贴对联是不准看戏的。

刘墉见此情景，眼球一转，来了主意。

他说：“万岁爷，戏楼不是忘记了贴对联，是等着万岁爷您赐字呢！”

乾隆说：“此言差矣！这些区区小事，难道还用朕亲自动手不成？”

一旁的纪晓岚看看刘墉，心想，这回你是拍马屁没拍好，拍在了马蹄上，还是我来给你解围吧！

就对乾隆说："万岁，微臣做一个对句如何?"

"好！纪晓岚说一个！"乾隆应道。

"按律吕点破炎凉世态，借衣冠描尽古今人情。"

乾隆一听，感到这副对联不错，但是过于深奥，怕老百姓不能看懂。

这时，乾隆的大舅哥傅恒上前说："不如我再对一句"。

"看我非我我看我我也非我，装谁像谁谁装谁谁就像谁。"

乾隆一听，感到虽然不深，但有点像绕口令，不太像对联了，就又摇摇头。

这时，已经想好的刘墉终于做了一副对联："三五人可作千军万马，六七步如行四海九州。"

乾隆听了，十分高兴："好！这副对联简明扼要，还说明了问题，是一副好对联！老百姓一定能够看懂，只是不知横批想好了没有?"

刘墉说："当然已经想好了。"

横批是："全是假的。"

乾隆和众大臣们听了刘墉的横批，哈哈大笑起来。

我们听完这个故事，仿佛也回到了乾隆时期，置身到那个乾隆和大臣们对句的场景，也跟着哈哈大笑了起来。

三

山高路陡，个个精神抖擞，踏着艳阳洒下的满地光华，拾级缓缓而行。盘山弯曲的石阶道，伸向蜿蜒起伏的山上来回匍匐；时而坡陡路窄，时而峰回路转，时而急陡直下，禁不住有点惊心动魄的感觉，两位老师爬起山来一点不比年轻人差，有一股不服输的劲头。穿过沟壑横切的石梯时，众人更是小心翼翼，屏住呼吸，扶石攀藤，手脚并用，一路上，年轻人替老师拿东西，危险地段搀扶老师。终于到了天成寺附近，沿着石阶绕过弯道上去更是一番新天地，浑然天成，仙峰秀色，神秘诱人……边走边望，不觉已经来到天成寺。

天成寺游览区南接入胜游览区，北至宿云亭，古人称"法界天成”。主要景点有江山一览阁、三圣殿、大雄宝殿、古佛舍利塔、银杏、香柏、御制碑、善蛇洞、梅仙洞、宿云亭，以及水景飞帛涧、涓涓泉、滚雪瀑布、如池、云楼梨影等，是使游人渐入佳境的游览区。

江山一览阁位于寺首，两层五楹，上悬清乾隆皇帝御题“江山一览”匾。三圣殿供奉西方三圣佛，大雄宝殿供奉释迦牟尼和十八罗汉，古佛舍利塔内藏神龙舍利三万颗。银杏两株，挺拔凌空，香柏傍塔，参天蔽日，皆数百年物。

“游盘山记”御制碑为乾隆皇帝撰文，梁诗正手书。银杏、香柏、御制碑，合称“天成寺三宝”。

卧云楼砖木结构，两层三楹，四周回廊，歇山卷棚青瓦屋顶，苏式金线大点金彩绘，雕梁画栋，飞甍翼然。古戏楼隔涧与卧云楼相对，旧为乾隆皇帝观戏之处。每当雨过初晴，远见烟绕霞映，若隐若现，如在云雾之中。近观涧水潺湲，影映古戏台，池中荷花带雨，红艳欲滴，故有“云楼梨影”之称。

宿云亭为六角单层，清莹剔透，四望群峰连绵，漫无涯际。沿亭西环形险路可见“包森洞”“洪涛洞”“可怜松”“试胆台”“一线天”等景观。

停停走走，眼随景动，景由心生。踏着绿荫拂过翠叶，穿行在幽静的丛林和山谷中。据导游介绍，自南宋到明清期间，不少文人墨客纷至沓来，在山上结庐倡学，纵酒豪饮，吟诗颂歌，浸润了盘山的种种奇趣和神韵，滋养着此处独到的人文和风骨。

抬头透过树叶缝隙看到石壁上“东五台山”四个红色大字，走近一看为中国佛教协会主席赵朴初所题。

四

从宿云亭来到了万松寺游览区。

万松寺位于盘山的中盘与上盘之间，庙宇的红墙黄瓦掩映在千百棵苍翠的松树之中，气概非凡。

万松寺是盘山最大的寺院，也是游人必到的寺院。提起万松寺就一定会说到欢喜岭上的万松林，导游向大家绘声绘色地讲解关于万松林来历的故事。

万松寺游览区南起宿云亭，北至舞剑台，主要景点有神牛福地、万松圣境牌坊、塔林、万松寺、“逍遥游”和“名山古寺”摩崖、太平禅师塔、普照禅师塔、凤翘松、龙腾松、雄鹰松、骆驼石等。因其建筑雄伟，自然景观开朗壮阔，是引导游人进入旅游高潮的游览区。

石牌坊为花岗岩建筑，妙致精巧。神牛福地位于欢喜岭上，乃传说中的护寺神牛活动圣地。塔林位于万松寺南，或三五一处，或十数成林，共有历代石塔99座。塔身或方或圆，或六角八角，或金钟倒置；塔座或须弥，或莲花；塔顶相轮或花瓣，或圆形，多姿多彩，错落有致。不二门迤逦相连，骆驼石御制石刻、仙人桥、“京东第一山”碑刻点缀其间。

万松寺位于舞剑台之下，寺内有弥勒殿、钟鼓楼、大雄宝殿、藏经楼、龙王庙、重修李靖庵碑、千佛殿等。弥勒殿供奉弥勒佛祖，殿后两侧分设钟鼓楼。大雄宝殿供奉西方三圣佛，两厢浮雕“二十四诸天像”。藏经阁双层五楹，为藏经之处。龙王庙安神位以求龙神降福免灾。大雄宝殿东为放生池，半月形，泉自岩壁而落，汇入碧潭，为信士放生之处，石制花架藤萝缠绕衬景夺目。千佛殿供奉释迦牟尼佛、倒座千手千眼观音和十八罗汉像，殿前有“重修李靖庵记”碑。

寺后舞剑台，块石而成，峭壁凌空，青削到地，为唐代魏国公李靖舞剑之处。天风阵阵，碧空万里，北望大漠莽苍，东观辽海冥蒙，难禁英雄同辄之想。

五

过了万松寺，就是挂月峰游览区。

大家选择乘坐云松客运索道，直奔南天门。

云松客运索道下起万松寺，上至南天门，索道全长1623米，高差291米，吊舱80组，每舱可乘2人。

索道人称“云栈”。游人有诗赞曰：“百折丹梯上紫霄，月宫深处彩云飘。笙歌一曲霓裳舞，体态翩翩分外娆。”大家两人一伙，小心翼翼地上了云松索道缆车，直奔挂月峰游览区。

从缆车向下环视四周，只见杂树环生，树叶藤蔓，幽草凄迷，野鸟欢鸣。沿着幽曲的小径，左弯右拐，上坡下壑，穿行在枝繁叶茂的丛林绿荫之中，游目骋怀，高壁峭立，俊秀挺拔，摩崖石刻镌题其间，那一瞬间，一种追求自然美的欲望顿时涌上心头。在这里，我远离尘世的喧嚣，独处一隅，寻回心境的安宁，尽情地享受一份静谧之美。和我同坐一舱的谢老师微笑着对我说：“文芳，看了如此美景，你可要写一篇游记哦！我看题目就叫《夏游盘山》，写好拿给我看啊！”

20 多分钟的空中索道运行后到了南天门，接近挂月峰了。

登上挂月峰，极目远眺，群峰簪笏，盘节缠虬，气势恢宏。你看，在眼前呈现的，千山万壑之巅，挂月峰、定光佛舍利塔如东海龙王的定海神针，又如玉皇照天灯，巍峨耸立，直插云霄。仰观峰巅，挂月峰与蓝天相互掩映，傲然挺立，云丝散落其间。

俯视深渊，云蒸雾涌，怪石嶙峋，嵯峨险峻；目光转处，幽深迷人，惊涛拍岸，令人咂舌。

那么，这是谁的丹青妙笔，勾勒出一幅如此气势磅礴、五彩斑斓之图？在这里，我便忍不住怦然心动，再一次放任飞扬的思绪，那种无声的召唤，瞬间穿越了时空，移神动性，唤醒体内沉睡的灵魂……啊！我心中的盘山！

（作者：张文芳、川石，系中国散文学会会员，
刊于《时代风采》，2014 年）

雾灵山美景

作者与陈建军于雾灵山合影

雾灵山坐落在河北省兴隆县城北，为燕山主峰，京东第一峰，海拔 2118 米。古时候称伏凌山，1500 年前北魏地理学家郦道元登山游览后，在《水经注》中写道：“伏凌山甚高峻，严障寒深，阴崖积雪，凝冰夏结，故古人因此名山也。”宋代就在山上建设了寺庙，史载“僧道万余人”。清世祖顺治二年（1645 年）把雾灵山划为东陵后龙风水禁地。长达 200 多年“禁民行居樵垦”，使得雾灵山林木蔽日，遍地泉流。1988 年被国务院列为第二批国家级自然保护区，保护区面积1.6万多公顷。雾灵山属暖温带大陆季风区，保护区内古木参天，山上有各类植物1818种，鸟兽类动物繁多，有14余种，被中外学者称为华北植被类型的代表。

秋日间，天高气爽，出去采访归来，我们一行4人驱车到雾灵山去大饱眼福。出兴隆县城北行，远远望去，群山起伏，连绵不断，汽车在山间公路蜿蜒爬行。

雾灵山的自然景观迷人，一处处展现在眼前。

仙人塔，在海拔1400米处，高攀蓝天，格外壮观，塔高47米，底宽10多米，它不是人工所成，乃天工巧夺而成。仙人塔由片片岩石天然叠积而成，顶端石块单摆浮搁，千百年来，历经地震、山崩和风雨考验，石塔仍巍然屹立。置身塔下，游人有惧塔倾倒之感。塔侧，山溪潺潺，使仙人塔显得格外有生气。

驱车沿盘山公路继续而上，路是沙、石铺成的，虽不很宽，但硬硬实实，听司机介绍，从山脚到山顶约25公里，路虽不很长，但需行两个小时，当车行至海拔1800米处时，就看到莲花池，它是因中间地势较低且平阔，周围五角形凸起形似莲花又盛开莲花而得名的，面积2.5公顷。进入6月，白莲花竞相开放，这一丛，那一簇，绿叶绿得生机勃勃，白花白得纯洁无瑕。7月，白莲花情意绵绵地不肯凋谢，金莲花迫不及待地相继而开，东一坡，西一片，如点点黄金闪烁在绿丛中。

9月，雾灵秋色又是一美景。秋风泼墨，秋雨润笔，把雾灵山染成一幅彩色斑斓的画卷。从车窗往对面山望去，妙极了，松、桦、杨、柳、五角枫；红得火热，黄得成熟，紫得贞烈，蓝得朴素……目及远近，峰岭层叠、浓浓淡淡，风采各异，竞相比美。

地理条件对气候产生了影响，山地高度每向上100米，温度要下降0.6℃，由于这种垂直变化，雾灵山形成了一个个的垂直气候带，山脚以阔叶林为主，到了山顶是针叶林，气温对植物的影响十分明显。

从莲花池东行两公里处，可见到东西孤石。在平坦空荡的草甸子有一条小路，路的东西两侧各有一个巨石，两石斜对相距约500米。路东那块高5米，长11米，宽6米，称东孤石，西面那块相当于东孤石一半那么大，东西孤石有篇美妙的神话传说。

汽车翻过一岭又一岭，司机是本地人，对这一山一水、一草一木十分了解。说起这里的自然景观，他滔滔不绝，我们边走边说边看，他重点介绍了龙潭瀑布。它位于雾灵山两侧龙潭沟的沟谷中。龙潭沟下行途中，像是被一把快刀切断，刀下面的沟谷竟陷落 30 多米，刀上面的切断面自然成了一个陡崖。两侧的山上百泉涌水，小溪潺潺，汇到沟底成河。河流从崖顶骤然下落，形成瀑布。瀑布落处，冲砸出一个深不可测约 200 多平方米的扇形水潭。神话传说潭水中有一条小白龙。

雾灵山不仅有美妙的自然景观，还有神奇的人文景观。七盘井可谓雾灵山景观的一绝。在雾灵山顶西下几百米的西山，在宋代建筑云峰寺遗址，寺前有水井 7 盘，分布呈天上北斗七星状，故得七盘井之称。其中有一盘井的井壁大幅度倾斜。传说，当年穆桂英曾扎寨西山，书童牵马饮水时尽管马头极力下伸，仍够不到水面，急得战马竖身摇尾炮着蹶子长嘶。穆桂英见状大怒，伸手一扳井口，竟把这口井扳得倾卧过来。战马痛饮井水，众士卒张口结舌。

古时留下的七盘井堪称一大古迹。到过雾灵山的游人，无不观赏大字石。这是一块花岗岩巨石，高 20 米，宽 9 米，呈馒头状。其上面镌刻隶体字“雾灵山清凉界”，每字长约两米。据河北文史所载，1635 年明末官吏有一次来此集会游览，字为李逢所刻。“清凉界”字石之南几百米的一座山峰，海拔 1500 米。向东望去，上尖下阔呈三角形，在群峦中巍峨矗立，有雾灵山上金字塔之誉。清凉界是一垂直气候带界，站在盛夏的清凉界下，徐徐凉风吹来拂面透体，周身清爽，暑气全无。

山道弯弯，驱车向上，一山比一山高。此处倍觉“山外山，楼外楼，能人中见能人”的真正含义。眼前出现了一座凸形的山峰，那就是雾灵山顶。山上有高大的铁塔，那是电视转播塔。

车子刚停于停车场，还没来得及下车，电闪雷鸣，一场雷阵雨骤然而起，雨下了约一刻钟就停了。雨停风住，云散日出，我从车场登上了顶峰，站在巨石上极目远望，脚下风声雾起。

雾灵山之奇正是云雾，一年中，这座山有 180 多天被云雾笼罩。

极目云天雾海，宛如置身瑶宫仙境之中。身边云雾茫茫，云在脚下飘飞，人在云中漫行，似脚踏波涛起伏的雾海云峰。司机告诉我，在晴天，放目四望，往下看，雾灵山脚下众山拱列，向南看，有一条银灰色的飘带，那是流经兴隆县城的柳河，向西看有一闪光的铜镜，那是北京市郊的密云水库。晴朗的夜晚，首都北京城的灯光会扑进眼帘。

美哉！雾灵山。

壮哉！雾灵山。

（刊于《改革大潮赛风流》第365~368页）

重游“南海湿地”

九月上旬，秋风送爽，天空湛蓝，大地碧绿，旅游旺季。应我的老同学谢吉恒相邀，与几个好友，前往南海公园重游。

（一）

“空难”后快十年了，我还未涉足南海公园一游。我刚下车就发觉南海公园给人一种全新的感觉，入口处“南海公园”四个大字不见了，取而代之的是鲜红的“南海湿地风景区”七个大字映入眼帘，南海公园更名了。

进了景区大门，漂亮壮观的广场很有气势。放眼望去，看不到半点原来的影子。此广场是在原空难发生地建成的，场内雕塑艺术再现飞机坠毁的状态，露出水面的机身用黑色大理石制成，以纪念空难中的遇难者。

据导游介绍，2004 年 11 月 21 日，东航一架客机在包头市起飞不久发生爆炸，坠入东河区辖内的南海湖，不仅导致 55 人遇难，还使南海湖受到严重污染。污染逐渐由水面向底泥扩散，由局部向整个湖面蔓延，致使南海公园全面停业。

包头市委、市政府对此事极为重视，除了正常的按程序处理事故外，对污染的治理作了明确的指示和严格要求。

受南海公园管理处委托，中国环境科学院负责调研论证，结果显示空难造成南海水系严重污染，生态环境受到严重破坏，总体水质恶化。内蒙古自治区环保局亦做出需全面修复湖区水生态系统的结论，特别强调对排出的湖水和清理的底泥要采取有效措施，以避免二次污染。

历经近三年，经过换水、清淤、消毒、补水、生态恢复等工程的治理，南海公园于2007年8月2日正式恢复开园。

南海湿地风景区位于包头市东河区南侧，黄河北岸，是九曲黄河在包头的第二弯，由于黄河改道南移，形成了湖泊和河漫滩湿地。滩头草地距黄河只有一公里，占地面积2000公顷，水域面积580公顷，湿生草地面积1000余公顷，北有青山朦胧辉映，南有黄河玉带环绕。景区内宽阔的水域、浩瀚的芦苇荡、美丽的草原秀色，不由得让人想起"风景这边独好"的诗句。

据史料记载，昔日的南海子码头是康熙年间黄河岸边的一个航运吞吐口岸，迄今已有330多年的历史，道光三十年（1850年），黄河改道，南海子渡口成为黄河中上游的水运枢纽和皮毛集散地，商贸发达，经济繁荣。随着老包头在西北地区的经济地位发生重大变化，南海子渡口也一度扬名天下。

（二）

现在的南海湿地风景区融城市、湿地、黄河于一体，是黄河湿地生态环境系统的缩影，是包头几代南海人心血的结晶，已成为集生态休闲、旅游观光、科普宣传于一体的综合旅游景区。

景区内配有各种电瓶车供游客选用，我们乘电瓶车绕湿地一周，饱览怡人的风光。

向南远望，湿地与黄河被宽阔的景观大道间隔，景观大道上车来车往川流不息。湿地整个被芦苇覆盖，芦苇随风摇摆，好似一片绿浪银波，不时看到野鸭在芦苇丛中游荡，水鸟在半空中飞翔，更是别有一番情趣。

途中电瓶车不时停下来，让游客在重要景点自由观光、拍照，导游接二连三地为我们介绍湿地的有关景点情况。

南海湿地位于内蒙古中西部，处于干旱与半干旱地区，纬度高，包头这样一个重工业城市，能有一片城市湿地，对平衡城市生态环境、保障人民生活尤为重要。

据了解，全景区分为南北两部分，南部为湿地草地风光区，自然资源丰富。湿地南部又分为保护区、缓冲区和实验区，分别占湿地总面积的47%、15%、38%，保护区共有植物204种，分为灌丛、草甸、沼泽和草塘4个植被型。有陆生脊椎动物225种，其中鸟类共有16目43科105属201种，包括国家一级保护鸟类2种，二级保护鸟类26种。这里还是天鹅、遗鸥、鹭等游禽、涉禽鸟类南北迁徙路线上的重要通道及驿站。南海湿地被专家称为包头市的“五库”——碳库、水库、氧库、食品库、基因库。2006年被包头市林业局、野生动物保护局命名为“包头市野生动物保护科普教育基地”；2009年被内蒙古野生动植物保护协会评为“内蒙古自治区野生动植物保护宣传活动先进集体”；2010年被包头市委市政府授予“包头市科普基地先进集体”，被中国野生动物保护协会命名为“全国野生动物保护科普教育基地”；2011年被内蒙古科协命名为“内蒙古自治区科普教育基地”，被包头市环保联合会授予“环保示范单位”；2012年被包头市环境保护局命名为“第四批包头市环境教育基地”及“南海子环境教育基地”等称号。

北部景区为南海湖观光娱乐区，2005年，东河区委区政府按照五大特色经济区域战略规划，先后聘请德国、西班牙、同济大学等国内外著名规划专家以及包头市规划设计院的专家，对有480公顷面积的南海湖生态旅游区进行规划设计。其宗旨是挖掘包头市及南海公园深厚的文化底蕴，凸显黄河故道、草原文化、民族文化等多元文化的特点，体现人与自然共生的理念。推出以“人在苇中走，雁在水中飞”为代表的十大景点，即时空码头、南海问茶、清水沙滩、双龙吐翠、唐宋遗风、雁渡苇荡、九色鹿、南海景石、卵石滩、问鱼台。

（三）

我们漫步湖边，领略南海湖风光。看空中飞伞、水中快艇、亲水沙滩等惊险刺激的游乐项目，真是羡慕当代的年轻人。看游客钓鱼、聊天，看孩子追逐打闹，看中老年人跳舞打太极拳，一派祥和景象，能生活在这个时代，多么幸福、多么自豪。

听导游讲，这里每年都举办“中国包头湿地风情节”“中国包头黄河鲤鱼节”“中国包头冰雪节”三大主题活动，吸引全国各地的旅游爱好者聚集草原钢城。

午餐安排在一艘旧船改造的水上大世界上。餐前，导游给我们介绍了黄河鱼，黄河干流总共有鱼类121种，干流中纯淡水鱼类有98种，占总数的78%，主要有花斑裸鲤、极边扁咽齿鱼、厚唇裸重唇鱼、黄河裸裂尻鱼、瓦氏雅罗鱼、北方铜鱼、鲤鱼、鲶鱼、黄鱼、鲫鱼等……大家听了瞪大了眼睛摇头说：“除了鲤鱼、鲶鱼、黄鱼、鲫鱼外的鱼种，听都没听说过”。虽说这里鱼种类极多，不过黄河包头段很难捕捞。

服务员把菜端上来了，嗬！全是鱼，有炸鲤鱼串、双菇焖鲫鱼、清蒸黄鱼、砂锅鱼漂、豆豉蒸鱼仔。真丰盛！大家边品尝边议论，不知不觉，一顿饭吃了两个多小时，大饱口福，感觉很好。

我们又回到主广场，欣赏广场上的各种雕塑造型，“层帆叠影”“巨石阶”“半月弯”“水中舞台”，导游告诉我们，“层帆叠影”表现的千帆竞渡、波浪翻滚的激昂场景，既是主入口的对景，又是周围其他景点的背景，同时也是全景区的地理标志。

南海湿地风景区四季皆有景，春天可领略春回大地的自然景色，夏季可作为旅游避暑的胜地，秋季可观赏草原风光的浑厚、豪迈，冬季可滑冰、冬泳、观赏冰雕。

游客来到南海湿地景区，不仅能在水上泛舟、湖中垂钓、蒲荡探幽、园中小憩，饱览秀丽怡人的南海景观，品尝南海自产的金翅黄河大鲤鱼，还可以参加龙舟赛、放河灯、摄影比赛等多种娱乐活动，在大自然中度过休闲时光。

南海湿地素有“塞外西湖”的美誉，是国家4A级景区和自治区湿地自然保护区，相信在包头市政府的领导、规划下，在社会各界人士的支持下，南海湿地风景区一定会成为“呼包鄂”经济带上的一颗璀璨的旅游明珠。

（作者：温莹、川石）

拍摄电影《梦回搭衣岭》

今年国庆节前夕，我接到武安市京娘湖景区总经理李增书发来的邀请函，邀请我参加电影《梦回搭衣岭》的开机仪式，内容如下：

谢吉恒老师：

我市作家孔祥峰、柳林山创作的电影剧本《梦回搭衣岭》，将于2014年10月9日在京娘湖地博园假日酒店举行开机仪式。该片经广电总局批准，由天津谷腾影视制作中心拍摄。这是一部当代农村题材的励志片与爱情片。影片以改革开放为背景，以民营企业家李增书为原型，讴歌并展现了新一代农民不屈不挠的创业精神。片中既有60后的故事，又有90后的故事，恋情、爱情、亲情并存，构成了色彩斑斓的现实生活。影片故事情节细腻而耐人寻味。参加开机仪式的有各级领导、嘉宾、各大媒体记者和剧组主创人员，在此，我诚挚地邀请您参加本次电影开机仪式，并期待着您的积极参与和光临指导。

武安市京娘湖景区总经理　李增书

2014年9月28日

我与李增书相识共事十余年。2004年我初次采访他时，当时他兼任武安市活水乡常杨庄村村长、党支部书记及古武当山旅游开发公司总经理三职。他是一位热情好客、锐意创新、朴实接地气的农民企业家。他被评为第十届中华大地之星“百佳新闻人物”，被授予“中华优秀企业家称号”，在人民大会堂受到国家领导人亲切接见并合影。我为他的事迹采写题目为《拓宽开发寻新路》的报告文学。后来，他发挥自身优势，相中旅游产业，捷足先登，投身京娘湖景区开发，取得骄人的业绩，令同行赞叹不已。

我到七步沟景区采访，曾十余次路过京娘湖景区，早有为此写篇散文的念头。今年秋天，我将京娘湖景区列入我即将出版的《走进红松的故乡》一书目录之中。京娘湖景区与七步沟景区相邻仅隔十公里，都是国家4A级景区。

京娘湖素有“太行三峡”之称，明代文学家冯梦龙编著的《警世通言》中记载，“赵匡胤不恋私情不畏强，独行千里送京娘”的故事发生在这一带，故得此名。京娘湖原称口山水库，建于1966～1969年，最大水面2500亩，总蓄水量3208万立方米，海拔1088米，湖面呈倒“人”字形，分东西两支，各有3公里长。这里层峦叠嶂、群峰竞秀、湖水荡漾、林木茂盛，森林覆盖率达98%以上，古迹名胜与神话传说交融在山川水色中，形成具有诗情画意的京娘湖旅游区。恰好，借此次开机在京娘湖拍摄电影《梦回搭衣岭》之机，经商定，将约孔祥峰执笔由我修改的《梦回搭衣岭》这篇散文编入《走进红松的故乡》一书。

拍摄电影《梦回搭衣岭》

搭衣岭是虚构的一个村名，本名叫常杨庄。

今年夏天，京娘湖景区的老板突然找到我，要我写一个电影剧本，内容是反映20世纪90年代农村青年艰苦创业的故事，故事的发生地就是京娘湖畔的常杨庄，主人公就是他自己。接着他就滔滔不绝地讲述了一番他的创业经历，并且还拿出几张登有他事迹的报纸让我看，尽管里面不乏有许多动人的情节，但还是无法激起我的创作热情。我说，这种题材都让人写烂了，拍出来有人看吗？他说，我不要求你完全写实，你是作家，你可以充分发挥你的想象，把故事编得好看一点呀！他还举了许多电视剧的例子，看上去还很内行。

那你图什么呀？拍电影是要花钱的，随便一部什么片，动辄就是几千万，超级大片往往投资过亿，如果没有经济实力或者票房上不去，一下就栽了。这些他显然都考虑过，不是很在乎。他说，他跟制片方协商过了，双方共同投资，一家一半，而且是小制作，数字电影，充其量也就是几百万的事情。当然，最重要的是电影要在京娘湖拍，这无疑又增添了一种广告效应。看来他是经过深思熟虑的。

京娘湖景区的老板名叫李增书，60 后生人，20 世纪 80 年代因为穷，和新婚的媳妇一块到城里创业，从挑担卖菜、摆地摊做起，到承包挂面厂，几年工夫就发展成为闻名遐迩的商业大户。但他跟一般暴发户不同，并没有沉湎于声色犬马、酒色财气，而是把赚的钱投资到家乡的旅游开发，并以村主任的身份带领群众共同致富。如今，他开发的北武当山和他经营的京娘湖已经成为国家 AAAA 级景区，附近村民多数都在他这里上班，解决了许多青年人的就业问题，而且本乡本土的，上下班也很方便，早晚景区专门有大巴车沿路接送。

看到老板这么有信心，我也就不再说什么。不过，我需要到京娘湖和常杨庄去采访一下，搜集些素材，体验一下那里的环境和村民的生活，老板都一一答应了。

我有十多年没到京娘湖景区了，果然耳目一新，湖面上新添了许多游艇，游艇满载着游客在湖面上尽情地游弋；还修建了空中缆车，一对对情人欢快地从头顶上掠过；对面的贞义岛上复建了京娘祠，峡谷间还修筑了情人相会的鹊桥，更增添了人文色彩和浪漫情怀。难怪文人墨客称这里为“情湖爱岛”，确实名不虚传。

从景区采访回来，我和我的合作伙伴林山就开始构思创作。首先确定了这个戏的基调——不能受真人真事的限制，虽然写的是创业故事，但一定要好看，有爱情，有亲情，有私情，满足不同层次的观众。基调确定之后，就开始确定人物，确定故事大纲，确定矛盾点，确定对立面，确定谁跟谁矛盾，跟哪些人矛盾，每一件事、每一个人物都反复推敲。我们俩平常爱抬杠，这会儿也不知怎么，居然高度统一，一拍即合。不过，我还是看出问题来了：人物不少，但行当不全。

我在剧团当过团长，经常带团出去演戏，俗话说：没吃过猪肉，还没见过猪走？戏剧之所以好看，就在于行当齐全，生、旦、净、丑缺一不可。单说生就有小生、老生、红生、须生、武生；旦，有小旦、老旦、青衣、彩旦、花旦、闺门旦、刀马旦；净，有大脸、二脸；丑，有三花脸、丑旦。尤其不能缺了丑和彩旦、花旦，这些都是逗笑的角色，没有这些角色，戏剧很难出彩。于是商量之后，我们又在戏里增加了寡妇白莲花和混混儿歪脖臭两个角色，为整部戏增色不少。

我从小是在农村长大的，对农村生活非常熟悉，大约用了一个月时间，初稿就写出来了。我在小范围内征求了一下意见，又利用半个月时间作了两次修改，最后交到老板手里。老板和导演看后都很满意，但都认为仍有修改的必要。

9 月初，距开机还有一个多月时，导演突然来电话，要我到北京改剧本，说最后一次定稿。我跟老板通了个电话，老板同意，并且表示说："导演有导演的想法，可能考虑票房多一点，你尽量配合他吧。"有这句话我就好办，因为之前有许多顾虑：如果太脱离素材，怕老板不满意；太脱离市场，又怕导演不接受。

上车之前，导演就在网上给我订好了去北京的火车票，一到北京就看见导演韩旺增打着雨伞在出站口等我。那几天北京一直在下雨，我们就在淅淅沥沥的雨中寻找着出租车，然而都很贵，低于 150 块钱人家根本不拉。我提议说，坐公交吧，公交才 1 块钱，我们又不急着干啥。导演欣然同意了——他是制片人兼导演，花钱很仔细，生怕资金有限兜不住底。

剧组设在北三环一家宾馆。倒不是这家宾馆条件有多好，关键是所处位置优越，北京电影学院、八一电影制片厂、北电影视艺术学院等都在这一块，甚至可以说这里是演员、剧组、影视中心集散地。一进宾馆大门就可以看到橱窗里的招贴广告，广告内容都是正在筹拍的电影、电视剧，我的《梦回搭衣岭》也赫然贴在里面。广告上注明了房间号和剧组电话，每天有成群结队的演员到这里来应聘。

为了方便改剧本，导演单独给我开了一个房间。他提出了一些他的想法。他说年代戏没人看，还需要加一些90后的戏，以吸引年轻观众；另外老支书不能写得太坏，这有损于党的形象，况且广电总局也通不过。我说，不至于吧，连中央委员、省部级高官都成腐败分子了，一个村支书犯点错误不是很正常吗？他说，现实归现实，文艺作品不能这么表现，一旦被广电总局给毙了，我们可赔不起呀！我说，这样吧，为了保险起见，你先把稿子发给广电总局，让他们先给把把关，如果不行咱再改。导演同意了。

第二天，导演回话说，总局的朋友也没说不行，但担心拍成后局长审查通不过。既然是这样那就改吧，先是把村支书改成了治保主任，还怕通不过，又改成了原生产队队长，所犯错误也由敌我矛盾改成了人民内部矛盾。接着就该考虑票房问题了。导演坚持要加90后的戏，我说，那可是有点画蛇添足，明显前后不接。他说，这没关系，好多电影都是这样，内容一般，但就是拍得好看，票房高得不得了。他还给我推荐了几部票房较好的影片，如《致青春》啦，《小时代》啦，让我从网上调出来观看。但很失望，我并不看好，什么都没有，就几个靓女在里面晃来晃去，这就叫电影？我甚至怀疑：这样的片子也有人看？是我的审美观念落后了，还是现在的年轻人审美错位了？

农村有一句俗话，叫"做活由事主"，也就是说，给谁做活谁说了算。我是挣稿费的，你说咋改就咋改，这点道理我还是能想通的。于是，我把前边的戏挤掉三分之一，又加写了30场90后的戏，也就是说，20年后主人公的儿子也开始谈恋爱了。我自己觉得戏挺好：一对高中生，靓男靓女，不好好学习，早恋，逃课，泡吧，开房，把富二代的特点都表现出来了。然而导演说不行，中学生不能开房，通不过。我说，这也是一种社会现象呀，现实生活确实存在，为什么就不能表现呢？他说，广电总局有禁令，要不然就改成大学生，这种事例别的电影有。我说，大学生就免了吧，没意思。想了很久，我仍然不想放弃这场戏，因为这场戏写得很浪漫，很纯真，况且也没有“儿童不宜”的镜头。于是我跟导演说，做一些技术处理吧，让女生把男生轰出去，“去去去，到你的房间”，表明没有同居就算了。导演同意，最终把这场戏保留了下来。

10月9日，电影《梦回搭衣岭》开机仪式在京娘湖如期举行。剧组全体演职员、各大媒体、文化名流、上级领导部门都参加了开机仪式，市长、旅游局局长还发表了热情洋溢的讲话，我也被导演介绍得满面春光。随后，报纸上、网络上有关《梦回搭衣岭》的信息扑面而来，其拍摄花絮也成为坊间的议论话题。

电影拍摄过程中，我也断断续续地跟过几次，演员们的青春活力深深地感染了我。因为写这个戏的时候我充分考虑到年轻观众，为了保证青春靓丽，我几乎没有写高年龄的角色，因此剧组挑选的演员都是二十几岁的少男少女，都是北京电影学院、中央戏剧学院毕业的高材生，既魅力四射，又在多部影视剧中扮演过主要角色，其演技和扮相都超出了我的想象。他（她）们很能吃苦，每天早晨6点起床，夜里12点才回宾馆休息，除了早饭在宾馆吃外，其余都是送盒饭。有一次夜里拍戏，有演员抱怨说：“我们怎么老是夜里加班呀?”导演开玩笑说：“没办法，孔老师他就写了这么多夜戏，我有什么办法。”我接着说：“你就知足吧你，这么冷的天，没给你写跳进水里摸鱼就算不错了”，他们都笑了。

剧组经过一个多月的拍摄终于杀青了，由于受资金和条件的限制，许多场景都没有按剧本描写的拍，这给我留下了许多遗憾。但愿明年播出的时候观众不要骂我。

（作者：孔祥峰，系中国散文协会会员）

珍藏记忆

ZHENCANG JIYI

圆　梦

——记谢吉恒赠书一景

作者与韩雪屏老师（中）合影

渴望已久的喜讯终于到来了——谢吉恒于 2013 年 7 月 23 日来包头赠书。

回想 2012 年 7 月 16 日，包头第一师范学校 62 届毕业师生聚会，那场景、那激情、那喜悦、那谈话历历在目。

就是在那激动人心的时刻，谢吉恒应允到会师生将他的一部报告文学、散文游记作品《难以磨灭的记忆》在来年出版后赠送给各位。可以想象，老同学谢吉恒要来包头赠书的消息对我们朝夕相处三年，五十年后又相逢的同窗来说，欣喜之情确实难以言表。

此次赠书正逢我们理科二班有意举行一次小聚，聚会与赠书同时进行，聚会给赠书提供了温馨的场所，赠书为聚会增添了时尚的新意。同学聚会筹备组从 7 月 16 日开始着手组织筹备。

谢吉恒是我们这一届同学的骄傲，他立志孜孜不倦；他吃苦勤奋拼搏；他善学积累提高；特别是他退休后仍笔耕不辍、佳作频出，是我们仰慕的楷模。他牢记师长恩，永念学友情，《难以磨灭的记忆》就是他真情的写照，句句情，字字爱，跃然纸上。

谢吉恒同学让我们引以为豪。能让中华全国新闻工作者协会国内兼学术部原主任、高级记者、“中华大地之星”征文评选组委会主任阮观荣先生；高级编辑、中国冶金报社原总编辑、现任冶金工业出版社总编辑任静波女士，分别为其书作序，这是何等不易，何等荣耀呀！作为谢吉恒的同学，我们向两位领导多年来对谢吉恒的关心、培养、支持、厚爱表示由衷的感谢。

7 月 23 日上午，湛蓝的天空飘着朵朵白云，暖暖的微风轻拂在脸上，天气真好，心情更好，同学们三五成群地步入包头六和顺饭庄，问候、寒暄、说着知心话，盼着赠书这个庄严时刻的到来。

上午十点，主持人宣布大会开始，介绍了到会师生。刘国基代表同学聚会筹备组讲话，说明此次聚会的主题和大体内容，代表 116 位师生对谢吉恒的赠书表示感谢。因为这次同学聚会是理科二班同学小聚会，班主任王云龙老师成了主角，他语重心长地讲了话。王老师的讲话既有回忆，又有鼓励，既有希望，又有嘱咐，讲得同学们热泪盈眶。肖增润老师的讲话，穿越时空，更是把同学引回五十多年前的学生年代，使在座师生沉浸在在校时的遐想中。

赠书仪式开始啦！首先请谢吉恒讲话，他把老师的教诲培养、同学的帮助支持，看成他能有今天的基石。他说：“大恩不言谢，这些年来，总想为大家做点什么，今天的赠书既是向老师、同学的汇报，又是圆了自己的一个梦。”

他谦逊、真挚、情浓、意厚的讲话，迎来阵阵掌声，把大会推向高潮。谢吉恒把用象征喜庆的红绒绳捆好的书，恭恭敬敬地送到老师手中，请老师斧正。各班同学代表都接受了赠书并合影留念。

同学中不少人第一次参加赠书仪式，第一次接受赠书，心情特别激动，性急者，迫不及待地翻阅起来，首先看目录，哇！真棒！跟随着书中的文字，同学们好像游历了祖国各地的秀美山川，领略了祖国各地的风土人情。的确，书的内容丰富，可读性、知识性、趣味性颇佳、作用非凡。

接着，同学聚会筹备组向谢吉恒及为《难以磨灭的记忆》这本书作序的阮观荣、任静波两位领导赠送象征草原钢城包头的“梅花鹿”工艺品，感谢他们为这次赠书活动发来的贺信。

下午两时，聚会赠书结束。师恩永远记心间。我们驱车来到包头青山区韩雪屏老师家中，她是我们的语文老师，谢吉恒是语文课代表，受恩师指点机会多，启蒙熏陶深，为感谢三年的关爱，专程前来给韩老师赠书并合影留念。道一声真挚的祝福：“谢谢您，我们的老师——”。

人类自从有了文字，才有了文化的积累，有了书，才有了文化的传承，书给人以知识、以营养、以力量，书籍是智慧的钥匙；是文明的加速器；是人类进步的阶梯，赠书是高尚的壮举，谢吉恒的《难以磨灭的记忆》一书是他对祖国美好河山之热爱、对华夏历史人文景观之钟情、对改革开放以来各项事业发展之赞许的真实写照。

让我们跟着作者的足迹，寻着作者的思路，在书中饱览祖国的大好河山和人文景观。没有旅游，胜似旅游。

（作者：温莹，刊于《中华大地之星获奖作品选》，2013 年）

探访英谈古寨

古村落集人文、历史、建筑、民俗多种文化于一体，具有很高的历史、艺术、科学和旅游价值。

——作者题记

5 月 25 日，我在邢台德龙轧辊有限公司办公室张玉芳的陪同下，探访英谈古寨。

此行是孙建勋总经理特意安排的，前三天一直在邢台、邯郸民营钢厂采访调研，为了让我在连续采风写作中得到点放松，延后一天回北京，去领略英谈古寨的神秘风采。

我们从邢台市区出发，沿着邢左公路驱车西行，山路蜿蜒，群山起伏，一个多小时车程，抬头远眺，掩藏在幽深的山谷和苍翠山林间，一座长在半山腰的红色城堡展现在眼前，那就是蜚声国内外的——“英谈古寨”。

“2006 年中国乡村游”这一主题带动了中国乡村旅游，在全国兴盛起古村落旅游。从最初的丽江到后来的婺源，北方还有乔家大院等各具特色、各式各样的古村落。英谈古寨是一个富有传奇色彩的千年村寨。它位于太行山东麓深山腹地路罗镇境内，距市区 70 公里，长期藏于深闺外人不知，旅游业尚未开发，一直保持原生态，像这样保存完好的古寨实属罕见。整个寨子有三个村庄，村域面积 6 平方公里，170 多户人家，640 余人，历史上这里是人杰地灵的风水宝地，加上自然景色宜人，是河北省内不可多得的一处历史文物古寨村落。

古村落集人文、历史、建筑、民俗多种文化于一体，具有很高的历史、艺术、科学和旅游价值。2007 年英谈古寨被国家建设部、文物局评为第三批中国历史文化名村，在央视等媒体介绍英谈古寨的风姿后声名鹊起。

英谈古寨作为中国目前保存最为完好的古石寨，如今已成为国内外游客争先前来游玩参观、向往的目的地，是世界认识邢台的一张王牌名片。

探访归来，盘点收获，回忆起用手抚摸古老的寨墙、脚踏过红色的石板街、品尝老井中清冽的水、听老人述说逝去的故事……用心感悟古寨魅力，端详着这座用石头铺垫、堆砌的美丽画卷，感受其清晰印象。

印象一：自然风景独特秀丽。绵延八百里的太行孕育了优美的自然风光，巍巍太行有山皆绿，有谷则溪，有溪则瀑，有瀑则潭，有潭则幽，水因山而灵，山因水而媚，绿色太行，满目苍翠。英谈古寨位于太行这最美的一段，三面环山，东面临河，森林覆盖率达 90% 以上，有一川、三山、六岩、九沟、十八垴之称，万亩山场，古树参天，枝繁叶茂，优美环境，山清水秀，静谧宜人。

英谈古寨一年四季皆有景：春有春色、夏有绿荫、秋有金黄、冬裹银装。千百年来，英谈古寨人远离了尘世的喧嚣和浮躁，这里绝对算得上是一方灵秀之地，为这个古寨增添了更加神秘的色彩。

印象二：历史文化底蕴丰厚。英谈古寨文化历史沉淀深厚，文化内容富集，集黄巢文化、建筑文化、宗族文化、商贾文化、红色文化于一体，具有丰富性、多样性和独特性等特点。

——英谈古寨始建于明朝永乐二年（公元 1403 年），至今已有 600 多年历史。它的前尘往事没有确切文献记载，靠口口相传，据说曾经唐代黄巢起义军在此扎过营地，建过营盘，各路英雄豪杰相聚于此，谈论战事，故得名营盘。随着岁月流逝和当地百姓口语的变换，营盘的谐音叫成了现在的“英谈”。

——明朝永乐年间，有大户路姓举家从山西洪洞迁来此地，建房安家，占田建村，繁衍发展。英谈古寨有一姓三支四堂之说。一姓，全村的村民 95% 以上都姓路。路姓分三支，三支又分四堂。这四堂是德和堂、中和堂、汝霖堂、贵和堂。据说三支四堂鼎盛时，是当时顺德府的首富，土地遍及冀晋交界处五县。

——英谈古寨易守难攻，有“一夫当关，万夫莫开”的险峻地势，进可以攻，退可以守，1000多年前被黄巢选为驻扎军队的地方。抗日战争时期，英谈古寨曾是国民党河北省政府驻地和冀南银行总部所在地，后成为抗战的敌后根据地，邓小平、彭德怀、刘伯承、左权等革命将领曾在此居住。这个近百户的小山村，参军参战的村民达三四十人，其中6位村民在战场上光荣牺牲，英名永驻，小山村蕴藏铮铮血性。解放战争时期，八路军129师在这里建起被服厂、造纸厂和印刷厂，英谈成为红色城堡，在中国革命史上做出很大的贡献。

……

印象三：建筑风格独具典型。古寨内67处石头古院落，建筑面积4500平方米。院落靠山而居，依形营造，错落有序，层层叠叠看古寨，山寨如同在画中，有人说这里是“世外桃源”。其中德和堂、贵和堂、中和堂、汝霖堂最为知名。古寨有4座寨门，36座石拱桥以及古石楼、古石街巷等众多古迹，是国内少有保存较完整的石头城堡之一。

英谈古寨是用太行山盛产的红石建成的。走进古寨，映入眼帘的全是红彤彤的石头，脚下是石头，房屋建筑是石头，房顶也是石头，从街道到宅院……处处是石头。还有随处可见的石碾、石磨、石头炉灶……这方石头世界透着古朴和神秘。

村寨有中国保存最完整建于清代咸丰年间的寨墙，墙宽3米，高低不等，最高达6米，依地形而建，随山坡起伏蜿蜒。

寨内的小石楼整体全部用小石砌筑，故名为小石楼，是寨里的祖居，最古老的建筑物。

寨里民居是古寨最精华的地方，这座用石头建成的山寨，在国内其他地方是没有的。这里的民居大多以两三层建筑为主，依山而建，随坡就势而显千姿百态，层层叠叠，参差错落，开放院落，设有后门。房前屋后，树影离离，绿荫婆娑，别具一格，自成特色。

古寨中小石楼、古寨墙、四合堂、滴水神泉、波浪石影壁……

都经历了上千年风雨，见证了历史沧桑，它是我国目前发现保存最完好的石寨，是研究明清冀南地区风土人情重要的史料。

英谈古寨建筑风格独具典型，多为明清时所遗存。据当地老者讲，很多院落是明清乡绅功成名就后所建，具有典雅文人气息；经专家精致考究发现，是典型的古太行建筑风格。

探访古寨，走出红石板路，静静聆听古寨的脉动，游人说这是华北最后一座古寨，艺术家们说这是宁静超然的“世外桃源”，而这一切都源于古寨的原始和纯净，正是这份难得的宁静。

“塞外水乡”——郭家沟

山青天蓝白云，小桥流水人家。

——作者题记

七月上旬，酷暑炎炎，“中华大地之星”采风团在阮观荣团长的带领下来到郭家沟。有一首乡歌叫《美丽的郭家沟》：“郭家沟，美不胜收！郭家沟，宾朋自留！憨憨实实的老哥，泼辣辣的嫂，热情好客（哎），郭家沟”……

汽车沿着蓟县下营镇马营公路向东行驶3公里，朝北拐就走进群山环抱的小山村——郭家沟。

哇！群山如黛，波光粼粼的湖水中倒映着绵延的古长城，一条弯曲清澈的小溪绕村而过，藤蔓缠绕的千米绿廊，芬芳的荷花溪，静谧的垂钓园，沧桑百年的古井，转动的水车，青砖碧瓦建筑的古朴四合院，绿树掩映……好一派江南风光！小桥、流水、人家，呈现出一幅北方民居特色的天然水乡画卷，令人心驰神往！

郭家沟距县城25公里，是一个身藏燕山深处偏远的、名不经传的小山村，面积有0.67平方公里，50余户人家，不足二百人，依托周边毗邻黄崖关长城、梨木台、八仙山、九山顶等景区的辐射带动作用，充分利用独特的山水优势，林木覆盖率90%以上，2002年开始发展乡村旅游业，逐步发展成为京津地区一道独特的靓丽风景，被誉为“塞上水乡”。

阮主任一行在村支书胡金领的陪同下采风“世外桃源”小村美景。采风入“水乡”，不再忆江南。“水乡”采风有所获，“水乡”

采风有所悟。

水乡美景聚“卖点”

自然秀美的郭家沟，给采风团留下深刻的记忆。它四周环山，处于山带之间，山庄坐北朝南，最北部有水库，斜坡坝体成为花的海洋，种植四季交替的花；从水库低端顺流而下，一条弯弯曲曲的小河，伴随着村子的主干道伸向远方……近年来，该村挖掘自然环境优美，水资源丰富的优势，努力做足水文章，自然景观与人造景观巧妙结合成为最大的“卖点”。

——郭家沟村瞄准“京津地区最具中国北方民居特色的水乡旅游目的地”的定位，按照国家4A级景区标准，提升改造了民居、道路等基础设施，新建游客接待中心，综合服务、旅游展销等场所，完善污水处理、垃圾处理系统，建成了集吃住农家、生态观光、果品采摘、水上娱乐为一体的旅游休闲度假特色村。

——郭家沟以村子小溪为主线，规划建成“塞上水乡”。徜徉在荷花塘、戏水浅滩、水具展示、观光小路……呈现出江南水乡特有的杨柳低垂、鱼虾嬉戏、河边漫步的秀美风光。

——游人络绎不绝，或水边嬉戏，或凉亭小憩，或游走于小巷，或感受塞上水乡的景致和这里淳朴的民俗民风，或行书作画，或山野放歌，或吸氧吧观花海，漫步其中，如在画中……

——郭家沟建成百余亩蔬菜、小杂粮、果品采摘区……为游客提供丰富多彩的采摘活动。

——郭家沟水库湖光山影，碧波荡漾，不仅是垂钓爱好者必去之处，还可划船、冲浪……

——郭家沟有观赏金银花“天地氤氲夏日长，金银二宝结鸳鸯，山盟不以风霜改，处处同心岁岁香”的美景佳地。

郭家沟充分利用村北水库，营造具有江南水乡特色景观，形成“塞上水乡”的旅游品牌。

为游客提供了一处休闲度假、体验农家乐生活，没有一丝喧嚣和浮躁，尽享山野情趣，安静养性的好去处，做一回真正的“村里人”。

建新农村示范点

据村支书胡金领介绍，2011 年市县提出要把郭家沟村打造成“以旅游为特色，可复制，可推广”的新农村建设示范点。

在政府的支持和帮助下，村里请来专业公司对村庄进行科学规划，请来一流施工队伍进行施工改造。

改造工程完工，郭家沟由有山有水的自然村华丽变身为景色秀美的旅游专业示范村。一条沟有 35 家农家院、600 张床位“火爆”，游客纷至沓来。

提起郭家沟建新农村的示范作用，阮主任概括三点。

一是农家院建筑风格独特。郭家沟农家院是经典的北方四合院式建筑风格，塞北民居与江南水乡完美结合，座座农家院清一色青砖灰瓦，古香古色，满是绿色的庭院。全村 51 户，其中建起 35 家农家院。农家院庭院方阔、花木井然、恬静舒适，是十分理想的居住和生活空间，一家一户，一家一品。客房内，中式风格的床几椅桌，典雅大方，现代化生活用具一应俱全。游客来这里休闲度假，或有着一种清闲、安静的感受；或享受家庭的欢欣，天伦的乐趣；或有……

二是农家乐餐饮风味浓郁。让游客享受到各种丰盛的农家乐特色餐饮，有大铁锅炖水库鱼、炖肉、炖山鸡、蘑菇炖小鸡、炒柴鸡蛋、小鱼贴饼子等特色菜饭，香味扑鼻。有山野菜、黄瓜拉皮、拌凉粉、熘格子、菜团子、烤玉米、烤红薯、大蒸饺、小米粥等及提供自产的无公害蔬菜等农家美食。

三是农家院管理模式新颖。村子成立旅游经营公司和开发中心服务公司，实行服务质量、营销推广、采购支出、分配客源、收费结算“五个统一”的联合经营模式，保证农家院的安全、卫生、舒适。采风团在村口道边看不见一人招揽客人，踏进农家院门，主人只管接待客人不提价钱。县旅游局根据投入和硬件情况，通过千分制考核，对农家院进行评星定级，分成五星、四星、三星甲、三星乙四等确定收费标准。农民以农家乐经营、土地租赁、商会销售提成和公司利润分红为应有收入来源。村民成为有产业、有组织、有岗位、有资产的四有农民。

郭家沟村农家乐旅游大开发，带给农民的是享不尽的资源，他们凭智慧的头脑，勤劳的双手，生活是殷实的、安逸、幸福的……开业两年，今年全村人均年收入将达6万元，今后的目标是争做全国农家乐专业旅游村的“大腕儿”。

金银花大有看点

七月，走进郭家沟采风，正是金银花盛开的季节。远看，漫山遍野成为花的海洋，雪白一片；近看，遍地金银花异彩纷呈，嫩绿密密层层，一朵朵、一簇簇开满藤蔓，令人目不暇接；驻足细看，绿油油的椭圆形叶片缀在棕色枝蔓间，花由两片细长的花瓣组成，花蕾如跳动的音符，花状别致，花色黄白相映、秀丽素雅；微风阵阵，送来淡雅的清香，沁人心脾。游人置身其中，整个身心浸染、陶醉于幽香四溢的花香中，闻花洗肺。

金银花又名忍冬、银花、两花等，初开花时为白色，经两三日变黄，形成一金一银的韵味。

金银花被列入中国名贵中草药。《本草纲目》一书中记载它的用途：“治诸肿毒、痈疽、疥癣、杨梅诸恶疮，散热解毒”。历代医学家常用金银花治疗风热感冒、热疖、疔疮、脓疮、丹毒，亦用于治疗支气管肺炎、尿路感染等病症。中成药厂家将金银花制成银翘解毒丸、银柴冲剂、银黄注射液、银燕片、银花口服液、银黄胶囊等产品，赢得患者医生的好评。

郭家沟人用商业眼光审视生态，用发展的眼光经营生态。全新打造的金银花种植基地及规范化管理，增添农家院旅游品牌的新特色。全村种植数百亩金银花，与山东临沂金银花之乡的一家公司进行合作，着眼发展休闲农业，投资6500万元建设金银花项目，拟建中国金银花科技博览园。

金银花生命力强，适应范围广，房前屋后、沟渠河提、田坝池边、道路两旁等栽插都可生长，是农家发家致富的“摇钱树”。据药农介绍，郭家沟今年亩产金银花将达二三百斤，价值数千元。游客来此观光，带回金银花苗在自家院子和阳台栽培，是难得的选择。

郭家沟将陆续打造金银花主题公园、金银花品种展出园、金银花盆景园、金银花迷宫等系列主题景点。金银花不仅为游客提供观赏，还可采摘、加工。现在，制成忍冬花牙膏、金银花茶、金银花酒，走进千家万户，丰富的旅游产品，成为农家院旅游的“一招鲜”。

葫芦文化成亮点

郭家沟为突出农家特色促进旅游，家家户户种葫芦，进院都可看到长满葫芦的葫芦架，在进村的路上，建了千米葫芦长廊，夏季蔽日成荫，秋季果实累累。

葫芦的谐音是“福禄”，人们把葫芦称为吉祥物，常挂在门口，用来辟邪、招宝。上至百岁老翁，下至孩童，见之无不喜爱。

为增加葫芦文化的文化内涵，村子引进了30余个葫芦品种，设有葫芦火绘工艺品作坊，在葫芦上烫画、彩绘、镂空。选择周边长城、盘山和村里的景点烫绘在葫芦上。

郭家沟村的葫芦文化出了名，很多人慕名而来，不少作家、画家到这里体验生活，搞创作。有的学校还组织学生来这里学习葫芦文化。

阮主任应邀，兴致勃勃地走进村委会会议室，观看葫芦工艺品展览，展柜分类陈列一个个形态各异、妙趣横生，来自国内外40余个品种，烙画精雕细刻，上百件葫芦诗文、书法、绘画艺术作品，大家观后无不为之喝彩。

身为联合国书画家协会理事、中国书画家协会副会长的阮观荣，低调做人，谨慎从事，自幼酷爱书法，造诣非凡，艺术足迹遍及大江南北。他视“书法是一种情趣，是一种爱好，也是一种健身益脑的方法”。他常常蘸墨挥毫，半天不觉累。会议室的桌子上铺好宣纸，摆好笔墨，他提笔躬身，凝神屏气，运笔如行云流水，不一会儿工夫，“郭家沟走笔”一幅刚劲有力的书法跃然纸上，围观人群啧啧称赞，村支书胡金领站在旁边，看得格外入神。近两个小时，他书写了30余幅书法，表达对“塞外水乡”——郭家沟人的深情和祝福。

（刊于《中华大地》，2014年10月）

潘家口风光

潘家口水库是镶嵌在燕山深处的一颗闪亮的明珠，它集人文景观与自然景观于一体，以其独特的风姿吸引着国内外游客。水库面积为74平方公里，它如同一条游动在燕山深处的蛟龙，摇头摆尾，蜿蜒南行。其龙头龙尾、龙身、龙爪，甚至连龙须都形象逼真，至今历历在目。

夏季，是潘家口的黄金季节。5月下旬，我们一行四人乘游艇从潘家口大坝出发，碧波荡漾的水面，阵阵清风迎面扑来，顿时心旷神怡，神清气爽。我们一面观赏水库两岸优美的风光，一面倾听游艇主人风趣的乡土导游。

来潘家口游览，一要看人文景观，二要看自然景观。潘家口水库最为引人注目的人文景观集中在水库下游，以潘家口水利枢纽工程和古长城遗址为主体。潘家口水库地处燕山山脉东部，滦河中游，迁西、宽城两县交界处，距北京、天津、承德、秦皇岛均200公里左右，距唐山市120公里。在历史上潘家口却与战争、灾难紧紧连在一起。

新中国成立后，为了根治滦河，同时解决天津和唐山等城市居民饮水和工农业用水问题，经国务院批准修建潘家口水库。水库大坝雄伟壮丽，气势磅礴，拦腰截断滦河，坝顶长1040米，最大坝高107.5米，最大坝底宽为90米，坝顶宽为7米。

游艇在湖面上奔驰，两岸的青山绿水在眼前一闪而过。良好的自然条件和光照适度，为植物生长创造了良好条件，湖区两岸松柏满山、绿树成林，山上有黑松、柏树、柞树等经济林木20余种和各种木本植物近200种，各种野生植物多达600余种。良好的生态环境也给野生动物提供了生息繁衍的场所，据说山上有狐狸、狼、青羊、狍子、貂、獾、刺猬、松鼠等十余种兽类和苍鹭、白老鹳、野鸭、啄木鸟等近20种鸟类。潘家口水库水质好，为水族的生息繁衍提供了条件，这里有历史悠久的滦河金尾鲤鱼、洒河鲫鱼，都曾是历代皇宫的贡品。游客在这里不仅可以饱览湖面的优美风光，还可以品尝河鲜，大享口福。

游艇十多分钟就到了长城遗址潘家口段，这里的长城最早修筑于燕国。潘家口水库修建后，潘家口城堡淹没于水中，长城从湖中穿过，形成水下长城奇观，长城穿越潘家口湖区时，从高山蜿蜒盘旋直下，进入湖底。此时此景，万里长城好像一条巨龙，头已在湖里饮水，身子还在山上盘旋，中外游客无不为此惊呼"快哉!"

潘家口水库的自然景观大体分布在湖区的中上游。重要景观有小河口、燕子峪、十里画廊、仙居沟、瀑河口景区等。燕子峪景区长达20多公里，是潘家口水库的主要景区之一，其景观从南往北，顺湖面上，有金蟾望月、象鼻山、神兔出窟、雄狮戏水、石美人、蝙蝠山、西安峪狩猎场等，奇峰异景，怪石嶙峋，如狮如象，如蟾如兔，形象逼真，栩栩如生。

当地人常说："不到贾家庵，枉到湖区转"，当游艇顺水而上，转过西安峪山坡，越过造字岭沟时，我们立刻被眼前的景色所吸引，这就是精华、最秀美、最具有特色的部分。两岸青山叠翠、群峰屹立，石壁迎面而立，高耸入云，山如刀削，险峰异石目不暇接。碧水如镜、清澈晶莹，青山翠柏，倒映湖中，湖光山色，交相辉映，形成一幅美丽的北国江南画卷。

乘艇继续北上，到了湖区上游"龙尾部"——瀑河口风景区，分为两条线，东线瀑河川，西线滦河川，主要景点有小峨眉览胜、驮峰山、雏鸭凫水、小蓬莱岛、抗日战争遗址等。王厂沟是我冀东军分区抗日根据地，李云昌司令员曾经在这里指挥冀东抗日。1942年，获王厂沟大捷。

乘游艇在湖区的近4个小时的游览，给我们留下深刻的记忆，潘家口水库不愧为一座历史的、天然的艺术博物馆，潘家口水库的旅游资源极为丰富，随着改革开放力度的加大，潘家口水库将会开发得更快、更美！

（刊于《改革大潮赛风流》第 362 ~ 364 页）

毛家峪长寿村

作者于毛家峪长寿村留影

渴望、追求健康长寿，已是人们梦想、向往的目标。笔者从事新闻工作几十年，到过不少长寿村落观光、旅游。慕名到过被命名为“世界长寿之乡”的广西巴马长寿村及河北省武安市艾蒿坪长寿村采访。2014 年 5 月 29 日笔者又随“中华大地之星”采风团来到华北地区唯一一家以长寿为主题的天津蓟县毛家峪长寿度假村采风。

农业旅游“示范点”

采风团一行 8 人由广电总局大院门口出发，经过两个小时车程，过了蓟县，汽车驶入燕山深处，在崎岖蜿蜒的盘山路上缓慢前行，路两旁的山峰，一会儿如刀削般笔直挺立，一会儿如丘陵般平坦……哦，那青山绿树间，一幢幢白色小楼映入眼帘，那就是毛家峪长寿度假村。

毛家峪长寿度假村坐落在蓟县城东16公里的穿芳峪镇，北拱皇家园林九龙山国家森林公园，南邻碧波万顷的翠屏湖，东通清东陵，西达娘娘顶和黄崖关古长城。

据导游介绍，昔日毛家峪村曾是全县有名的穷困村，偏僻、交通闭塞，村民过着与世隔绝，依旧是日出而作，日落而息，面向黄土，背朝天的清贫生活。如今，毛家峪已成为华北地区首屈一指的旅游专业村，全村72户，256人，家家有农家院、户户当老板，2013年接待中外游客35万人次，旅游综合收入2800多万元，村民人均收入6万元，腰包鼓起来了，过上了让城里人都羡慕的时尚生活。该村先后被评为全国文明村、全国创先争优先进党基层组织、全国休闲农业示范点、全国农业旅游示范点和天津市美丽乡村。

解读“长寿”的密码

毛家峪村缘何受到游人热捧，成为华北地区长寿度假第一村呢?采风团一行在阮观荣团长的带领下走进毛家峪，深入毛家峪，了解毛家峪，多方与村民交谈，采访游客，用“第三只眼睛”看毛家峪，真正感受、感悟、体验到神奇的毛家峪、美丽的毛家峪、富裕的毛家峪、幸福的毛家峪，毛家峪是当今社会应大力提倡、极力推崇的长寿度假村典型，是当今人们真正向往的居所，是颐养天年的好去处。

采风团经过两天采访，探讨毛家峪村人长寿的秘籍，归纳总结出六大科学依据和长寿因子：一是环境优美。毛家峪自然资源得天独厚，拥有亿年石、万亩林、千亩果、百年树、长寿人等奇特景观。周围群山环抱，山环水绕，奇石怪岩，风光秀美，气候宜人，无污染、无噪声，更无沙尘暴，形成封闭性空间，天然的“世外桃源”。二是空气清新。森林覆盖率达96%以上，天然氧吧，负氧离子每立方厘米1300~1600个，是城市的30~40倍，在这能呼吸到高质量的新鲜空气。三是水质纯净。水质属于纯净山泉水，清澈甘甜，有益于健康的微量元素超过国家标准30%以上，有害物质仅为国家限定标准的百分之一。四是食新粮野菜。人少地多山场大，自己种粮种菜，施农家有机肥，营养价值高，食用新粮野菜制作传统的长寿饭、长寿菜、长寿汤，饭菜是当地的土特产，更有利于健康，促进长寿。五是经常运动。地无三尺平，出门是山，喜爱爬山，进门干活，养成勤劳勤快的好习惯。六是心情开阔。热情好客，和气生财，助人为乐，愉悦心情，好交朋友。

据载，近百年内，毛家峪村曾出现四位超百岁的老寿星，目前全村三世同堂有 20 户，四世同堂有 5 户，70 岁以上有 32 人，80 岁以上有 15 人，90 岁以上有 5 人，村民平均寿命 81.7 岁，高出全国平均数值 10 岁，有那么多的长寿户和长寿人，形成名副其实的长寿村。

“山澜情”魅力绽放

山澜情庄园地处毛家峪长寿村北口，为游客观光旅游必经之地，也是首选地之一。高大的山澜情大门凸显原生态旅游的象征，弧形大门高 4.5 米、宽 12 米，成为毛家峪村一道靓丽的风景线，吸引游客的眼球。看，那创意新颖，造型奇特，用水泥精雕的、粗壮茂盛的大槐树，栩栩如生。槐树被称为北方长寿之树树神，只有长寿，才有福禄。大门左侧大槐树墩上有我国榜书大师步云手书的“山澜情”三个大字，格外醒目。那烂漫多姿、强劲的槐树身躯横空飞架两山，数只宝葫芦悬挂枝干间，寓意深宏，宛如人们走进大山森林多彩的绿色世界，去追寻分享无尽幸福和乐趣。

山澜情庄园的董事长李兰英是地道的土生土长的山里人，生在毛家峪、长在毛家峪、发展在毛家峪、奉献在毛家峪。庄园取名“山澜情”的含义深厚，李兰英诠释“澜”字取她名字“兰”字的谐音，澜字喻有水，山水融合，波澜壮阔，生机勃勃。她是庄园的设计、开发、管理者，更是奉献者。她适逢其时，创新观念，抢占先机，开发农家乐旅游，在实现人生价值的轨迹里，留下一串串故事……她成为我们这次采风的主人公之一。

毛家峪长寿度假村发展旅游业，成为燕山山脉中的一块绿宝石，山澜情庄园就是镶嵌在这块绿宝石上的一颗明珠。山澜情庄园远看是公园，近看是果园，进去是乐园。

山澜情庄园魅力大，依托天时地利人和的优势，凭借优越地理位置、优美田园风光、特色农家乐餐饮、特有人文文化等魅力，适应“崇尚健康，追求长寿”的社会愿望，满足人们“返璞归真，回归自然”的需求，应运而建。

山澜情庄园坐落于毛家峪景区果园内，山环水绕，内外皆绿，园内建筑物和原生态环境相互映衬，建筑物和天然物融为一体，实现山、水、石、木完美结合。环境清新幽雅，安宁清静。客房掩映于山水竹林间，房内可观赏远山和云海，耳闻小桥流水，蝉鸣鸟语，果香飘逸，空气怡人，情趣盎然。庄园实现园林化，园内实现宾馆化，客房宽敞明亮，设有空调、电视、独卫、洗浴，被褥一客一换。餐饮特色突出农家菜饭、各类烧烤及烤全羊。

山澜情庄园是一处集住宿、旅游、观光、采摘、娱乐、餐饮、会议为一体的休闲胜地，来这里使人达到修身、养性、健体的目的。

俏赏元古奇石林

走进毛家峪度假村，村内村外环境优美清静，远看是公园，近看是花园，进门是乐园。全村有近五十家农家院，总接待能力达到3500人。毛家峪度假村采取公司介入模式，与天津永泰红磡集团合作，成立了毛家峪旅游发展有限公司，实现旅游产业商业化经营，企业化管理。

毛家峪村接待档次最高的农家院是祥云阁。农家院总经理是毛家峪村党支部书记李锁，他是2008年北京奥运会的火炬手，这所农家院名字取自奥运火炬祥云的名字，寓意是全体村民在和谐的气氛下，共同建设社会主义新农村，发扬奥运精神，走共同富裕的道路。

当今，随着人们生活水平的提高，健康与长寿成为人民关注的焦点。人们意识到，健康是最大的财富，长寿是永恒的追求。专家做过这样的评价：聪明人投资健康，使身体增值；明白人爱护健康，使身体保值；普通人漠视健康，使身体贬值；糊涂人透支健康，使身体缩值。

听游客讲，来毛家峪长寿村能尽享住火炕、吃农家饭、干农家活度假消闲的欢乐。丰富多样的农家活，尤其垂钓和农家采摘更有趣。例如，果品采摘包括日本爱宕梨、无墙核桃、苹果、柿子、酸梨等六个果园和两个山珍采摘园（蘑菇、中草药）。游客可以进园采摘果品和免费上山采集山珍野味，乐享采摘喜悦。

毛家峪周边有许多风景如画的景点，最著名的赏心悦目的景点是元古奇石林。这里是天然形成的奇石景观，怪异峥嵘，造化神奇。

毛家峪元古奇石林是国家2A级景区，面积270平方米。景区内林木茂密，空气中负氧离子含量高达每立方厘米1368个，是天然大氧吧。茂密的森林繁衍栖息着数百种野生动物，如獾、狍子、狐狸、貂、松鼠、山鸡、野兔等。区内中草药材非常丰富，野山参、桔梗、柴胡、防风、远志、黄芪、当归、丹参等遍布山野，有100余种，可谓天然的中草药宝库。

元古奇石林景区山形奇特，生态环境优美。景区每一块石头都是天然艺术品，巧夺天工，似龙似兽，造化神奇，堪称“天然奇石博物馆”。奇石林的魅力吸引了八方来客争相观赏。

元古奇石林景区内的长寿山下，形成1800多米长的生态“情人谷”，景色宜人，空气清新，千百年来流传着一个个恋男恋女相亲相爱的动人故事。到了现代，“情人谷”再也不是青年独有的爱情世界，而是加入了家庭的亲情和社会的友情，成为爱情亲情友情三情合一的“情人谷”，生态环境优美，是消闲养生的好去处。在来情人谷的人群中常常看到，有爷爷奶奶与孙子孙女的欢笑、父母携带儿女的合家游、亲朋好友同学同伴友情聚会、恋男恋女情侣之行的情景……处处可见人间最珍贵的是友情，最烂漫的是爱情，最动人的是亲情，最想要的是真情，每个人都有个好心情。来情人谷旅游，将会使亲情更亲、友情更浓、爱情更纯。

元古奇石林的名称是如何由来的？据专家介绍，毛家峪元古奇石林是以地质年代确认的名称。人类赖以生存的地球，从形成到现在已有46亿年悠久历史，在地质科学上，为研究方便，科学家们把从地球形成到如今划分为五个地质年代。从古至今分别是太古宙、元古宙、古生代、中生代和新生代。蓟县地质剖面形成于元古宙的中、晚期，故其地层称之为中上元古界。这里的岩层形成于元古界，而石质奇特，故取名为元古奇石林。元古奇石林景区分别有崆岫迷宫石林（西石林）、卧龙藏虎石林（中石林）和元宝天书石林（东石林），三部分组成总体呈条带状的环形风景线。去往石林之路，蜿蜒通幽，听松涛闻鸟鸣，愉悦精神，进入奇石林如迷宫，呼吸高质量的清新空气，加上流水潺潺，静中有动，返璞归真，弃掉烦恼和忧愁，更增添了游石林迷宫的乐趣，乐而忘返。

（刊于《中华大地》，2014 年 6 月）

在标准化中求效益

——记河北津西销售公司副经理赵一臣

标准是行业最高话语权，谁控制了标准，谁就控制了整条产业链。

——作者题记

在河北津西钢铁公司推进实施冶金标准化的进程中，津西销售公司副经理赵一臣以其甘于奉献、不畏艰苦、勇于创新的精神被津西职工广为称赞。“我只是尽了自己应尽的力量，是津西的事业成就了我，津西的团队文化根植我心，为津西实现标准化是我的执着追求。”对待大家的褒奖，他谦虚地回应。

争取话语权

2005年，在整个钢铁行业竞相扩大产能之际，津西却把着力点放在了兴建大H型钢生产线上。产品生产出来了，但如何让市场接受成了难题。重重压力之下，赵一臣临危受命，主抓H型钢销售。“当时，我压力非常大，常常是夜不能寐。我利用35天的时间到全国主要的钢厂进行调研，寻找适合营销的出路。最后，为公司提出品牌营销的建议。”他说。

随着H型钢逐渐打开市场，赵一臣感到些许欣慰。但是，2007年津西与某集团的一次产品质量异议给他上了一课。这次纠纷，让他猛然意识到参与国家（行业）标准制修订、提升行业话语权的重要性。

当时，津西为该集团供应588毫米×300毫米H型钢。在施工中，部分H型钢R角出现折叠。其实，这并不算是产品质量问题。在双方对此问题进行沟通时，对方单单卡在津西没有参与国家（行业）标准制修订而不“妥协”。万般无奈之下，双方请第三方介入，将产品运往有国家级物理实验室的鞍钢复检，并根据GB/T 11263—1998《热轧H型钢和剖分T型钢》标准谈判，最后认定津西H型钢产品无任何质量问题。

“当时只有马钢、莱钢和我们企业生产热轧大H型钢，但我们没有国家级物理实验室资质，没有参与国家（行业）标准制修订，所以我们没有话语权。谈判方说我们自己做的检测没有权威性，这句话更是刺激了我。”赵一臣说，“也正是这件事，让我下定决心向公司建议开始参与标准的制修订。”

从那时起，津西围绕打造国内最大的型钢生产基地为战略目标，以顾客需求为关注焦点，持续稳步推进标准化工作。依托完善的企业管理、工艺技术标准、工作标准等体系，在制定企业标准的基础上，积极参与并部分主导国家（行业）、河北省标准制修订。2007年当年，津西便与全国钢标委合作参与了《热轧H型钢和剖分T型钢》国家标准的制定。之后，津西又参与了多项国家（行业）、河北省标准制修订。截至目前，津西已先后参与21项国家（行业）标准制修订，在行业内拥有了广泛的话语权。2013年6月27日，津西与全国钢标准化技术委员会签署战略合作协议，同时被确定为全国首家型钢标准研发基地。

建立标准观

标准化工作能体现和反映一个企业的实力，是提升企业竞争力的必然抉择。在赵一臣的建议下，津西在不断自我完善中建立起标准观，并潜移默化地渗透到工作的每个细节中，把标准意识牢牢固化于每个员工的大脑中。此外，津西还开展形式多样的质量管理、现场管理活动，如 QC 小组、5S 活动等，从原料采购进厂、投料生产、工艺制造、性能检测、产品出厂实施全过程的监控，并将生产过程分解为一组有序的过程和子过程，并为每个工序制定了强制执行规范，要求员工严格按规范进行操作，防止质量、安全等问题的发生。

在 7 年时间里，赵一臣参与制订津西热轧轻型薄壁工字钢、热轧钢板桩等企业标准，在国家级刊物发表《实施标准化确保冶金企业质量管理水平提升》《标准化推进冶金企业“重合同守信用”工作研究》《国内万能轧机热轧 H 型钢产品研究》等 10 余篇专业性论文。这些论文围绕工艺技术、型钢产品、产品质量、安全文化、战略管理多角度展开论述，全方位突出企业在标准化领域所取得的业绩。

凭着坚定的信念和不懈进取的精神，赵一臣靠苦学钻研，愣是跻身国家级钢铁专家行列。“原来我是学果树栽培的，质量管理我一天都没接触过。我曾经在一个 QC（质量控制）班学习，那个班里 37 个人，我年龄最大，但全班考试我竟然考到了第二。为了钻进去、学到手，我常学习到深夜 12 点，屋里全是方便面，不学真不行。我的头发就是那时候白的……”他在回忆取得韩国标准协会（KSA）第 398 期质量管理负责人 QC 担当的过程时说道。

提升服务标准

随着钢铁企业从产品竞争过渡到营销服务的竞争，服务效率、服务质量以及顾客对营销服务的体验和满意度，正在成为衡量钢铁企业综合实力的新标准。

津西生产钢板桩是津西钢铁产业升级的重点项目。在把这项填补国内空白的新产品推向市场的过程中，赵一臣再次受命，承担起做好 GB/T 20933《热轧钢板桩》标准的制定工作。

每年 5 ~ 7 月份，是钢板桩销售市场的淡季。但在今年 6 月 8 日，津西拉森钢板桩 U400 毫米 × 125 毫米（3 号桩）的 9 米、12 米定尺与津西 H 型钢再次联合应用。在哈齐客专铁路工程和绥满铁路桥道涵工程中，津西“一站式”综合服务和产品优良的品质备受客户赞誉。同时，津西拉森钢板桩国内“遍地开花”，相继应用于南昌市政管线、浙江泰昌市政、济南西客运站等工程，实现了在传统销售淡季的“淡季不淡”。

上述两个工程要在正常运行的两条铁路中间施工，每侧与铁路路基距离不足 3 米，难度之大在铁路施工历史上亦属罕见。为确保工程顺利推进，赵一臣和其他员工从两项工程立项伊始，就与合作伙伴从工程设计方案、施工方案，一直到最后施工，都参与其中，并根据施工中遇到的难题，针对工程图纸、土壤地质结构条件以及工程成本等因素，经过充分科学论证，提出用 3 号桩替代 4 号桩以及 3 号桩和津西 H 型钢联合施工、免支护的安全快捷方案。此方案得到承建方的高度认可。至此，津西拉森钢板桩完美打入这两大工程。

谈到津西拉森钢板桩营销实现“淡季不淡”的秘籍，赵一臣说：“企业竞争是产品的竞争，是标准的竞争，更是服务的竞争，因此营销服务更要标准化。我们要通过营销服务标准来提升客户对津西品牌的忠诚度，并且把这种忠诚度、美誉度传递给潜在客户。”

（本报通讯员 李春静、庞文泽，记者 谢吉恒，刊于《中国冶金报》2014 年 10 月 11 日）

赏天宫寺塔

迁居到唐山市丰润区十三年多，还未曾观赏过坐落在丰润长途汽车站南边的天宫寺塔，但我对天宫寺塔并不陌生，三天两头坐汽车去唐山市或坐火车去北京路过这里都会一目了然地将天宫寺塔收入眼底，可对它的了解却甚少。

2002 年丰润县撤县划区，修复后的天宫寺塔成为丰润区一道亮丽的风景，每天招来许多游人前来参观。

2003 年元月中旬的一天下午，我被天宫寺塔作为丰润古城的象征，旧貌换新颜所吸引，兴趣陡升，欣然来参观。

新建的天宫寺塔公园占地 53. 8 亩，2002 年已投资 400 多万元，公园建设已初具规模。我从公园东门进去，过道两侧挺立的两排圆灯，像威武的哨兵在站岗，登上 33 级石砌台阶，就走近天宫寺塔下。

天宫寺塔是京东地区历史悠久有名的古塔，建于辽代（公元 1062 年），至今已有 940 多年的历史。从塔下抬头仰望，可数出共 13 级，据人讲塔高 24 米多，是座密檐实心八面体的佛塔。我围着塔转了三四圈，看见有高高的塔座，塔身四个面上各建一道假门，塔身八角各是一条栩栩如生的砖雕龙盘柱，角梁和檐椽的顶端各悬一个铁铸风铃，我仔细算了下，塔的每一角（共十三级）有 13 个风铃，有八个角，共计 104 个风铃，微风吹来，叮隆声响不绝……

天宫寺塔以丰美的身姿巍然屹立在公园中心，塔的四周围有设计精美的石栏。观赏天宫寺塔，是一种难得的艺术享受。

我站在塔基放眼四望，心情豁然开朗，公园布局巧妙，有假山、小河、丘陵、怪石、小桥、养鱼池、凉亭……井然有序地种植着郁郁葱葱的松柏及法桐等树木，其间点缀着多种花草，公园东南矗立着捐赠的修复天宫寺塔的纪念碑……处处有创意，件件充满生机。

天宫寺塔公园的兴建，使天宫寺塔好比红花有了绿叶相扶。

数百年来，丰润人对天宫寺塔的情感是浓烈的。天宫寺塔历来为丰润人所钟爱，围绕天宫寺塔创造了许多美好的传说。

传说之一，地下有个鳌鱼精，一贯兴风作浪，一眨眼就山摇地动，一翻身就天塌地陷，建造天宫寺塔就压住了鳌鱼精，周围百姓才能得到安居生活，天宫寺塔倒塌，丰润县就要天翻地覆，天宫寺塔的存在关系到丰润人民的安危。

传说之二，有人说天宫寺塔是个神物，下面是海眼，人称塔下高台为“镇海台”。如果有人一口气绕塔跑三圈，耳朵贴在塔壁上，可以听到大海的波涛声。

传说之三，相传早年间天宫寺塔上部裂了一道大纹。人们见后都忧心忡忡，拿不出个办法来。有一天，来了个炉匠，在天宫寺塔旁的街巷里叫喊“锯大家伙”。人们拿来锅请他锯，他嫌小；又拿来缸请他锯，他还嫌小。一个老太太说句气话：“天宫寺塔大，锯去吧!”那炉匠挑起担子就走了。第二天人们看见天宫寺塔的大纹合拢了，在塔檐下边留下了几个大铁锯。人们说这是鲁班爷显圣，锯上宝塔，救了这一方百姓免遭大难。

这是神奇的传说，足以反映出丰润人民对天宫寺塔亲切而敬畏的情感。

不知何时，天宫寺塔下成了京东经济文化交流的要地。据清朝光绪年间编修的《丰润县志》记载，很早以前这里每年“春季3月23日庙会至期，百戏杂陈，诸货云集。一二百里游观者连肩累迹……诚畿东之名胜也”。

时光易逝，江山易改，而天宫寺塔近千年以它冷峻的目光俯视着人世间所经历的历史风雨和所演出的龙争虎斗，仍威严地屹立在丰润这块土地上。

天宫寺塔在漫长的历史年代里，经历了无数次大自然和人类社会的风风雨雨，几度颓圮，几经修复，衰而复兴。

1976 年唐山大地震，天宫寺塔基南部劈裂下沉，险情十分严重，裂缝最宽部位四十公分，九层塔檐东南面劈裂出一个直径为 1.5 米大洞，塔檐多外剥落，从上至下较大裂痕有 20 多道，坍塌倒落危在旦夕。

因遭地震严重破坏，1983 年天宫寺塔由原被确定为河北省人民政府重点文物保护单位，降格为丰润县人民政府重点文物保护单位。

党的十一届三中全会以后，丰润县多次向上级主管单位部门提出重修天宫寺塔的请示，得到了全国和省文物专家的支持，省、市批准了修缮天宫寺塔的计划。

据丰润区城建局同志介绍，2003 年天宫寺塔公园后续工程将建起曹雪芹纪念馆及天宫寺塔文史馆等。

天宫寺塔将焕发出崭新的风貌，放射更加绚丽的光彩。天宫寺塔公园是人们消闲散步、愉悦心情、开展文化娱乐活动的又一个好去处……

（刊于《改革大潮赛风流》第 369，371 页）

摄影艺术追求

2013年12月30日，在北京隆重举行的第四届中国时代风采征评活动颁奖大会上，河北津西钢铁集团万通公司办公室主任王继祥的两幅以胡杨为题材的作品，被评为摄影金奖。他说这是他一生最为激动的时刻，手捧着金灿灿的奖牌，感慨万千。

为参加这次评选活动，他翻遍自己多年来创作的上百幅摄影作品集，左挑右选出自己认为最满意的《胡杨对比美》作品，呈送给组委会展示。他没有料到，自己的作品能够在高手如林的参展作品中脱颖而出，怎能让他不激动呢。他说：“目前的摄影热潮不单成为一个文化现象，也是一个社会现象。对我来说，能够获得金奖，是我的幸运。”

（一）

时隔半年，今年8月初，我再次采访他时，谈到获奖的体会时，他仍抑制不住内心的激动，打开话匣子，动情地说，只有全身心投入，有一颗追求完美的心，产生心灵的震撼和审美的感应，才会创作出摄影精品。

他年轻时就喜爱摄影，只不过那时对摄影知识了解甚少，后来才知道摄影是一门艺术，有特殊的艺术魅力，与现代科学结合，成为艺术殿堂百花园里的奇葩。据摄影专家点评，他的获奖摄影作品具有精美的造型、独特视觉感受、黑与白的强烈对比、静与动的反差效果。他摄影作品集中的人物、动物、植物、风景等作品善于把握光的强弱、影的软硬、色的深浅，以不同的视觉，完美的造型，鲜明有力地表现主题，使画面有艺术感染力，观赏者看后，有视觉冲击力，回味无穷，具有强大的艺术生命力。从这里，我找到了王继祥摄影艺术成功的答案——那就是光与影的交织，心与情的交汇，情与爱的碰撞。

说起摄影，王继祥激动地说，这得感谢津西钢铁集团股份有限公司和《中国冶金报》。是津西为我提供了很好的学习平台，让我有机会系统学到了摄影知识，是津西让我找到了自我，看到了自己的人生价值，是津西把我从一个涉世未深的毛头小子培养成为一个中层管理者。

记得 2007 年底，王继祥从炼钢厂通过竞聘到公司办公室工作，那时他负责党群和宣传工作。那年，公司成立摄影兴趣爱好小组，他参加了摄影速成班，由县里的摄影专家给摄影爱好者讲课，也就是从那时起他明白了九宫格、取景、构图、布局、立意、调焦、用光等专业术语的真正意义。摄影兴趣小组组织过几次生产现场和野外摄影采风活动，每次采风活动他都积极参加，并且每次活动都能学到很多知识。他先后参加过三次《中国冶金报》组织的摄影年会，结识了冶金报社和全国各地钢铁企业新闻界的好多摄影专家老师们，与他们进行交流学习，提高摄影水平。他的金奖作品《胡杨对比美》就是 2008 年去包头参加摄影年会，到内蒙古阿拉善盟额济纳采风时拍摄的。

在摄影作品创作之路上，王继祥印象最深的一幕是 12 年前，抓住去首钢参加炼钢产前技术培训半年的时机，多角度练习摸索拍照，体验、获取摄影经验。当时首钢实行的是四班三运转，上六天班休息两天，培训队规定休息的两天中组织理论学习一天。由于大部分同事都是第一次去北京，休息的一天都想到北京各个名胜古迹去看一看，虽然在旅游景点照相不是很贵，但因为工资水平不高，都舍不得花钱照相留影。他考虑到培训时间较长，就托朋友借了一个全自动的“傻瓜”相机，就这样，差不多每个休息日他和同事都到北京的一处景点去观光。半年的时光很快过去了，拍掉了 20 多个胶卷，大都是给同事们拍照的，看到工友们高兴的表情，自己也从心里充满了欢乐。

在这一张张看来是记录，甚至带有一些随意性的真实画面里，却蕴藏着摄影者利用构图、拍摄角度、背景等手段，表现出他的观点和认识。王继祥说：“有时一个故事，一段往事，一个感觉，一种美丽，一种缘分，用语言可能无法表现，但用相机把它定格在镜头里，你会发现它有一番说不出的美丽，通过相机你会发现，美丽真的无处不在。”王继祥用相机记录瞬间，开阔视野，开拓思路，随时对周围的事物保持敏感性，发现细节，拍摄与众不同的摄影作品，追随专业摄影师的脚步。

（二）

从首钢回来之后，王继祥对摄影就着了迷。他把大部分的时间用在了摄影上。为了记录工程项目进度、培训会议、推行 6S 管理等各项活动的影像资料，下现场时，对周围产生好奇心，发现别人看不到的瞬间，都用相机记录下来。见什么拍什么，什么都喜欢，不管是人物、动物还是山水、风景、花草、树木等，只要有意义、有特点、有它美丽的一面就拍下来。有时他自己也说不上哪里好，就是愿意把它用相机记录下来。至于摄像嘛，更多的还是工作时间，对现场、生产流水线、工艺设备、各项活动等纪实的拍摄。其次是把出差当做采风，再就是参加前面谈到的公司组织的外出采风活动，偶尔也“魔怔”一下，比如起大早爬山去拍日出，爬到中国移动信号塔上去拍风景，就说公司制氧的三个 40 多米高的冷箱吧，为拍公司的全景，他都不知道上去过多少次；每年花开的季节，他都会用相机对着自家院子里的花朵“咔嚓”个不停。一次，他去南京出差，为了拍南京长江大桥，全长近 5 公里的大桥，他整整走了两个来回，也没有觉得累。

屈指算来，王继祥喜欢上摄影有 20 多个年头了，其中有辛苦，有危险，更有快乐。他感慨地说：“摄影把一个更加缤纷多彩的世界重新展现在我眼前，一些原本不起眼的生活，被注入了新的活力、赋予生命，被用摄影的语言重新诠释而升华。回首我与相机相伴的岁月，方寸之间，追逐光影，我雕塑自然，勾画世界，感悟生活；从简单的照相留念到用这种独特的语言去定格和表现源于生活而高于生活的点点滴滴。在对摄影艺术不断的追求和参悟理解的过程中，我也不断地静下心来反复问自己：摄影的真正意义到底是什么?”一位学者认为“摄影家是通过摄影作品来寄托和追求生命、理想和愿望，在视觉艺术中只有摄影作品能把最强烈的最真实的生命瞬间和事物的动态，以最快的速度记录和保存下来”。

的确，摄影拍的是感觉，表达的是心境，带给观赏者的应该是震撼、思考和感悟。20 多年来，王继祥照了多少照片他自己也记不清了。他参加过公司及市县级的摄影大赛，公司的摄影大赛几乎一、二、三等奖都拿过，市县级比赛也得过奖。但是，我却没有想到他的作品这次在第四届中国时代风采人物评选活动中获得金奖。

（三）

王继祥曾说，摄影之美，在于它独特的力量。这种美不是单纯形式上给人的感觉，而是这些形式带给人们的思考、感悟和影响力。其实，王继祥的作品《胡杨对比美》之所以获得金奖，在于它蕴含了作者长期以来对大自然的了解，对摄影的执着追求。《胡杨对比美》看似平淡不惊，却显示了一种自然美、生态美、绿色美，也呼唤人们增强对生态的保护意识。

王继祥还说，在去采风的路上，听旅游公司的经理讲，胡杨是一种古老的珍奇树种，远在 1. 35 亿年前就已出现，被称为“第三纪活化石”。胡杨抗热、抗寒、抗风、抗沙、抗碱、抗旱、抗瘠，是在年降水量仅 20 ~ 60 毫米的极端干旱沙漠地区唯一能生存的乔木树种，有“生而不死一千年，死而不倒一千年，倒而不朽一千年”的强大生命力，其历史价值是任何树种所不可相比的，被赞誉为“沙漠英雄树”。

等到了目的地，面对大片的胡杨林，就像置身于仙境之中。王继祥一下子心醉了。过去这么多年走过的许多地方都没有这里风光美，终于看到大自然了。生胡杨的绝美和死胡杨的凄美简直让人惊叹不已，他既为自然生态之美折服，更为千变万化的胡杨林造型所震撼。“怪树林”（死胡杨林）让你感觉置身于古战场之中，生胡杨固然美丽绝伦，但在王继祥看来，胡杨那坚强不屈的精神和意志，不但是大漠人的象征，更是中华民族的写照。在旅游区，看着美丽的胡杨林，他如痴如醉，顾不上与同伴寒暄，顾不上喝水吃饭，而是迅即融入大自然的怀抱，举起手里的相机不停地“咔嚓”着，仿佛在艺海中徜徉……

王继祥正是出于对摄影真与美的追求，依然在摄影路上摸爬滚打，不苛求为一幅创作佳品的满足，只为在光影中，丰富阅历，开阔眼界，感悟世界，感受真情；只为能用这第三只眼记录中国美、自然美、和谐美，将美的状态、美的事物、美的景色、美的瞬间呈现给社会，给人们一些美的思考和感悟，为建设美丽中国，实现中华民族伟大复兴的中国梦做出应有的贡献。

摄影是一门永恒追求美丽瞬间的艺术，但是最需要的不是相机的快门有多快，而是一颗心能耐多久的寂寞，才等到最美丽的那一瞬间。

谈到今后在摄影上有什么打算，王继祥说：“现在，对于摄影，我只能说是刚刚入门，略懂皮毛而已。今后，我还会和以前一样，对摄影艺术追求痴狂如醉，一如既往地在灵魂深处动荡着如岩浆喷涌的激情与冲动，用心驾驭相机，立足本职工作，不忘自己的爱好，身临其境、耳闻目睹，继续用镜头拍摄身边的事，发现生活中的美，用艺术的眼光去捕捉美好的瞬间，用光影描绘人生的执着追求，在摄影的光影梦幻领域越走越专业。”

（作者：川石、宪台，刊于《时代风采》，2014 年）

追 梦 人

——步云榜书艺术书写真情

“草根”书画艺术家步云，作品跨入榜书“巅峰”之列，独树一帜。他是一位被人们所喜爱，其人格被人敬仰、人品让人称颂、人性为人赞美的艺术家。

——作者题记

上篇：抒写艺术真情

人海茫茫，有幸与职业书画家、著名榜书大师步云相识 10 余年，早想相约为他采写一篇纪实文章，只是因自身冶金行业报道工作太忙，无暇顾及。直到 2014 年春节过后，接到中国时代风采组委会安军主任的电话，说新闻人物征稿截止时间快到了，催促我抓空采写。

2 月 12 日傍晚，我应约来到唐山丰润区城西小区步云的工作室采访，一进屋就看见墙面上挂有他的榜书书法“天道酬勤”四个大字，视觉冲击力极强，柔中带刚，刚劲有力，魅力横溢，赏心悦目。室内一盏茶案，几把藤椅，一壶茶，几位朋友来此看书论字，成为步云工作室中常有的画面。

走进他的书房，桌上整齐摆放一垛砖块样似的书法知识书籍，一摞摞宣传画页，一幅幅名人真迹，一份份邀请函，一张张名人合影，这是他的精神食粮，取之不尽、用之不竭的力量源泉。

追读历史，解读他 60 多年的人生追求及书画之作，听他诉说自己的书画人生，如歌岁月，这是一件具有挑战性的事情。

走近他，了解他，进行四个多小时心与心的交流。我认为，对于步云大师可用“人生、艺术、勤奋、奉献”八个字、四个关键词进行概括、浓缩与解读，从中可以探索他的昨天、今天和明天。

春节前，我仔细阅读过步云送来的《草根书画家》作品集后，颇有灵感与思绪，从而使我萌发了写作的冲动与激情。

步云书法榜书属当今绝妙杰作。他非书香门第，除了小时候自己的启蒙老师外，从来没有真正拜过师，学过艺。他的成功全靠坚韧的毅力和聪慧的悟性，一步步磨炼出来的。

步云 1949 年 5 月生于唐山市丰润区，不久就与父母跟随解放军渡江南下，幼时求学于我国著名文化之乡——凤凰古城文昌阁小学，受到文化艺术的熏陶，小时候就酷爱书法。他小学毕业时就写得一手好字。走上工作岗位，先后在军营、工厂工作，他对书法的兴趣有增无减，爱不释手。

榜书是书法界公认的一种难于书写的书法艺术。榜书的特点就是一次蘸墨一次写就。康有为曾在《广艺舟双楫》中指出榜书书写的五难：一曰，执笔不同；二曰，运管不同；三曰，立身聚变；四曰，临仿难周；五曰，笔管难精。由此可见，榜书书写难在一个“大”字上面。

步云对榜书情有独钟，见难而上。他多年实践，深刻体会到，由于榜书书法之笔势、结体、布白、章法与一般书法有别，写好榜书的前提条件之一，就是书法家必须将自身的形神意高度结合协调起来，达到自由和谐之境，才能将自己的学识性情、生活情调、人格气质、文化品位、生活气息、学术涵养，通过用笔、结字、走势、布局等技巧体现出来，传达凝结于书法作品之中，形成自己独特的气贯全局的书法之美。

写好榜书除了要有扎实的书法基本功外，更需超人的气力，还需运筹帷幄，决胜千里的大度，其难度可想而知。因此，历代至今，榜书家不多，遗留下来的榜书作品更为少见。

艺术在于创造。步云几十年如一日，笔耕不辍，终于开始收获耕耘成果。他的作品曾于2000年世界华人艺术展榜书作品中荣获金奖，并被授予“世界华人杰出艺术家”的荣誉称号。在2001年受聘成为全国艺术家作品博览会顾问，并荣获博览会榜书作品金奖，第二年被文化部“中兴杯首届全国奇石文化大展”聘为顾问，并获大展榜书作品金奖。

步云的榜书作品一炮打响，一鸣惊人。如今他的榜书作品遍及全国，甚至远流到英、美、日本及东南亚等国家，受到国内外书法界的关注，其作品被国内外越来越多的书法爱好者和知名人士收藏。

专家指出，细细品味步云的榜书，除了具有榜书共同的艺术审美品格，大气磅礴，厚重之余，其独有的个性风格跃然纸上。

据行家介绍，步云的榜书其运笔造势，有龙起云海之气势，其结构布局，舒博壮筋，浑静宽阔，此非胸有浩然之气不能致，无胸有成竹之稔而不能达。步云的榜书作品让人感觉沉着有余，不乏灵动和变化，施墨凝重，结构严谨多变，气势恢宏，刚柔相济，厚重而不失灵动，丰满而不失俊秀。

步云孜孜不倦的艺术探求和顽强意志，使其榜书艺术日臻完美，业内专家评价他的榜书已跨入当今“巅峰之列”，独树一帜，达到极高的艺术水准。

采访步云、观赏他的书画作品，我还萌生另一种印象，步云似乎“有些狂”，我欣然赞同这种“狂”。这“狂”是艺术家的天赋本性，个性使然。

步云说，我的命运我做主！而“临池学书”“池水皆黑”的艰苦努力，不仅体现了艺术家苦心孤诣的追求，更酝酿了他的艺术在攀登到山顶的某一天的厚积薄发，刀笔生辉。

作品是步云的人格外在延伸，人品是步云作品的立体表现。是步云给作品以生命的律动，还是作品赋予步云丰富的人生？步云为人为艺便是最好的注解。

记得2004年他在胜利油田三天采风中，挥笔为胜利石化总厂写下了“石化魂”三个大字，以隶书为体，融入行书写法，在笔法表现上，“石”字沉稳厚重，“化”字流畅灵活，“魂”字形神兼备，谋篇布局，协调有序，点捺钩横兼具神韵，意境深邃，豪气毕现，当代石化工人的恢宏气魄和浩然之气跃然纸上。

步云在采风中，手持一支笔，一锭墨，用真情和汗水化开浓艳的情愫，为石化工人献上 65 幅书画佳作。

这些作品点如坠石，划如刀锋，草书刚劲而流畅，隶书势巧而形密，充分体现了当代榜书的韵味和力量。为了表达对基层职工崇高的敬意和深深的祝福，步云为扎根一线的石化工人创造了 100 个红艳喜庆的“福”字。

他每年多次深入军营，用书法慰问官兵，装甲战车上，威武的战舰上，飞翔的战鹰上都有他的身影。他曾经独自一人不畏艰苦，自筹经费远赴青藏高原，带着笔墨纸砚，真情万里行，慰问战士，极大地震撼了周围的人们。

部队训练基地的长廊里浸透着书法墨香。步云现场挥毫泼墨，用“刻苦训练、服务于民”来激励官兵的训练热情。在训练期间，他常来训练场地看望并指导官兵开展文化工作，成立了书法、美术、写作等活动小组，他专门抽时间讲授书法知识，传授书法技巧，并赠送书法字帖，用书法文化帮助官兵历练心态，修身养性。他为唐山驻军官兵无偿撰写了几百幅字画……

今年 1 月 28 日，春节前夕，步云在他的工作室，手拎足有 2 公斤重的抓笔，饱蘸浓墨，在宣纸上，凝神集气，挥毫泼墨，一笔书就，富有神采的一幅幅 0.9 米 ×0.9 米大“福”字，一气呵成。利用两昼夜时间，赶写了 540 幅“福”字，为遵化市新店子镇康各庄村 540 户农民免费送去特别的节日礼物，为建设中国最美新农村、建设“福”字第一村，营造喜庆、热闹、祥和的春节气氛，带去马年最真挚的祝福。

他还去过工厂、学校、旅游景点……

在当今经济变革和商品经济时代，不少人是利己主义者，追求的是物质利益，缺失的是人类最美的精神支柱与社会良知。

今天，步云将自己的心爱作品无偿捐赠给家乡人民，军营、油田、工厂、学校、农村……高扬自己的文化理念，其人格魅力和核心价值观，由此可见一斑。

步云爱家乡、爱社会的义举，广受家乡父老乡亲的赞誉。

这是友情的捐赠，无私的奉献。

他的心灵在沉淀，他的作品在深化，他的艺术在拓展。

步云今年65岁，是他榜书艺术又一大看点，只看夕阳无限好，不管是否近黄昏。为追寻自己美丽的梦想，今日不搏待何时?

他老当益壮，宝刀不老，精力充沛，早起晚睡，一天工作近10个小时，手不停笔，心不离画，不懈求索。据他的一位老友统计，60多年的艺术生涯，泼墨书画，仅墨水保守地计算就用了10吨多。今年正月初二至初八，新春佳节他也不忘创作，7天时间，就用了30多公斤墨、3盒印泥，写了700余个“福”字，福气盈天。

他写的榜书“福”字，饮誉国内外，柔中带刚，刚柔相济，既具有强烈的现代气息，又不失传统书法技艺，堪称法古创新、绝妙艺术！至今已为国内义写了两万个“福”字。2000年在广州“国字号”拍卖会上，一个“福”字，价值连城，以两万元成交。1999年至2006年，他的书法作品“云海”“寿”字等多幅作品参拍，均获得成功。马年，他老马识途，发扬龙马精神，计划今年为国外写一万个“福”字，现已写了三千多个，他将继续坚韧不拔、进取奋进。

60多岁的步云，仍然是一位坚持不懈的书画艺术的“追梦人”，岁月的枝头挂满了沉甸甸的收获；他默默耕耘，打造自己的品牌，闯出一条属于自己的路!

步云回眸自己的书画之路，倍感欣慰。虽然付出了常人无法想象的艰辛，经历了诸多磨难，但看到自己的作品便心生太多的喜悦。他常说，自己正在赶路……他拿起平时“刷锅”的“炊帚”，探索人生价值的坐标，老骥明知夕阳晚，不用扬鞭自奋起，赶往人生的“山顶”，攀登榜书艺术高峰……去看人生最美好的夕阳!

写完这篇文章，我的心灵受到陶冶，我的思想受到净化，我的精神受到震撼。

他的事迹让我感动，他的艺术让我钦佩，他的人生给予我启迪，这就是我所认识的“草根狂人”榜书艺术家——步云大师，让中国传统的书画艺术，在基层开花结果。

下篇：艺术人生故事

陈陆河，字步云，号西佑国寺人，1949 年 5 月出生于河北唐山市丰润区。

步云出生后不久，就与父母跟随大军渡江南下，儿时求学于我国著名文化之乡——凤凰古城文昌阁小学，受到文化艺术的熏陶，自幼酷爱书法，锲而不舍，后来热衷榜书。

步云经过几十年如一日的刻苦“修炼”，他的榜书特点是施墨凝重，结构严谨多变，气势恢宏，刚柔相济，厚重而不失灵动，丰满而不失俊秀，受到社会各界人士的高度评价和追捧。“地冻三尺不是一日之功”，步云学习和创作榜书过程中的一些真实故事，更令人寻味启迪。

故事之一：竹架“学艺”

步云的父母都是 1949 年解放军南下的干部，他们那支部队打到长沙以后，就兵分两路，一路去解放海南岛，步云父母那一路到了湘西剿匪。剿匪后，为了巩固地方政权，他们脱下了军装从事地方工作。5 岁的小步云因为家里没人照看就被送进了学校。又过了两年，时任凤凰县劳动科长步云的父亲带全家到一个叫杆子坪的地方修扬水站。步云只能到几里路开外一个小村的粮种仓库里的一家私校上学。一、三、五年级混班，仓库里分左右两边，一边做仓库放种子，另一边用来教学，合计 20 多名学生，由一位 70 多岁的老先生任教。设有四门课程，语文、算数、大楷、体育，大楷和体育课是混班一起上，体育课就是在打谷场玩那个充不进气的皮球或自己随便玩耍。

一天放学后，老师把步云单独留下，对他说：“陈陆河同学，我看你有点写字的天赋，我现在教你，这种练习书法的方式已经好多年无人用了，只要你好好练，也许将来能练出些名堂来。”于是，他高兴地跟老师学起书法来。

老师抱来的竹竿，横着架起来，离地大约半尺高（以后还要慢慢增加高度），让他站在竹架上面，空手在墙上比划着写意念中的字。比划三两下，掌握不了平衡，不是从前面摔下来，就是从后面掉下来。每次摔下来，都会被老师大声吼起来“上去!”

他每天放学后都晚回家。父亲问他，为什么每天放学都比邻居的孩子要晚？他说，老师教我写字了，父亲听后挺高兴，他是个大老粗，深知文化的重要性。

有一天他练字，掉下来时，把胳膊和腿都摔伤了，走起路来一瘸一拐。回到家中父亲问起原因，他答道练字摔的。父亲不由分说就用皮带抽打他一顿！边打边说“学写字还能摔成这样么？说不定又惹什么事了呢”，步云第二天无法到校上课。晚上放学后，老师让他的孩子打着火把领着他来看望步云。老师还以为是昨天那次摔得不能上学了呢。见了此景老师就和父亲说明了缘由，于是父亲自责了，母亲流泪了！

故事之二：捡碗“练字”

几年下来，步云的书艺日见长进，他觉得不解渴了，不想再“空着”写字了，于是又自己把老师已经传授了但没来得及实施的招式练了起来！他左手拿了一只碗，盛上水，右手拿一只别人扔掉的破大毛笔在墙上兴奋地挥舞起来！看着墙上水写的字迹如此好看，得意忘形起来，脚下一滑，又掉了下来（照老师的指示，这时竹竿已经离地一尺多高了）！身体没摔伤，可那只当时价值一毛多钱的大碗却牺牲了！

这事不敢和家里说啊！后来同样的事又出现了两次，母亲发现了问题——吃饭，碗不够用了！于是，母亲大声说“别再用碗了啊，要是被你爸爸知道了，还不挨打?”

没招了，于是步云就背着个小背篓去县陶瓷厂外的垃圾场，捡了一些厂子扔掉的残疾碗——有的是好几个烧结在一起分不开的；有的是破了口子的……这下问题解决了，一背篓够用好长时间了！用没了，可以再去捡呀，反正陶瓷厂的垃圾场里废品有的是！

故事之三：小荷“露角”

此后，步云的书法水平上升很快，春节家里就结束了买春联的历史。更有甚者，小小的他背着家人，拿着几张写春联剩下的红纸，搬了个小桌子，在一位每年春节照例卖春联的老先生的字摊边不远的地方，也支起了个摊，非要和老先生一较高下。这可是练字多年第一次参加实战啊！

当他写好第一副“听毛主席话，跟共产党走”时，喝彩者越来越多了！有人问，“小孩，多少钱一对?”他说：“写个字还要钱吗?”说完了，还瞥了老先生一眼！

这样，剩下的几张红纸迅速地就没了，好几个人就去旁边的商店买了红纸让他写。步云“小荷刚露尖尖角”，他这里的“生意”越来越好，老先生那边竟然没生意了，只好悻悻地回了家。

这在当时可是不大不小的“事件”啊！事情很快传到了他父亲耳里，真是又高兴又生气，把他叫到身边训斥道：“那人家里生活很困难，只盼着春节卖对联赚几个小钱，你却到那里捣乱”，大概因为小步云字写得好了，加上“认罪”态度较好，这顿揍总算躲过了。

故事之四：榜样的“力量”

步云升入了初中。第一次上大楷课时，老师写了一篇示范字，粘在黑板上。步云看了一眼觉得太一般，就偷偷地拿出一本“三打白骨精”小人书，看了起来。大家都在写字，他却在那里低着头，老师很快就发现了，向他走过来，他因为看小人书太过认真，没有发觉，老师就把那本小人书从桌子下面“拽”了出来，小声对他说“你怎么不练字呀?”他竟然说了句：“要是照着老师的那幅字帖去练，我还不‘倒撅’呀?”

倒撅，是退步的意思。这位姓腾的老师很大度，继续小声对他说：“那你写一幅字我看看”，于是他就真的写了一幅正楷字。腾老师看了看，就拿了那幅字，慢慢地走向讲台，从黑板上取下来自己写的那幅字，把步云的粘了上去，对大家说“就照着这个练!”下课后，腾老师竟然对他说：“我是不如你写得好，但我会从今天起努力练习。”

30 年后，当步云见到腾老师提起这事时，腾老师还记忆犹新，说道：“你到我家里看看吧，从那以后，这么多年来，我每天坚持写字。一年一大箱。”步云和爱人孩子去了腾老师家里，看见了摆放整齐的30大箱书法稿，他受到了深深的震撼。榜样的力量是无穷的，从那以后，步云始终以腾老师这种精神为榜样，更加勤奋，刻苦挥毫，在书法艺术的道路上一直走到现在！

故事之五：因祸得福

1969年，步云当兵了，在这之前村里有个漂亮的女孩子，和他关系很好。1970年，这个女孩子却突然决定嫁给一个市里干部的儿子，还给步云写了一封绝交信，说了好多诸如“我真的不愿意嫁给他，亲命难违”“我会永远记住你”之类的话。步云闻讯后，一连几天吃不进饭，睡不着觉！有些恍惚。很难受！竟然莫名其妙鬼使神差地用毛笔在军帽里写了“上天无路，入地无门”八个字以排解愁绪！这可是1970年——“以阶级斗争为纲”的年代呀！典型的反动言论呀！被发现之后，他怎么解释都不行了。

这么大的事，连里不敢处理，上报营部。营里不敢处理，上报团政治处。

团政治处主任看了又看军帽里的字，告诉指导员“把这个战士叫到这儿来”，指导员有事，于是连长带他来到了团政治处，主任问“你写的?”他答道“是”，主任又问“为什么要写这个?”他答道“我只是心情不好”，主任问“为什么?”他答道“对象黄了”，主任“嗯”了一声，转脸对连长说：“这可是个大问题呀，你先回去吧，等着听处理结果吧。”连长走后，主任却让他写这个写那个，安排了好多文字方面的工作。

也许他是革命家庭出身，当时一件很轰动的“反动言论事件”，就这样不了了之了。后来还有人追问这件事，主任在那个年代竟然说了一句“步云那两句只是成语罢了，内容是不太好，但是字写得太棒了！”

步云也因为字写得好而“因祸得福”在团政治处还工作了好长一段时间！

故事之六：意外“入选”

步云对湘西这片神奇的土地，始终怀着一种深深的故乡眷恋之情，几乎每年都要到湘西回“家”看看。在他 30 多岁的时候，凤凰县职业中学校庆，征集书法作品，请了四个当地有名的书法名家，而步云作为“书童”，为老师们拎着毛笔和水杯等物，驱车前往。

到校后，校长书记热情地接待了四位书法家，笔墨纸砚早已备好，四位老师先后挥毫泼墨。写完之后，校长书记看了四位老先生的作品，总感觉意犹未尽，竟然半开玩笑地对开车的司机师傅说：“你也来一张试试！”司机说了句“上学我始终是捣乱那拨的，我哪会写？”跑走了。于是校长书记就逮住了步云，非让他也比划比划。步云说“我可是拎包的呀！”因为司机跑了，校长书记的“警惕性”似乎高了起来，步云想跑也无法脱身，只好硬着头皮，拿了一支全场最大的毛笔，写了几张大字，师生们一起喝起彩来！有一个学生竟然大声喊道：“就这个好！”于是，步云的字意外地入选了！

写完后，校长书记陪他们 6 位吃饭，席间，四位老先生说道：“我们是书法家，没入选；你不是书法家，却入选了。今后你也是书法家了呀！”

步云说：“我不是书法家。”大家都以为他要谦虚几句呢，可这时步云竟然说了几句大家谁也没想到的话：“你们是书法家，没入选，而我入选了！我怎么能是书法家呢？书法家上面还有没有什么更高一点儿的职称或头衔，比如‘书法大师’什么的？”此言一出，引得大家捧腹大笑。

故事之七：众人“喝彩”

1984 年冬季里寒冷的一天，一位和步云交往甚密的轮胎经销商请他在高处的墙上写几个广告大字，并请我们几人作陪喝酒。

事先，这位老板安排工人搭个台子，用一些轮胎摞起来，上面平铺了一块木板。步云站在上面要写字的时候发现问题了。原来用的轮胎大小薄厚都不一样，而且是好多种！人往上一站，前后晃，左右摆，上下还颤，大风还来捣乱，就像站在一个大弹簧上！在这种恶劣的条件下，我们大家都觉得写不了，写出来也好不了。

那位老板见此景，脸上有些挂不住了，就大声抱怨工人：“这点小事儿你都办不好，你给我站上去试试！这么抖晃，怎么写字？马上拆了，搬几个桌子，再搭一个!”

“不用，不用”，步云说。“这样写好了那才叫功夫呢!”于是开始写。大家一看，竟然比平常写得还好!

我们大家一起喝起彩来。

故事之八：母校“收徒”

1997 年，在书法艺术上已经小有名气的步云，被他的母校请去参加校庆，并为母校题字。

他的母校是湖南省湘西自治州凤凰县历史文化名校——文昌阁小学。这里曾是世界文学巨匠沈从文、中国著名画家黄永玉的母校!每年的校庆都是很隆重的。

在题字的过程中，副校长傅家顺老师向步云提了个要求，要他收个学生，就是当时在学校任美术老师的王春，步云愉快地答应了下来。收了王春以后，他就把那门练榜书的绝技——竹竿上练习书法的办法和其他的一些基本要领倾囊相授。过了些年以后，王春也像当年的步云一样，在当地榜书界崭露头角，网上有介绍他的文章，几家媒体都做了他的专题报道，参加全国榜书大赛，也取得了二等奖的好成绩!

故事之九：完成“任务”

1998 年的一天，笔者和步云喝酒吹牛侃大山，闲聊之余，我说：“你知道书画艺术家的真正‘战场’在哪儿吗？平常参加这个赛那个赛，得了这个奖那个奖，都属于‘军事演习’，只有参加国家最高级（当时，国字号的拍卖公司全国有四家，北京、天津、上海、广州各有一家）的拍卖，才是检验书画家‘战斗力’的真正‘战场’!你敢去试试吗?”当时的步云表情凝重了，半天什么也没说，我说完也把这件事忘了。

2000 年 6 月的一天，他打电话叫我，我以为还是喝酒吹牛侃大山，到他家后，他对我说：“你交给我的任务，我已经完成了!”

“什么任务?”我反问了一句，步云拿出了厚厚的一本书——《2000 中国书画、古陶瓷、工艺品拍卖会图录》!翻到了序号第 236，说：“看看吧!”内容是步云的“福寿”两个大字，底价 6000 ~ 8000

元人民币!

"哇! 你真的上了国家最高的大拍了?!" 我当时认为这是不可能的事情，因为能进这里大拍的，都是些诸如唐伯虎、齐白石、徐悲鸿、黄永玉等这种大家名家的作品!

难道说我的朋友中也出了个书法大家? 但是信也罢，不信也罢，步云参加了大拍这就是事实啊!

高兴之余，我们迫不及待地问起他参加拍卖会的细节，可他却笑着说道:"你不是说大拍是'战场'吗? 那我现在就跟你说仨字——'战斗力'! 如果你还嫌啰唆，那么就俩字——'实力'!"

步云可是一个以普通老百姓的身份，没有任何头衔的，而能够参加大拍的人!

故事之十:"福"进农家

步云手里有很多书画大家送给他的书画作品和一大摞包括文化部颁发的各种获奖证书和奖状。其中他最喜欢的一幅是黄永玉老先生专门为他书写的书法作品，挂在了墙上最显要的位置。

可今年春节后的一天，他又把这幅字挂在了其他地方，而把这个显要位置改挂上被评为唐山2013年度最美新农村的康各庄村发给他的一个感谢状和荣誉村民证书。

原来，他在春节前，用了三天时间，无偿为"最美新农村"——康各庄村的540个家庭每户写了一幅900毫米×900毫米的"福"字，文化下乡使这个村成为了全国第一个"福字村"。

后来村委会和村党支部给步云送了这两件东西。

他一看乐坏了，就用这两件东西替换了永玉老先生的作品(那可是大家黄永玉老先生的给他的亲笔呀!) 拿他的话说，"什么东西大，也大不过百姓! 老百姓对我的艺术的认可，才是最重要的!"

你忘了有人说吗?"金杯银杯不如老百姓的口碑，金奖银奖不如老百姓的夸奖"……

(作者: 谢吉恒、刘绍勇，刊于《中华大地之星获奖作评选》，2013年)

采风随笔

CAIFENG SUIBI

浅议游记散文的写作

——抓特性入手 可读性用功

改革开放促进了我国旅游业的大发展，我国旅游资源极其丰富，自然景色丰富多样，古代名胜古迹堪称世界第一，有资料显示，到2001年底，我国入选世界自然遗产与世界文化遗产的景点计28处，仅次于西班牙和意大利，名列世界第三……潜在的、现有的丰富旅游资源使我国旅游业迅速发展，我国已成为旅游大国，旅游业已成为我国的朝阳产业、新的经济增长点。

改革开放使人民生活水平得到快速的大幅度的提高，人们观念创新，旅游已走进了千家万户。加之近几年每年有五一国际劳动节、十一国庆节、春节三个休闲长假，发展成为黄金旅游周，人们不仅在国内游，还走出国门游。

越来越多的人体会到旅游是休闲度假的最佳选择。旅游的益处很多，最重要的是能使人产生回归大自然之感、广开视野、增加见闻、交流信息、陶冶情操、锻炼身体、开阔胸怀等，人们越来越喜欢旅游。

旅游业大发展，为散文的写作提供了广阔的平台，要求多写人们渴望需要的散文大家族中的游记文章，同时也对散文写作提出更高的要求。我是一个旅游爱好者，近二十年来，经常利用外出采访之余或节假日游览名胜古迹，并坚持游中写，写中游，寓游于乐。在采写游记类散文取得较大的进展。有些旅游、散文爱好者面对怎样写游记的课题很困惑，我走过祖国二十多个省、市，写过百余篇游记文章，结合我多年的写作实践，我体会最深的一点就是“抓特性入手，可读性用功”。

筛选主题要突出特性

我们经常在报刊杂志上看到采用多种体裁写游记文章，而最为普遍常见使用的是散文体裁。不管采用何种体裁，集中一点，重要的是如何突出主题。大家都知道，游览了一处名胜，所见所闻感触很多，不可能什么都往上写，这就需要通过分析、比较、归纳，筛选出鲜明主题，围绕主题写作。主题需要是含金量高，有个性特点的，是人们渴知的内容。每一个著名的旅游景点区，都会有自己独有的特点，比如游人常说，黄山归来不看山，九寨归来不看水，桂林山水甲天下，这些都是特点。说起中国佛教四大名山（普陀山、九华山、峨眉山、五台山），提起五岳（即东岳泰山、西岳华山、南岳衡山、北岳恒山、中岳嵩山），都会说出各自独有的特点。写文章怎样才能筛选出并抓住旅游景点区的个性呢？我的做法是这样的：一是没有游览前，先翻阅书籍了解要去景区的概况、名声风光、膳宿交通、民俗风情、购物特产等，做好必要的游前准备工作，对游览景区有一个概括了解。二是游览中要紧跟导游，认真听导游介绍，仔细地记笔记，拍摄重要景点照片，加强记忆，对游览景区有一个重点了解。三是每到一个旅游区先买旅游图、导游指南及介绍景点的图书、光盘等，为的是对游览景区有一个深入了解。四是游览归来，全面阅看游览景区的资料，提炼游览景区游记文章的主题，趁记忆清楚，趁热打铁开始写作。写作要挤时间，一般一星期后就要完成写作并定稿，这样能取得较好的效果。今年 9 月中旬，我游览了井冈山、炎帝陵两个景区。归来后，一个星期内写成了《井冈山情怀》，这篇文章抓住“井冈山，两件宝，历史红，山林好”这个主题进行写作，围绕井冈山蕴藏着丰富的“红色”和“绿色”资源这条主线展开，突出红花绿叶相扶，红绿交融，把读者带入井冈山，使读者既饱览了祖国的青山秀水，陶冶了情操，又通过参观瞻仰，受到一次生动形象的革命传统和爱国主义教育。之后写成的《谒见神州第一陵——炎帝陵》紧紧围绕缅怀炎帝的丰功伟绩，表达对华夏始祖的敬仰之情和尊崇之意，紧扣这个主题展开，从而启迪人们通过谒见炎帝陵知我中华、爱我中华、兴我中华、立下为中华民族复兴贡献力量的誓愿。

写游记类散文提炼的富有个性的主题，开口子要小，要集中，这样更易于表现主题。

表现手法活泼多样性

一篇好的游记类散文短则千余字，长则有两三千字，一般来说篇幅短小的游记文章读者喜欢看，要写出一篇好的游记文章不是那么容易的，这需要作者具备过硬的写作功底及熟练运用多种表现手法的技巧。游记散文更需好文笔，其实，这好文笔就是包含写作手法要活泼多样性，只有这样才能更好地表现、服务于主题。为栩栩如生地表现主题，常采用特写“镜头”捕捉“细节”，详写略写相结合，首尾呼应、议论、描写，夹叙夹议等表现形式，使之综合运用以求取得最佳效果。如《神农架之行》一文，围绕神奇的神农架这个主题，紧扣神农架素有“绿色宝库”“物种基因库”“百草药园”等美称这条主线，文章开头用“奇异”二字把读者带进神农架：“凡来过神农架旅游的人，无不为神农架‘奇异’二字所吸引：这里有数不清的奇峰异石、奇水异谷、奇树异木、奇花异卉、奇禽异兽、奇药异材、奇洞异穴、奇景异观、奇传异闻……在神农架游览，不仅使人产生一种回归大自然之感，而且能广开视野，增长见闻，陶冶情操，开阔胸怀。”一连串用了9个“奇异”并列词组，引人入胜地将文章展开，使读者读后领悟到通过游览达到了回归自然、广开视野、增长见闻、陶冶情操的目的。

特写镜头最能表现主题。如《井冈山情怀》一文：“目前，我国最大面额人民币1990年版壹佰元，其背景图案就是井冈山主峰——五指峰。我乘车穿过716米长的隧洞，来到了壹佰元人民币观景处，我掏出现钞一对照：‘哇！像极了！’”

“为什么最大面额的壹佰元人民币背面图案选择井冈山主峰？这

不仅因为井冈山是中国第一个农村革命根据地，还因为这里有第一个红色造币厂——上井红军造币厂……”

“1991 年，原国务院副总理，原中国人民银行行长朱镕基专程前来观赏，他指着主峰，笑着对大家说：‘这是全国最值钱的一座山！’”选择这样一个特写镜头，使人们读后更加深刻地领悟了井冈山的红色革命历史人文景观。

又如《神农架之行》一文：“娃娃鱼至今已成为重点保护对象，任何人不得捕捉。在神农架盛行一种让客人高兴，同时可以领略一番娃娃鱼憨态的习俗。初到神农架的客人，主人往往会演出一出‘恶作剧’为客人接风，将几斤重的娃娃鱼捉起来送给客人，吓得客人惊叫着连连后退，于惊奇中增添了乐趣。‘恶作剧’结束，主人又将娃娃鱼放入水中，并不伤害。”这是一个很有趣的特写镜头，写到让人们观看奇异的娃娃鱼憨态，又表现出人们普遍增强了对国家重点保护动物的保护意识。

再如《神农架之行》一文中：“……它们之中最招人喜爱的是各种蝴蝶和一只号称世界蚊王的老爷蚊，这只蚊王身长寸余。讲解员稍停了会儿，哎呀！这太可怕了！游客中有人说道。‘不要怕，这蚊子竟不咬人。’游客的心一下子松弛了下来。神农架虽有此蚊王，却无讨嫌的夜蚊子。”这一个细节描写，使读者了解到奇异蚊王看起来可怕，了解后变怕为爱了。

总之，运用特写镜头、有趣的细节描写等多种表现手法，便可使游记文章趋于生动活泼富有说服力。

谋求效果突出可读性

写游记类散文让人爱看，这就要求写出的文章具有贴近性、知识性、趣味性。

所谓贴近性，就是要使文章贴近读者，写文章就是给人看的，要想读者所想，使读者读后有身临其境之感，切忌把游记文章写成单纯的景区景点介绍，呆板乏味。写游记文章一般是从自然景观和人文景观两个方面入笔。无论写哪方面，一定要使作者主动地动起来，文中要见人，不能不见人，作者要动起来，围绕表现主题动起来，文章自始至终都要有举动、感受，最好选择通过导游言谈举止的引导，使文章更有贴近性。

如《井冈山情怀》一文中："我来井冈山，四天游览了龙潭、砻市、茅坪、黄洋界、茨坪、主峰等景区。井冈山作为革命摇篮，'红'的景观当然是革命历史遗迹，'红色'人文景观遍布井冈山，这次我看到了黄洋界保卫战胜利纪念碑、红军营房、战争工事、烈士陵园、大井毛泽东旧居、井冈山碑林、井冈山会师纪念碑、八角楼毛泽东旧居等。我体会最深的一点是：巍巍井冈山真是我们学习、体验和感受中国革命光辉历史的最好地方。"把作者参观游览的感受写进去，读起来就有亲近感，从而解决了读者愿意看的问题。

游记类散文读起来可口，就要有知识性。例如《谒见神州第一陵——炎帝陵》一文，文章用大量笔墨颂扬炎帝丰功伟绩后写道："从炎帝陵归来，思绪万千，觉得此次谒见炎帝陵收获多极了，归其一点就是做到知我中华、爱我中华、兴我中华，成为人们自觉行动，这三者关系中知我中华是前提。我们是炎黄子孙，就是要多多了解始祖炎帝、黄帝的丰功伟绩，要多多了解炎帝、黄帝的精神。"

谒见炎帝陵，又使我再次重温中华民族始兴历史源头，接着用了800多字叙述了炎帝部落与蚩尤部落发生战争，黄帝与蚩尤部落发生战争，以及炎帝部落联合黄帝部落战胜蚩尤部落，战败的东夷部落也加入了炎黄联盟。经过长时期的发展，经过历史上几次大的融合，最终形成统一的中华民族和国家，而炎帝和黄帝则成为民族始兴和统一的象征，认同感和凝聚力的共同标志。作者选用历史史料，读者从中了解到中华民族始兴的历史。富有知识性的介绍，使文章更有分量，读者也乐意看。

游记写得有趣味，人们才喜欢看。如《神农架之行》一文："金丝猴家族是一个充满欢乐气氛的家族。家族内的所有成员都是一流的杂技演员，玩起'空中飞人'来堪称一绝。金丝猴天生机警、聪明。农民耕地，它们远远学着，一举一动模仿得惟妙惟肖。在金丝猴家族中，猴王的权力至高无上。家族内纪律严明，外出觅食，只能在猴王规定的范围内进行。觅食中猴王安排有'哨猴'。哨猴都是死心塌地效忠猴王的亲信，忠于职守，选择最高处蹲着，眼观六路，耳听八方。猴王最富有牺牲精神，在同异族搏斗的关键时刻，总是冲锋在前，因而受到族员出自内心的拥护和尊重。”将国宝金丝猴的活动描写得活灵活现，很有趣味，读起来耐人寻味，给人印象很深。

写游记，通过传说故事，引用典故等都将增强游记文章的趣味性。贴近性、知识性、趣味性、可读性是融为一体的，这四者关系中，前三者是前提条件，可读性是目的。四者有机结合，游记的可读性就增强了。

（刊于《改革大潮赛风流》第 402 ~407 页）

试谈散文“意境”的营造

意境是散文的灵魂和生命，散文中的意境美能唤起读者的丰富联想，开拓审美视野，更深刻领会蕴含的内容。

——作者题记

提起散文是什么？大家耳熟能详不陌生，散文是指与小说、诗歌、戏剧并列的一种文学体裁，对它有广义和狭义两种理解。

广义的散文是指小说、诗歌、戏剧以外的所有具有文学性的散形文章。除以议论抒情为主的散文外，还包括通讯、报告文学、随笔、杂文、回忆录、传记等文体。随着写作学科的发展，许多文体自立门户，散文的范围日益缩小。

狭义的散文是指文艺性散文。它是一种以记叙或抒情为主，取材广泛，篇幅短小，情文并茂的文学样式。

时代不同，散文定义的界定标准各异。我的文友们能在文学殿堂里对散文情有独钟，读起散文“大家”、散文“名家”的作品，爱不释手，如醉如痴，沐浴散文的滋养，享受散文意境美，多么欢心；谈起创设散文的唯美意境，眉飞色舞，兴趣十足，格外开心。

散文的魅力在哪里？散文之美美在“意境”里。意境是散文的灵魂和生命。如何写散文？创设意境是关键。

今年 11 月 8 日是第 15 届中国记者节，正逢周末休息。唐山、邯郸的文友送来十余篇散文新作，为约定节日相聚增添新内容，活跃探讨氛围。一方面，大家交流、切磋、沟通，自然是件十分有趣的乐事儿。另一方面，应允大家的意愿，把讨论如何营造散文“意境”列为议题，结合自己散文写作实践，写一篇体会文章，收编于我即将付梓出版的《走进红松的故乡》散文、报告文学集中。

盛情难却，尽心尽力。我从大家送来的作品中选出中国散文学会会员白小卉写的《情醉梨花院》、李春静写的《情迷滦河奇石收藏》、张忠浩写的《造文化墙　筑精品梦》、张继军写的《栗乡垂钓乐》、侯宪台写的《传承“马万水精神”》五篇各有特点的散文作品，细读品味，找寻亮点，启迪思路。我又为这五篇作品作了简要点评（附后），围绕“意境”的营造为主线进行阐述，写成题为《试谈散文意境的营造》一文，相互学习，取长补短，共同分享。

营造“意境”敢于表现自我

何为意境？意，情思也；境，形象也。意境是文学作品中通过形象描写表现出来的境界和情调。古有“诗文一家”“文中有画”之说；现代人又有“散文是美文”之说。散文中的“意”是作者在文中流露出来的思想感情，这种感情必须有所寄托，或借景抒情，或托物言志，或因事以明理。这些可寄托的景、物、事就是“境”。意境是作者通过对具体事物的描写，使读者如身临其境，产生与作者相似的感受，引起心灵的共鸣。“意境”必须是情景交融的，单纯的景物描写不是意境。

“意境”应该是外界的景物与作者心中的喜怒哀乐的高度统一，也就是说是外物与内情的自然融合，是饱含作者感情的艺术境界。作者在散文中的形象极为明显，常用第一人称叙述，个性鲜明，正像巴金所说“我的任何散文里都有我自己”，总之就是表现自我。这就需要大胆无忌，敢于表现自我。正如鲁迅所说“任意而谈，无所顾忌”，他还推崇曹操及魏晋散文“力主通脱”。还如一些人所说，“我是怎样一个人，就这样写”“心口相应，信口直说”“反正我是这样一个我”。写真实的“我”是散文的核心特征和生命所在。散文写作的唯一内容和对象是作者的感情体验、作者的所见所闻所思所感所悟。散文是写感情的，写景状物，栩栩如生，融情于景，托物言志，含蓄隽永，动人心弦。写景是载体，抒情是主旨。意境的形成会因人因事因地因景因情的不同，呈现出缤纷多姿的色相。

摆正“意境”与“文眼”的关系

营造意境，要摆对意境与文眼的关系。散文中的意境与文眼有什么关系？文眼是指一篇文章构思的焦点。围绕这个焦点把零星材料组织起来使文章形成一个有机的整体。文眼在文中的出处常有多种情况；或是一段深含哲理的话，或是饱含激情的言辞，或是表达深刻感受的句子。怎样找准抓住散文的文眼？散文的文眼虽不固定在某段某处，但也有规律可循，常见有以下几种情况：（1）置文眼于文首，总领全文。（2）置文眼于篇末，卒章显志。（3）置文眼于首尾，前呼后应。（4）置文眼于文中，贯穿通篇。（5）置文眼于主题，揭示文章的主题。从位置来看，因文眼常出现在文首、文中、文首尾、篇末、标题的地方；从文眼句的表达方式看，因文眼是用以传神达旨的，所以在表达上常常是议论或抒情句，在叙述散文里也可能是叙述句；从全文提纲上看，因文眼是全文的纲，必须贯穿在文章的各部分中，所以通过列出全文提纲也能抓住文眼。散文意境与文眼是什么关系？意境是散文的生命，文眼是生命跳动的脉搏。文眼是意境的焦点，是作者感情的喷发口。文眼是作者特意在文中设计的。一方面，直接揭示文章的旨意，另一方面是全文的扭结，是全文各部分的精神聚合点。有了它，形似散乱的题材就会集中地显示出神来，犹如“画龙点睛”一般。只有点睛，才能体现出整体龙的风韵和神采，真正表现出散文“形散神聚”的特点。如果仅有意境，没有文眼，文章中心就不突出。如果仅有文眼，没有意境，文章就会空洞乏味缺魅力。

由此可见，在散文写作中，抓住文眼，就抓住写作的切入点；抓住意境，就使散文有了灵魂和生命。

摆正意境与细节的关系

营造意境，要明确散文的写作观念，即散文的唯一内容和对象是作者的感情体验。散文的内在结构是感情体验，外在结构的核心是细节。小说和散文一样建立在细节描写和叙述的基础上，但细节的排列和组合方式不同。可以说小说组合排列是“以盘盛珠”，而散文则是“以线穿珠”。小说的盘是一个社会的横切面，具备冲突的各种阶层、力量人物或隐或显，而细节只能在这样的盘中有机地展开。散文的“线”就是感情体验，或多或少随手拈来，任情挥洒，以感情的体现为准。

何谓细节描写？细节描写是文章中对细小环节中或情节的描写。它可以是一个动作、一句话语、一种表情、一种心理，也可以是一种景物等，细节描写是作者精心安排和设计的。如张继军写的《栗乡垂钓乐》一文：“当看到鱼漂忽上忽下动时，瞅准时机迅速提竿，感觉鱼竿的另一头沉甸甸的，说明真的中鱼了，要赶忙绷紧钓线遛鱼。有时候，钓线被鱼抻得啾啾直响。那种感觉真是美极了。”用“忽上忽下”“瞅准”“沉甸甸”“绷紧”“啾啾直响”等词语描写钓鱼动作，活灵活现，形象逼真再现钓鱼画面。再如李春静写的《情迷滦河奇石收藏》一文：“难以忘记去年夏季的一次觅石之行。那天正午，老张驾车来到青龙县境内滦河流域。周围岸边，陡崖高耸，水流湍急。他头顶烈日，脚踩滚烫石堆，小心翼翼地艰难前行。一次次猫腰，一会会抬头，翻翻这儿，找找那儿……汗珠滴到脚下石上，瞬间蒸发干涸。傍晚，水壶里的水已喝到见底，唇焦口燥，双腿仿佛灌了铅一样沉重，脚底磨出血泡。继续向前还是回去？老张坐在石头上彷徨。冥思之中……”这段对情节、细节的描写将老张寻觅奇石的不怕艰辛、执着追求、坚定信念、仔细观察等细微之处描写得淋漓尽致，令人叹服不已。细节决定成败，细节描写在散文写作中至关重要。在散文中恰到好处地运用细节描写，能出情趣、出形象、出意境、出神韵、出哲理，能起到烘托环境气氛和揭示主题思想的作用。

围绕散文特点营造意境

营造意境，要紧紧围绕散文的三个主要特点。一是形散而神不散。“形散”是指散文取材十分广泛自由，不受时间空间的限制，表现手法不拘一格，采用多种形式，或叙述事件的发展，或描写人物形象，或托物抒情，或发表议论，作者根据内容需要自由选择和调整，随意变化。“神不散”是相对散文的立意而言的，散文表达的主题必须明确而集中，散文广泛的内容、灵活的表现手法，都是为表达主题服务的。要达到形散神不散的目的，特别要注意在选材上应做到材料与中心思想的内在联系，在结构上借助一定的线索把材料贯穿成一个有机整体。二是意境深邃，注重表现作者的生活感受，抒情性强，情感真挚。作者凭借想象和联想，由此及彼，由浅入深，由实而虚的依次写来，融情于景、寄情于事、托物言志，表达作者的真情实感，展现出更深远的思想，使读者领会更深的道理。三是语言优美凝练，富于文采。语言优美，是指散文的语言清新明丽，生动活泼，富于音乐性。语言凝练，是指散文语言简洁质朴、自然流畅，寥寥数语描绘出生动的形象，勾勒出动人的场面，显示出深远的意境。

善构思巧联想营造意境

散文写作最关键的一环是构思。作品的构思是指作者在写作过程中进行的思维活动，包括选材和提炼题材，酝酿和确定主题思想，考虑情节安排和结构处理，选择适当的表现形式等，都应在构思过程中解决。散文不像小说那样，有完整的故事情节，有血肉丰富的人物形象，有高度集中的矛盾冲突，散文不靠这些吸引人。散文是给人一种启示、一种思想、一种意境、一些知识。散文在构思上就要多用些艺术匠心。一篇作品的形成要经过艰难的构思过程，“散文易写难工”，就像围棋“易学难精”一样，把一篇散文写好不易。作者在作品构思中要妥善解决好虚实、立意及运用托物言志，借景抒情等问题，使所托之物、所借之景和所抒之情协调贴切。散文的谋篇构思要因作者而异。

散文写作离不开联想，联想是指事物由此及彼、由表及里的想象活动。由一事物过渡到另一事物的心理过程，这种联想活动，使事物的特征和本质更加鲜明和突出，作者的思想认识也不断提高和深化。当人们由当前事物回忆起有关的另一事物，或者想起一件事物又波及另一件事物时，都离不开联想。

白小卉在《情醉梨花院》一文中，从梨花的花期、栽培史、习性谈起，联想到红学专家发现梨花院与曹雪芹家族的姻亲关系，老农介绍树龄产量等相关情节。从梨花、梨树联想到梨果，金秋时节"驻足在硕果缀满枝头的梨树林，果香袭人，有雪花梨、红绡梨、京白梨……但唱主角的还是安梨"。在梨树林的梨果中重点介绍安梨是名产、名称的由来、味道、营养价值、药用价值等，联想到用流传的一首歌歌颂人民军队铁的纪律。从如今成为全国最大的安梨生产基地，发展规模及产品深加工，联想到梨花院深处的河北的第一所国学文化教育学校，又联想到津西集团编撰中华传统文化启蒙读本《蒙学十三经》，津西集团捐资兴教打造唐山市首个、河北省最大国学教育基地……全篇通过一个接一个内容丰富、空间广阔、环环紧扣、衔接紧密的系列联想，构思布局，突出集中表现主题思想，使文章有血有肉、生动活泼。联想是靠作者丰富的知识积淀和审美思维，储藏越厚实，感受越敏锐，易于触类旁通，浮想联翩，文思泉涌。由此可见，展开联想的翅膀，有助于增强文章的神韵和作品的艺术魅力。

情醉梨花院

“忽如一夜春风来，千树万树梨花开。”唐朝诗人岑参咏雪的诗句，恰是对我家乡梨园风情的美丽诠释。

当春风吹拂过长城，带到燕山和滦河间的山野时，一朵朵、一簇簇，洁白如玉、素雅大气的梨花，就已按捺不住激荡的心竞相绽放。漫山遍野的梨花像亭亭玉立的仙女笑逐颜开，优雅迷人；像晶莹剔透的蝴蝶，翩然枝头，惹人爱怜；像滔滔不绝的雪浪花，温柔妩媚，姿态可亲……

四月上旬，适逢梨花盛开时节，我与朋友相约，到山野里去探访梨花。

坐落在迁西县的东莲花院，名字多富有诗意！其实莲花院早已是闻名全国的梨花院。在通往莲花院的路旁、山坡、农家院，连片的梨树花散发出阵阵清香。这里处处是梨花的世界，我们的汽车犹如一叶小舟，在这香雪海快乐航行。

我们来到莲花院万亩梨园。喜鹊、鸽子、麻雀等鸟儿们，或伫立梨花枝头欢快地唱着歌，或在树枝间飞来飞去，为置身于香雪世界的我们载歌载舞，“欢迎，欢迎！”哦，这醉人的天籁啊！

听，薄如蝉翼的梨花瓣张开了，有点微红的花蕊，舒展开美妙的身姿，呼出了淡淡香气，弥漫于空气中；看，千树万树的梨花，仿佛铺天盖地的雪花，满山满谷满院满径香雪，真是花落有声化春泥；闻，梨花的清香扑鼻而来，沁人肺腑，令人陶醉不已！

有资料记载，梨花开在四五月，花期约 20 天。梨树在我国约有 3000 年栽培史。梨树的抗寒、抗病虫能力很强，即使在险恶环境、贫瘠的土地，也能从大地和空气中吸取营养，发芽生根，开花结果。

有红学研究专家发现，曹雪芹家族与东莲花院有姻亲关系。那么，黛玉葬花的地方是否就在我的脚下？听果农介绍，这里的梨树树龄在百年以上的不胜枚举，300 年以上的也有 10 余棵，仍然正常开花结果，每棵年产果都在 250 公斤以上。

如果是在金秋，驻足在硕果缀满枝头的梨树林，果香袭人，有雪花梨、红绡梨、京白梨……但唱主角的还是安梨。安梨，俗称酸梨，是京东地区的名产。相传，此名是清朝康熙皇帝所赐，其口感酸甜细嫩，香气清新爽人，可入窖贮至翌年五六月。据测定，安梨富有多种人体所需的营养成分，果肉中含有人体代谢过程中必需的 14 种氨基酸。李时珍的《本草纲目》中，就有“梨有治风热、润肺凉心、消痰降火、解毒之功”的专门介绍。

在 20 世纪三四十年代，抗日部队挺进长城，“进军喜峰口，行军九十九，滴水未进口。口干心难受，口水不住流，梨儿总碰头。哼着歌儿行，弓着背儿走，出沟才仰头。”这首歌儿，不仅赞美了人民军队铁的纪律，也描绘出当时梨果压枝头的胜景。如今，迁西县早已成为全国最大的安梨生产基地，已发展到 3 万亩，80 多万株，常年产量 2 万吨，位居全国之首。迁西人研发生产的安梨饮料、罐头等产品，受到全国各地消费者的青睐。

“父母呼，应勿缓；父母命，行勿懒……”前面村庄里的琅琅书声唤醒了我。原来，我们已经走近梨园深处的河北第一个国学村——马家沟村。在听了老乡介绍村里传承国学文化的情况后，使我想到我所在的津西集团，把传承中华民族优秀传统文化的社会责任作为使命，由董事长韩敬远任编委会主任，主持编纂了中华传统文化启蒙精华读本《蒙学十三经》。这套蒙学读本，从我国历代上千种启蒙读物中，甄选出囊括识字、训诫、韵语、典故四类知识的《三字经》《弟子规》《千家诗》《幼学琼林》等 13 种读物进行了整理注疏，为社会提供了一部正本清源的精品。这套蒙学读本，得到国学大家的高度评价和支持，并被列为河北省2013年度重点文艺精品选题。津西集团捐资兴建的迁西县“静远幼儿园”将被打造成唐山市首个、河北省最大的国学教育基地。璀璨的国学之花，氤氲着更加令人振奋的馨香！

朵朵梨花，醉了游客、醉了家乡。置身这香雪海，仿佛，刹那间，我也绽放成美丽的梨花……

（作者：白小卉，系中国散文学会会员）

作品简析；作者的《情醉梨花院》是一篇描写景物的游记散文，可读性强。散文营造意境的关键是构思，本文构思新颖，开头作者引用名人诗句叙述与梨花景色的关系，中间对梨花景色进行分层次、细致的描写，结尾是抒发作者的感叹。全篇借景抒情，情景相融，洋溢出浓烈的诗情画意氛围，运用象征、比拟、排比等修辞手法增强作品的艺术感染力。联想丰富、由此及彼、由表及里，浮想联翩，增强作品的知识性、趣味性。语言清新明丽。

（谢吉恒）

情迷滦河奇石收藏

“嘿，春静，捡到宝了！”“石痴张”在不远处激动地挥手喊道。

“快让我瞧瞧！”我三步并作两步来到他身旁，小心翼翼地捧过这块比巴掌大点儿的“宝贝”，仔细观瞧，剔透的黄色中间，镶嵌着几株鲜翠欲滴、呼之欲出的青竹，竹下竟还隐约衬有青山和乱石图案。“石痴张”信口开河地给它取名叫“咬定青山不放松”！

这是喜爱滦河奇石的我，作为“石痴张”的“跟班”，亲眼见到他在滦河畔觅石的第一次惊人一现。

“石痴张”名叫张海波，四十几岁，是津西汽车队一名普通员工，迁西奇石协会业内人士都叫他“石痴张”，我习惯尊称他为老张。他个头不高，憨厚的脸庞，炯炯的眼神，不太善言辞。可是提起石头来，他滔滔不绝，说起什么滦河流域经过亿万年复杂的地质作用，形成了各种不同成分的岩石；这些岩石经过沧桑巨变和滦河长久的冲刷、撞击，形成了今天的滦河奇石；滦河从燕山峡谷奔流而下，流至迁西境内河床变宽，地势渐平，河流中的卵石大都停留在迁西境内。说起什么迁西段河床是整个滦河流域的天然地质博物馆，是博大的滦河奇石艺术宝库。还有就是滦河奇石品种多样，有玉质性石、有晶体石；石质豁达奔放，肌理坚实，粗而不俗，拙中见巧，给人以自然美的特有享受和感悟……讲得头头是道，句句有理。

人们用“石痴”来形容钟爱滦河奇石的他并不为过。

他说：“玩石”要有“石缘”。

他与滦河奇石结缘是在7年前。他在汽车队开装载机，天天和滦河沙石打交道，被一些色彩、纹理、质地、形态奇妙的石头迷住，收集了许多奇形怪状的石头，其中有些就是奇石。

老张正式“玩石”，并逐渐痴迷，是偶然间“遇到”的那块“老仙翁”玉石。一天，他装载砂石落下最后一铲时，突然发现一块形状奇异的石头直立在沙石堆上，整体呈黄色，表面光滑。走近细看，一尊老翁塑像映入眼帘：凸起的额头，笑眯的眼睛，长白的胡须，目视着远方。大自然的鬼斧神工将一尊“老仙翁”雕刻得如此淋漓尽致！老张惊呆了。他心底顿时萌生：“难道这就是‘缘’？”

老张将此石拿回家与家人一起观看，无不叹奇。迁西奇石协会资深者断言，此石属于未经打磨的天然奇石，质地上乘，形状极佳，收藏价值高。有人巨资求购，却被老张婉言谢绝了。

这是我知道老张玩石的第二次惊人一现。

当时，老张虽然并未接触收藏，但有缘结识了诸多滦河奇石爱好者，并拜迁西奇石协会前辈郭振好为师，只要有时间，就跟郭老师出没在滦河河滩上，如饥似渴地学习采集、鉴赏、品评奇石的各种技巧……老张对滦河奇石收藏越来越痴迷，觅拾的奇石也越来越多。爱石、觅石、品石、藏石，成为他生活中的一部分。

老张“玩石”快有十个春秋了，依然乐此不疲，成为“石痴张”或“玩石魔怔”。他难以忘记去年夏季的一次觅石之行。那天正午，老张驾车来到青龙县境内滦河流域。周围岸边，陡崖高耸，水流湍急。他头顶烈日，脚踩滚烫石堆，小心翼翼地艰难前行。一次次猫腰，一次次抬头，翻翻这儿，找找那儿……汗水早已浸透衣襟，汗珠滴到脚下石上，瞬间蒸发干涸。傍晚，水壶里的水已见底，唇焦口燥，双腿仿佛灌了铅一样沉重，脚底磨出血泡。“继续向前还是回去?”老张坐在石头上彷徨。冥思之中，他总觉得有块似曾相识的奇石就在前面等着他，足足在那里等了数千年，于是他决定继续前行。

走觅着，猛然间，一片不大的卵石滩展现在眼前。在落日余晖中，老张看见有尊酷似青蛙的奇石，惟妙惟肖，逼真程度叹为观止。

其他黑灰色的石头上，白色的纹理千奇百怪、各式各样，有的如跳跃的梅花鹿，有的像巨龙直冲云霄，有的好像丛林一片……奇石！老张欣喜若狂地抚摸着那些滚烫的滦河奇石："这就是奇石协会相传的滦河流域'雪浪石'吧！"他定睛四下观瞧，这里的石头还没有被人翻捡过。显然，老张是到此觅石的第一人。

这就是他觅石的第三次惊人一现。

古人云：石身人身，以石修身；石性人性，以石养性。对于老张来说，赏石品石的乐趣在于观其形、辨其色、识其质、品其韵。流连于石中，他常被其魅力所吸引，被其自然造化所折服。拿着"她们"，老张喜上眉梢，反复地洗洗擦擦，一次又一次地拿起，一次又一次地放下，前前后后、左左右右地品其韵味与内涵。一粒石，可豪放，可温婉，可细腻，可粗犷，可伤忧，可喜态嫣然……每每悟出石中真谛，老张就涟漪泛胸，欣喜不已。

走进老张的家，客厅餐厅满是形状各异的石头，三分之一的面积被滦河奇石所占据。一块块奇石，有造型妙趣横生的、鬼斧神工的……徜徉其中，"斯是陋室，有石则灵"八个字便会跃上心头。

滦河奇石，是大自然鬼斧神雕的艺术品，是大自然赐予的珍宝。老张的目标就是办起家庭滦河奇石博物馆，供人赏，供人鉴。老张觅石寻梦，乐趣无穷。

（作者：李春静，系中国散文学会会员）

作品简析：作者的《情迷滦河奇石收藏》是一篇记叙散文，构思巧妙，文章开头以细节描写场面吸引读者，文中多处精心安排、设计细节描写，出情趣，出形象，深刻揭示主题。结构是骨架，线索是脉络，借助觅奇石的"线索"把材料贯穿成一体，文中出现三次"惊人一现"，画龙点睛，为营造深邃意境发力。灵活采用多种表现形式，达到抒发真情实感的"聚神"效果。语言流畅，富于文采。

（谢吉恒）

栗乡垂钓乐

我的家乡是素有中国“板栗之乡”美称的迁西县，又因板栗驰名中外，家乡人称自己为“栗乡人”。

迁西板栗栽培源远流长，至今全县境内一两百年的栗树随处可见，汉儿庄等地三五百年的栗树也有许多。《诗经》中有“树之榛栗”的诗句，《战国策》记载，苏秦游说燕文侯时说：“燕国……南有碣石雁门之饶，北有枣栗之利，民虽不田作而足于枣栗矣。此所谓天府者也。”可以说，板栗成为家乡最重要的一张名片。

迁西板栗果仁含有蛋白质、维生素、钙、铁、丰富的胡萝卜素及对人体有益的多种微量元素和氨基酸，主要有利于人体的指标均居全国各地板栗之首，有东方“珍珠”和“紫玉”的美称。

我的家乡境内层峦拔地，河川纵横，水资源充沛，有滦河及其支流洒河、清河、长河和蓟运河水系的还乡河，历来有“七山二水半分田，还有半分道路和庄园”之说，风景秀美，被誉为“燕山明珠”和“唐山后花园”。

蜿蜒曲折的滦河，犹如一条玉带镶嵌在燕山的峰峦之中，孕育了勤劳的栗乡人民。潘家口、大黑汀两座大型水库在境内，水波荡漾，引滦入唐、引滦入津输水工程更是为唐山和天津送去了珍贵的水资源。

前几年，随着生活水平的提高，闲暇时间越来越宽裕，我迷上了钓鱼。约上几个好友，拿着钓竿，坐在河边静静地守候，生机盎然的滦水之滨，绿草如茵，山花烂漫，与蓝天、白云、山川、农田交织在一起，构成一幅幅绝美的栗乡画卷。徜徉在碧波荡漾的滦水旁，神怡心醉、流连忘返，产生无限遐想。

有人作词赞曰："滦水悠悠杨柳绕。河畔春风，骄色惊鱼鸟。子舍清笛音缈缈，隐君渐入桃花岛。居守耕耘成此妙。世事云飘，外野风光好。洞府把竿邀月钓，天公莫妒烟波袅。"妙语唱出了对滦河的热爱，字里行间流露着对河边垂钓的向往。

都说钓鱼可修身养性，我原来是个急脾气，自从学会钓鱼，慢慢地开始感受到那种魅力。初学钓鱼时，朦朦胧胧的就知道傻等，结果经常性的空手而归。眼巴巴看着渔友们钓上来活蹦乱跳的鲫鱼、鲤鱼、草鱼，而自己的苦苦静静等候却是一无所获，此时羡慕嫉妒的心情难以说出，着急的不得了。那时候，没什么耐心，总是觉得钓位不对，或者是鱼食不对，没抛进水里几分钟便提起来看，或者地点换来换去。

看到我的失落，渔友就调侃说："赶紧拜师学艺吧！"人家说的言之有理！就这样，先后找钓鱼经验丰富的哥儿们，听他们侃谈钓鱼经，跟他们学实践，有时候，还专门看电视中钓鱼频道的节目进行"深造"。

我逐渐地对钓鱼入了门，掌握的技巧也一天天增加起来。当然，钓鱼的收获也不知不觉地从零起步，一天天地多了起来。

每次到了河边，照例赶忙在选定的位置放好座位，支好伞，再将钓竿、鱼漂、鱼线进行组合，测试好水的深度，挂上饵料，打好"窝子"。完成了这一系列准备之后，抛下极有希望的一竿，然后思绪澎湃起来，开始外静内动的等待……

这时候，静下心来，点上一根烟，喝上一口水，目不转睛地盯着鱼漂。当看到鱼漂忽上忽下动时，瞅准时机迅速提竿，感觉鱼竿的另一头沉甸甸的，说明真的中鱼了，要赶忙绷紧钓线遛鱼。有时候，钓线被鱼拽得啾啾直响，那种感觉真是美极了。尤其是对初学钓鱼的人而言，刚上鱼的时候还有点儿激动。如果碰到大鱼或者遛鱼不慎、鱼钩太小，跑鱼的现象也时有发生，让人在初始兴奋之后，空余功亏一篑的惋惜。

钓鱼看似静，实际上是动静结合。背着渔具和饮食，得找寻钓点，出竿、收竿、遛鱼，需要较大的运动量。坐下来等待鱼儿上钩，则需要心平气和静如劲松。

钓鱼可以磨炼意志。钓到时高兴、激动；钓不到时，也不会灰心丧气，而是始终充满希望地一竿竿抛下，耐得住寂寞。钓鱼更可以松懈精神排遣压力。垂钓时，双眼锁定浮漂，精神高度集中，生怕遗漏一次鱼儿吃饵的信号而失去钓获的机会。这时候，平时的烦恼、压力统统抛到九霄云外；钓获鱼儿，又高兴不已。垂钓回来，亢奋的精神松弛下来，睡得格外香甜，一觉醒来一身轻松。

有时鱼漂不动时，便会转头四望，顺便欣赏美景。春季，绿草如茵，河边山头上栗树吐露枝芽，满目青翠；夏季栗花开放，空气中满是花香；秋季，沉甸甸的果实压满枝头，风一吹，树叶哗哗响动，又是一个丰收年。

这时，钓鱼的乐趣不仅仅是中鱼那么一点了，与风景秀美的大自然接触，闻着风中带来的清香，感受着家乡美景的那种惬意，喜悦之余又多了几分成就感和幸福感。

（作者：张继军，系中国散文学会会员）

作品简析：作者的《栗乡垂钓乐》是一篇记叙散文，生活气息浓厚。营造散文意境摆对物我关系，个性鲜明，敢于表现自我，写真实的“我”是散文的核心特征和生命所在。散文是写感情的，作者的钓鱼感情体验贯穿全篇，写景状物，融情于景，扣人心弦，生动活泼。全篇结构布局安排和谐，选材、提炼题材紧扣主题思想，注重钓鱼情节、细节描写，详略得当，尤其钓鱼“经”及其乐趣读后让人感同身受。语言朴实，自然流畅。

（谢吉恒）

造文化墙　筑精品梦

一座墙，可挡风，可遮雨，亦可承载一个人的梦想。他呕心沥血，倾尽耕耘，用热血和感动把这座墙刻画得生动内涵，五彩斑斓，塑写了一城的独特风景。

——作者题记

秋末时节，金风习习。走近这一别样景线，无论是谁都一定会被这一片景色所吸引。鳞次栉比，姹紫嫣红围绕着生命的气息，幢幢精致的高楼承载着生活的梦想，加之运河的轻盈相伴，俨然一幅水彩画印入脑海。景色独特秀丽，让人如痴如醉。但这背后一定印记一个人的名字——冯同换。他头顶日月，肩扛风雨，将企业文化这座大墙筑造得坚固高大，广博辉煌。

情缘砖瓦　梦由心生

1979 年，那年他 18 岁。一个 18 岁的毛头小伙，带着对一砖一瓦的好奇，对未来的憧憬，投身于这个让他无限热爱、一生眷恋的舞台——工程建设。起初他选择了瓦工，注定与砖瓦结缘。正如他常说“一座建筑的紧固，就在一砖一瓦间”，是的，他的细微之性或许就在这懵懂年华时萌生、定格。

春夏秋冬，日积月累。陌生的砖、瓦在他手中变得挥去自如，行云流水。对建筑的热爱和对梦想的执着追求也在一块块砖、一片片瓦间堆积、高涨。伴随着祖国的发展，改革开放、与时俱进的春风一夜间吹遍中华大地、大江南北。变革、创新、改变眼前建筑模式老套陈旧、杯盘狼藉的念头在他心中萌生、扎根、发芽。创造现代化新型工程建设模式，缔造央企华章的欲望将他推向人生道路的金点拐角。

上下求索 梦趋坚固

一念起，即成痴。

一个美好的愿望，在一个充满激情、魄力的人身上会变得奋不顾身、义无反顾……烈日骄阳下，挥汗如雨；月夜星空里，上下求索。穿梭在疑问里喋喋问个不休，笔尖在纸笺上游走不停。是的，他已然不把这当做养家糊口的职业，更成为放飞梦想的舞台，施展才华的广袤天地。就这样，夜以继日，点滴累积……

或是他的勤恳、热情、担当，感动折服了同行、领导，他开始在项目经理的舞台上崭露头角。稚嫩的翅膀日益坚硬、张挺。是的，是时候承载凌云壮志，翱翔天空了。

任何的成功，都不会离开深思熟虑，披肝沥胆。他广开思维，大胆革新，昔日的泥水泽地，杂乱无序的场貌在他的“大智慧”下已然平坦有秩，整齐划一。任何技术难点，文明施工盲区都显得苍白无力。原本只建有三五幢，六九层的臂膀，至今却也将百米巍峨大厦耸立云霄。

宝剑锋从磨砺出，梅花香自苦寒来。汗水终要凝聚，睿智总有体现。

刻画蓝图 梦想成真

小试牛刀，初见成效，让他欣喜若狂。大刀阔斧，尽施拳脚已蠢蠢欲动，一发不可收拾。

源于对无数家庭幸福、生命的爱恋，工程质量严格苛求；源于对海碧天蓝、水澈土净的神往，工程现场翠色欲滴，万紫千红；源于对家乡的思念，对亲人的眷恋，血浓于水的真情在民工兄弟间流淌；源于对苦难生活的领悟，一钉一铁视如珍宝，化腐朽为神奇。

一生建筑光影，在岁月中尘封，在血汗里积淀，如今已幻化成一种文化，嵌刻进这座厚重的百米长墙，一幕幕呈现：

设计生产，安全为先。一幅幅人物漫画，表情诙谐幽默，寓意凝重深刻，安全高于一切的诠释，深入人心，铭心刻骨。

百年大计，质量第一。建筑里合家团聚的画面甜蜜温馨，优质工程的奖杯、奖牌琳琅满目，质量重于泰山的告诫溢于言表，追求卓越的雄心激昂澎湃。

文明施工，绿色先行。幢幢高楼，鳞次栉比地坐落于公园似的施工现场，绿茵幽径环绕茶水凉亭，金菊翠竹怀抱一房一屋，假山喷泉，鱼翔池底，与施工设施形成一幅和谐的画卷，浪漫情怀跃然眼前。

关爱民工，播撒温暖。“职工之家”现代豪华；单双杠间翻腾的小伙谈笑风生；爱心电话亭前男子诉说对家的思念；棋牌桌上，老者举一杯清茶，炫耀他一招制胜的和谐画面，镌刻人心，暖人心脾。

当目光聚焦在文化墙的最后一幅画面上时，夜幕降临，运河如音律般飘动在小城旁，感受着霓虹的炫彩，唱响着历史的见证改变。

目光离开文化墙，不禁感慨。天津七年，他竭智尽力，刻画建筑业的宏伟蓝图；倾尽所有，铸造冶金行业的坚实丰碑；昂首阔步，书写央企的无穷魅力。

世间自有公道，付出总有回报。

“结构海河杯”“绿色文明工地”“观摩示范工地”“QC 成果奖”等荣誉就像相约好了一样，接踵而至，应接不暇。中华大地之星“十佳新闻人物”的殊荣自然也花落于他。那个懵懂年华萌生的梦想之花，在天命之年已芬芳灿烂，无尽绽放。

一路来，用心着，动情着，奉献着。把青春、热血、知识、力量深深刻进了这座企业文化的大墙，使其生动，富有传奇色彩，使这座城市的风景独特，实现绿叶红花的和谐交融。

如果说，建筑是一个固定的音符，他就是一位伟大的音乐家，将每个音符组曲、演奏，使这座城繁花似锦，美妙动听。

如果说，建筑是一滴轻柔的水彩，他就是一位卓越的画家，将每一滴色彩相汇、涂刷，使祖国绚丽缤纷，五彩斑斓。

他，就是他。在一个个成就面前，在他用一生心血铸就的梦之墙面前总会朴实无华地微笑了之。这是值得用激动去形容的时刻，却也填满了他对下一个目标的渴望，充实着对未来的梦想。

他不会停下脚步，为此沾沾自喜。在举国上下都在实现伟大民族“中国梦”的大潮中激流勇进时，他又怎会枉自蹉跎岁月。

（作者：张忠浩，系中国散文学会会员）

作品简析：作者的《造文化墙　筑精品梦》是一篇叙事散文，开头用感情化的语言进行概括，介绍项目经理冯同换这个人物：“他头顶日月，肩扛风雨，将企业文化这座大墙筑造得坚固而伟大”。中间部分用冯同换的感情体验及整体议论贯穿几件事。结尾重申冯同换这个人物的特质，照应开头：“怎会枉自蹉跎岁月”。文章结构严谨，承前启后，意境深邃，抒情性强。“文眼”是意境的焦点，是全文各部分的精神聚合点。这篇散文的文眼就是“筑精品梦”，文眼将文中梦由心生、梦趋坚固、梦想成真三部分的题材集中显示出“神”来，表现出“形散神聚”的特点。语言凝练，富有节奏感，蕴蓄飘逸美。

（谢吉恒）

传承“马万水精神”

引　子

马万水是新中国首批劳动模范，第一、二届全国人大代表，他参加了全国首届工农兵劳动模范和战斗英雄表彰大会，受到党和国家领导人毛泽东、刘少奇、周恩来、朱德的亲切接见。朱德委员长还请他到家中做客，并将自己亲笔题名的照片赠送给他。马万水是在党的哺育下，从一名普通矿山工人成长起来的全国最具影响力的劳动模范。马万水精神是对以马万水为代表的产业工人崇高理想和优秀品质的高度概括，是中华民族精神的重要组成部分。经过半个多世纪的风雨洗礼，马万水精神在一代又一代人的诠释下不断升华并享誉全国，成为中华民族巨大的无形资产。无论过去、现在和将来，马万水精神都有着不朽的价值和永恒的生命力。在改革开放的新时期，在民族振兴和实现“中国梦”的征程中，传承马万水精神具有强烈的时代意义。

“马万水精神”的经典含义

在60多年的岁月洗礼中，马万水英雄集体培育和发展了“艰苦奋斗、严细求精、拼搏奉献、勇攀高峰”的马万水精神，凭着这种精神，这个英雄群体造就了许多挺立时代潮头的企业家和高级职业经理人，积累了丰富的矿山施工管理等宝贵经验和具有自主创新能力的知识产权。荣获了全国“五一”劳动奖状、全国“先进基层党组织”、全国“模范职工小家”、全国“五四”红旗团委等称号。

艰苦奋斗，是马万水艰苦创业的奋斗激情。

1949 年秋天，马万水怀着投身新中国矿山建设的热情，来到龙烟钢铁公司庞家堡铁矿。当时巷道倒塌，野草遍地，满目疮痍。马万水到矿后，被派到掘进五组任大队长兼技术指导。从此，他带着 18 名组员开始了艰难的创业历程。马万水以自己在煤矿练就的一气打 450 锤不换手的本领，亲自给工友们把钎传技。随着巷道的延伸，施工遇上了淋头水。马万水跑到伙房借来三条麻袋当“雨衣”，又从山上拔来一捆蒿草，让大伙垫在鞋里，他自己则穿着湿透的棉衣，干在淋头水最大的地方。后来，矿领导为他们买了六双胶鞋，他都让给了工友们穿。直到今天，“三条麻袋轮着披，六双胶鞋换着穿，手抡大锤干革命”还是马万水这个英雄群体教育工人的“传家宝”。1950 年 6 月，创造了手工凿岩月进 23．7 米的成绩，创造了第一次全国黑色金属矿山掘进纪录。小组被评为全国劳动模范集体，并被命名为马万水小组，成为全国冶金战线的一面红旗。伴随纪录诞生的，还有“马万水小组”的名字，这粒种子传承至今。

严细求精，是马万水以科学态度对待工作、实干加巧干的真实写照。在工作中，马万水注重研究爆破效果，摸索治理各种岩石，利用岩石的节理、层理和裂隙，创造出“中间楔形掏槽法”“旁楔形掏槽法 99、66 稀眼深孔作业法”等十多种不同的凿岩掘进方法，大大提高了工效。正是因为他坚持了严细求精的科学态度和求实作风，1958 年一连四次创造了全国矿山掘进新纪录。

拼搏奉献，是马万水精神魅力无限、充满创业激情和旺盛斗志的根本所在。“干着指挥有人听，站着说话话不灵”，是马万水无声的人格魅力。1950 年马万水当了全国劳模、人大代表后，职务变了，待遇变了，但他从没脱掉工作服，没有离开掌子面，上级开会或有事，多数时候都必须到工地去找他，有时他连满身泥浆的工作服都不换，坐下就开会，开完会就走。马万水一心扑在工作上，不为名利所缚，不为权欲所惑，始终保持共产党人的本色，吃苦在前，享受在后。

勇攀高峰，是马万水在困境面前自强不息、在挑战中勇往直前的精神境界。以马万水为代表的老一代矿山工人靠着“站在排头不让，把住红旗不放”的勇攀高峰、勇于争先的精神，面对困难，挺身而出，迎难而上。马万水生前带领小组先后 12 次创造了全国冶金矿山井巷掘进高峰，始终保持了全国领军者地位，成为全国冶金工业战线的学习楷模。

1961 年 8 月 12 日，马万水因病在北京逝世，年仅 38 岁。马万水临终前向工友说：“一定要永远争先进，把党交给咱的红旗保住。”马万水逝世后，马万水小组逐步扩建为马万水工程队。1975 年，这支英雄的队伍成建制调入邯郸中国华冶，参加邯邢基地矿山建设，1999 年 9 月，在马万水小组诞生 50 周年之际，马万水工程队扩建为马万水工程公司。这一英雄集体伴随着共和国不断发展壮大，他们继承和发扬马万水精神，20 次创造了全国冶金矿山井巷掘进新纪录，至今仍保持着平巷独头月进尺 1403. 6 米、多头月进尺 3125 米的世界纪录，做出了无愧于时代的辉煌业绩。

全力传递“马万水精神”

20 世纪 80 年代初，马万水英雄队伍没有了指令性计划，开始走向市场。全队开展了“马万水工程队向何处去”的大讨论，这支队伍继承发扬马万水精神，开展了二次创业。

20 世纪 90 年代，国家对矿山建设的投资锐减，这支队伍由矿山施工转入路桥建设，他们承建了太旧高速公路北茹隧道工程，这项工程被称为“太旧第一难”，而马万水工程队不怕苦、不信邪、科学组织施工，提前完成任务。时任《中国冶金报》记者的我，及时深入工地采访马万水分公司经理黄殿清、项目经理和工程技术人员，写了通讯《攻克太旧第一难——马万水工程队承建太旧北茹隧道纪实》，发表在《中国冶金报》报眼位置，报道了马万水工程队不怕艰难，跨行业占领市场的壮举。

1991年，是马万水同志逝世30周年，我多次向时任冶金报总编辑艾桂林提议：系统宣传报道马万水工程队在市场经济条件下的新形象，得到了艾总编的认可。于是，由我和报社编辑部记者张剑、郑国柱、徐刚等人组成的记者组，先后深入马万水工程队施工现场（西石门铁矿、酒钢镜铁山铁矿、河北钒山磷矿、南京梅山铁矿、武钢金山店铁矿、山西太钢尖山铁矿、山西太旧高速公路等）进行了为期一个多月的采访，发表了5篇系列报道，再现了新时期马万水工程队发扬马万水精神奋力拼搏、勇闯市场的事迹，较好地表现了在市场经济条件下，马万水艰苦奋斗精神没有过时，冶金行业的老典型又有新贡献的重大新闻命题。

2009年9月，马万水同志入选全国“双百”人物和“时代领跑者——中华人民共和国成立以来最具影响的劳动模范”，我敏感地抓住这一新闻由头，及时总结、策划，汇集了近年来中国华冶弘扬马万水精神的做法和经验，撰写了《永远的马万水精神——走进全国先进基层党组织中国华冶马万水工程分公司》的长篇通讯，进行了追踪报道，先后在人民网、国资委网、《中国冶金报》进行了报道，使老典型与时俱进，在全国上下产生了良好的学习和宣传效果及社会影响。

“马万水精神”雄风犹在

多年来，中国华冶始终坚持开展以弘扬马万水精神为主线的“马万水精神”系列教育活动。通过为马万水同志塑像，编辑出版《永不褪色的红旗》，拍摄《马万水和他的战友们》电视剧，召开马万水精神研讨会，向全公司职工和社会公开征集马万水队徽、队歌、队旗，使马万水精神固化于行，深深植根于干部职工心中。使先进典型群体薪火相传，成为推动企业发展的重要力量，为公司的持续、稳定发展提供了榜样力量和精神动力。

时代在变化，各种思潮在冲击，要使马万水精神代代相传，就必须筑起理想信仰的坚强防线。在马万水分公司，有一项工作持之以恒。每当来了新队员，都要坚持到马万水塑像前宣誓，聆听传统教育报告，观看电视剧《马万水和他的战友们》，开展唱队歌、戴队徽、升队旗、铸队魂活动，让“传统基因”深植于队员血脉。各项目部党支部在弘扬传统的基础上，发挥战斗堡垒作用，坚持以“传统磁场”传递精神内涵，凝心聚力，使之成为人生的精神追求，使马万水精神成为凝聚职工思想的队魂，成为锤炼职工的熔炉。20 世纪 90 年代，马万水分公司承建西藏山南罗布萨铬铁矿，队员奋战在雪域高原，高原反应严重，却在艰苦的环境中创下月掘进 183 米的高原纪录，用 1 年时间完成了合理工期 3 年的工程量。西藏自治区人民政府授予他们“高原英雄掘进队”光荣称号，并为他们召开庆功祝捷大会。在长白山下的通钢施工的队员们，冒着零下 37 摄氏度的严寒刨冰生产，战胜了 17 年未闯过的特大断层；奋战在长江南岸的武钢金山店铁矿的队员们在近 40 摄氏度的高温天气下不停施工，连续 4 次中标该矿工程，建成一条又一条优质矿井。在激烈的市场竞争中占领了市场，赢得了发展，再现了当年马万水人的雄风。

2011 年 8 月，在马万水逝世 50 周年之际，中国华冶在天津建立了马万水事迹展览室，共收集各类图片 110 余幅，并陈列了 20 世纪 50 年代马万水小组用过的大锤、钢钎、雨靴、马灯等实物，马万水夫人张淑云将马万水个人的遗物捐给了展览室。再现了马万水以及马万水英雄集体 60 多年的艰苦奋斗、勇攀高峰的光荣历史和辉煌业绩。马万水事迹展览室如今已经成为弘扬马万水精神的传统教育基地。

铁打的营盘流水的兵。

为什么“马万水精神”能够代代相传？那就是，无论在任何情况下，无论风云如何变幻，都要用马万水精神优良传统带队育人。靠着这种传统基因的延续，精神的力量就会陡然升腾，再难的工程也敢干，再硬的骨头也敢啃，他们带领队伍北上长白山、西出阳关、上高原、进大漠、走边塞，创造出新的辉煌业绩。

（作者：侯宪台，中国散文学会会员）

作品简析：作者的《传承“马万水精神”》是一篇写得很成功的议论性散文，具有抒情性、形象性和哲理性的特点，熔情感、哲理、形象于一炉。(1) 内容展开上较为自由，不拘于形式，在叙事中紧扣主题，抒情中点化主题，重视画面感、情谊感，让人如身临其境，叙议抒写融为一体，通过多种途径强化表现主题。(2) 文章开头起势如破竹，开门见山地点明马万水精神是“艰苦奋斗、严细求精、拼搏奉献、勇攀高峰”十六个字，注重对情节、细节的描写，采用生动形象的文学语言，如“三条麻袋轮着披，六双胶鞋换着穿，手抡大锤干革命”“干着指挥有人听，站着说话话不灵”……讲述马万水精神四个方面的经典故事，扣人心弦，能在形象中传达道理，在抒情中渗透观点，因此观点明确，态度鲜明。(3) 文章结尾如撞钟，声音洪亮，首尾呼应，揭示“精神”缘何能代代相传？“用精神带队育人，靠传统基因的延续……再难的工程也敢干，再难啃的骨头也敢啃……”以此教育人，启发人。(4) 整篇文章语言流畅，显示出个性化特色。

（谢吉恒）

红色记忆收藏展

因为敬仰，他将收藏毛泽东塑像、像章作为纪念这位伟人的一种方式；因为热爱，他跑遍中国大江南北，只为寻找中意的红色藏品；因为信仰，他心中的红色丰碑一直屹立不倒；因为专注，内蒙古包头有了第一个红色收藏馆……

——作者题记

早就有所耳闻，在包头东河区南海湿地景区里，有一个颇受欢迎的红色收藏馆，但一直未能成行前往。2014 年，在毛泽东主席诞辰 121 年前夕，有幸与《中国冶金报》记者谢吉恒老师同行，来到这个让我心情澎湃而又对它肃然起敬的藏馆，怀着崇敬的心情参观南海红色收藏馆创始人、内蒙古收藏家协会会员——牛存喜（牛牛）老师迄今为止的所有“红色记忆”。

走进南海湿地景区，顿时感到心旷神怡，放眼望去，湿地北有青山朦胧辉映，南有黄河玉带环绕，湖中碧波荡漾，湖滨水草丰美，天空鸥鸟翱翔……1000 余平方米的木质结构红色收藏馆便置于其中，成为绿色旅游中一道独特亮丽的“红色”风景。

还未走近，便远远看到那尊屹立在藏馆大门外的毛泽东巨型塑像，用伟岸的身躯向来往游人讲述那段红色的历史。踏进馆内，仿佛穿越时光，回到了四五十年前的红色年代。收藏馆共设三个展厅：第一展厅为毛泽东塑像陈列馆，99 尊毛泽东塑像整齐摆列其中，最高的一尊为石膏全身立像 3.4 米，最小的一尊为玉质全身立像仅 3.6

厘米；第二展厅为老包头及北梁记忆陈列馆，大到书柜板箱，小到印模印章等尽收眼底；第三展厅为红色年代生活用品及抗战遗物陈列馆，200余幅毛泽东、刘少奇、周恩来、朱德的黑白照片，雷锋、焦裕禄、孔繁森、牛玉儒等英雄人物的相关物品，各种铁皮画、摆件挂件、绣品、连环画及计划经济时期的证件等生活用品和抗日战争、解放战争、抗美援朝等时期的大量实物，见证了中国近代那段沧桑的历史。

因为与在中国红色收藏界颇有名气的牛存喜心仪神交已久，于是，在我的百般恳求下，谢老师带我专程拜访了这位为“红”痴迷三十载的红色收藏界的传奇式人物，终于有幸零距离地走近他，倾听坦诚、豪放、健谈的他讲述红色收藏的经历和感受。

在我的想象中，牛存喜谈话必是情绪激昂，神采飞扬的。而真正接触后发现，这位个子不高、有些谢顶的“牛人”，却是意想不到的淡定。这种淡定，是历练繁杂社会的一种理性，是淡泊名利的一种态度，是大彻大悟的一种风范，是豁达超然的一种境界，也是内心强大的一种表现。正是他拥有了这种淡定，才成就了他今天的不凡成就。

1966年，牛存喜出生于包头市青山区。他的儿童时代正是中国轰轰烈烈的“文革”时代，在那个革命高于一切的年代，革命激情燃烧着男女老少。他从小听着“天大地大不如党的恩情大，爹亲娘亲不如毛主席亲”“大海航行靠舵手，万物生长靠太阳；雨露滋润禾苗壮，干革命靠的是毛泽东思想”的歌声长大。在那个火红的年代，家家户户都有毛主席像章、红宝书等物品，它象征着人们当时的理想信仰，人们心中的崇拜。牛存喜家也不例外，父亲生前也藏有百余枚毛主席像章，这为他后来的红色收藏奠定了深厚的感情基础。那时的牛存喜，学习之余，喜欢收藏各式各样的烟标、邮票等物品，只要是见到的他就收集起来，夹进书里。每天放学回家，他做的第一件事情就是将珍藏的烟标、邮票全部摆放开，一张一张地欣赏，从中领略那份朦胧的美的享受和火红的热情。期间，他也收藏了许多“红色”藏物，由于年龄较小，虽然收藏一直不曾间断，但还是未成气候。

1993年，毛泽东诞辰100周年。那年，走过“收藏”之路18年的牛存喜已经27岁了。有一天，他从昆区邮电局的一个旧货市场找到了一个橡胶材质的毛主席半身胸像，以前只见过瓷质主席像的牛存喜感觉非常新奇，便将其买了下来。也就是从那时起，他致力于红色收藏，从此一发不可收拾。随着收藏物件增多，收藏知识日渐丰富，牛存喜对收藏毛主席塑像、像章等红色臻品的兴趣越来越浓厚，渐渐地，他对红色收藏的痴迷在收藏圈出了名，藏友常用“怪人”“魔怔”来形容他。

牛存喜专题收藏毛主席塑像、像章等高端物件，并注重成对、成套和系列收藏，努力实现收藏价值最大化。说起“红色收藏”，牛存喜的酸甜苦辣涌上心头，每件藏品都能说出一串故事。记得在1995年，他到某地参观，见到一户人家把毛主席瓷像抛弃在院里，瓷像蒙了一层灰尘。他感到非常痛心，就找到这家主人花钱把这尊瓷像买了下来。虽然这尊瓷像的收藏价值并不大，但他用对毛主席的缅怀之情，避免了瓷像遭受风吹雨打，这让他感到欣慰。

牛存喜一有时间就会到全国各地的古玩市场淘宝。一次，他到北京的古玩市场，在一家摆着好多塑像的古玩店门前停了下来。他用鹰隼一般的眼睛搜索着，突然眼前一亮，发现了一尊30厘米高的乳白色毛主席瓷像。凭借多年的收藏经验，他断定这绝对是一件珍品。作为珍品，价格肯定也是不菲的。他考虑到自己的经济实力，本想“忍痛”割爱，但在瓷像面前再也挪不动脚步了。“不就是少买几件衣服、少吃几顿肉嘛，一定要把它买下来。”经过激烈思想斗争，他便向老板问价。出乎意料的是，店主开出的价格并不高。他掏出身上所有的钱买下了这尊瓷像。随后，他赶忙找专家鉴定，果然不出所料，这尊塑像有着很高的收藏价值。

牛存喜收藏毛主席像章仅次于塑像。说起毛主席像章，牛存喜眉飞色舞，滔滔不绝：“毛主席像章大部分是圆形的，也有正方形、长方形、五星形、椭圆形的、菱形等形状；材质有金、银、铜、铝、玉、塑料、陶瓷、有机玻璃、贝壳、竹子等；重量大小悬殊，轻的只有几克，重的有100多公斤；图案有正面头像、侧面头像、半身像、全身像等，从不同侧面展示了不同历史时期毛泽东的光辉形象；

像章上的‘语录’、诗词，展现出毛泽东的飘逸豪放、遒劲有力、独树一帜的书法魅力。”他说，“小小天地，浩荡乾坤，这一枚枚像章，传递着丰富的历史信息，跳动着鲜明的时代烙印，它牵动着人们去思考——思考过去、现在和未来。”

“我就跟着了魔似的，每逢节假日，带上钱就出发。”1995 年夏天，牛存喜从藏友那得知，邯郸有人收藏了一些品相不错的像章，当天下午五点，他就坐上了开往邯郸的火车。然而走得太急，他并没想起带吃的东西，颠簸十多个小时之后，牛存喜早已饿得头昏眼花。腹中饥饿，天热中暑，第二天到邯郸一下车，牛存喜就浑身无力倒在路上。“多亏了一位好心人的搀扶，我才勉强站了起来。”牛存喜说。功夫不负有心人，他有幸成功地接手了那批像章。

闲暇无事时，牛存喜总会拿来像章钻研。从收藏的众多像章中，随便拿出一枚，他都能将它的漆质、材质、图像比例以及背后的故事，娓娓道来。牛存喜常说，每一枚像章都有一段记忆，每一枚像章都是一段历史。这些，他将“深记于心”。

牛存喜省吃俭用，不吸烟、不喝酒、不打牌，专注红色收藏事业。为了淘到精品，他去全国各地“淘宝”。每“淘”到一件藏品，他都激动得“眼睛放光”，欣喜若狂，甚至彻夜难眠，并对藏品进行拍照、题诗并妥善珍藏，还经常与藏友开展研究、讨论、鉴赏、交流活动。

在展示一件印有“为人民服务”的模具时，牛存喜向我们讲起了收藏的过程：这个模具本来是呼和浩特一位收藏老前辈的藏品，一个偶然的机会，牛存喜得知后，便慕名前往，近距离接触了这个模具。在随后的一年多时间里，牛存喜又多次赶到呼和浩特，诚恳地向老前辈请教，并诚恳交流，最终感动了老前辈，获得了这个珍贵的模具，而他也与老前辈成了忘年之交。

还有一次，牛存喜在一个古玩市场上看见了一面革委会的旗子，临时有事，没有购买。一个星期后，当他再次去找这面旗子时，得知已经被外地的收藏者买走了。无奈之下，他又数次前往，最终花高价将旗子追了回来。

……

牛存喜一直奔波在这条红色收藏路上，足迹几乎遍及全国各地的古玩市场和可能出现红色藏品的大街小巷。靠着这种“痴迷”，牛存喜共收藏毛泽东塑像300余尊，最高的一尊全身立像3.4米，最小的一尊玉质全身立像3.6厘米（材质包括铜、铁、铝、钢、瓷、汉白玉、塑料、橡胶、木、紫砂、蜡、玻璃钢等10余种）；毛主席像章10000余枚，老照片100多套2000多张；各种摆件、挂件、铁皮画300余件，《毛泽东选集》、红宝书500多本，各种供应证有100多本；毛主席语录的介绍信500多种，手写语录卡500多种，各种红色遗物1000余件，其中包括那个年代的红旗、锦旗、袖章、唱片、公章、奖状、工作服、宣传画、自行车、缝纫机、收音机、电视机……一些业界专家、学者慕名前来参观牛存喜收藏的毛主席塑像等藏品，大开眼界，赞叹不已。认为他收藏的毛主席塑像、像章数量之多、品相之高，全国罕见。为此，有出高价购买的，但他从未所动。

除了收藏毛泽东塑像、像章等红色臻品外，还收藏了大量现代充满正能量的各种红色藏品。一些藏品虽然不值钱，但对牛存喜来讲却是弥足珍贵的，比如“98抗洪赈灾”彩票。1998年，为了战胜百年不遇的世纪大洪水，在党中央领导下，亿万军民合力谱写了一曲响彻神州大地的“抗洪曲”，以新的辉煌为中国历史增添了神奇的一页。为救助洪水灾区重建家园，经国务院批准，国家民政部中国福利彩票发行中心发行专项彩票。此彩票仅在我国东北三省及河北、山东、内蒙古六省区及上海、武汉市发行。此套彩票尺幅规格为105毫米×65毫米，全套彩票共20枚，每枚面值5元。彩票共分4大主题：1~5枚为灾情；6~10枚为抗洪；11~15枚为军民；16~20枚为胜利。2004年5月，牛存喜与几个藏友到唐山荷花坑文化市场寻找藏品，意外地在地摊前发现有人在销售开过奖的“98抗洪赈灾募集”福利彩票。因为这套彩票设计精美、主题好，真实地记录了1998年抗洪抢险的日日夜夜，于是，牛存喜便买了几套珍藏起来。此后的日子里，他经常仔细观察、研究这套彩票，并寻找资料了解这套彩票发行的背景及内容。

南海红色收藏馆，每天都发生着感人的事情：一位82岁高龄的老人，含着眼泪握住牛存喜的手，颤抖地说：“谢谢你，牛牛，我也是一位穷人家的孩子，没有共产党，没有毛主席，就没有我们今天的幸福生活。”说完后，老人泣不成声。临别时，老人说：“牛牛，我能拥抱你一下吗！”一位老红军在留言簿上写道：“南海红色收藏馆让我们回到了那火红的年代，又领略了毛泽东等伟人的伟大风采。”一位高中学生参观后留言：“南海红色收藏馆让我们这些学生更好地了解了中国近代史，更多地了解了开国领袖毛泽东。”一位来自南方的老干部说：“这个馆具有深远的历史意义，会将伟大领袖毛泽东的思想代代传下去，让中国人民永远不忘历史，永远记住中国人民的大救星毛泽东。”

如今，牛存喜的红色收藏事业也得到了社会及媒体的关注和认可。《香港大公报》《创业导报》《内蒙古晨报》《包头晚报》《包头日报》《北方家庭报》、内蒙古电视台、内蒙古广播电台、包头广播电台、包头电视台给予了多次报道。据统计，慕名来藏馆参观的人数已达10万多人次，他们来自祖国的大江南北，有工人、农民、干部、军人、学生、打工仔及离退休人员，其中有毛主席的挚友亲朋和国家领导人，还有来自美国、法国、德国、巴基斯坦、蒙古国的参观者，签名留言的有6000多人，他们的字字句句无不表现了对伟大领袖毛主席的敬仰和怀念之情。当年为毛主席戴上红领巾和送鲜花的“金童玉女”蒋含宇、彭淑清夫妇，还亲笔题写了“收藏文物、收藏历史、收藏文化”。

“没有以毛泽东为代表的老一辈共产党人的革命，就没有现在的新中国。”牛存喜说，“我的任务就是将革命先辈的红色精神传承下去。”历史将永远留在人们心中，将历史的精神文化遗产留下来，珍藏它一生一世！

（作者：李春静、川石，系中国散文学会会员）

深度报道贵在“深”

2014年10月中旬，《中国冶金报》记者部约我在15届中国记者节到来之际，为《新闻研究》刊物写一篇新闻研究稿件，题材选为新闻业务交流方面的。我仔细盘点近两年的报道工作，还数深度报道有看点。在报社编辑部的鼎力助推下，深度报道稿件的数量和质量都有明显增加和提高，2013年以来，仅刊发在《中国冶金报》头版头条“记者调查”栏目和二版“新闻关注”栏目的就有《河北省“三查”钢铁环保》《河北省环境治理动真格》《环保正能量倒逼钢铁绿色转型》《河北吹响普及高强钢筋“冲锋号”》《环保治乱何处入手?》《河北民营小钢厂环境污染状况调查》《初探唐山民营小钢厂退出路径》《河北省周日再行动》《唐山钢铁物流业发展驶入快车道》《河北民营钢企的自救之路》等16篇深度报道稿件，每篇字数在2000～4000字之间，有部分文章编辑部配发了评论，国内10余家知名网站转发，其中《河北省“三查”钢铁环保》一稿被国务院网站选用，引起行业的关注，受到《中国冶金报》和河北有关部门领导的好评，在冶金行业产生较大的影响。回顾过去两年，我缘何要采写深度报道？围绕此主题，结合自己的采写体会，与大家一起交流、研究、分享。本篇文章的题目是——深度报道贵在“深”。

深度报道的缘由与定位

何谓深度报道？甘惜分主编的《新闻学大词典》写道：“运用解释、分析预测的方法，从历史渊源、因果关系、矛盾演变、影响作用、发展趋势等方面报道新闻的形式”。深度报道不是一种新闻文体，而是一种报道追求深刻性的理念、思想方法和立体的思维方式与旨趣。深度报道的内容包括事件、新闻背景、新闻过程、新闻分析、新闻预测、对策建议等。深度报道从调查走向研究，从知性走向理性。

现在全国各类媒体都在青睐深度报道，想方设法，求新、求变、求实，争相练硬功，“八仙过海各显神通”，打出自己特色深度报道“拳头”品牌，力求做足做大做精做深。深度报道的魅力在哪里？结合自己近几年采写的切身体会，觉得深度报道受热捧主要有三个方面的卖点：

一是深度报道已成为新闻发展的一大趋势。有资料显示，在英国、法国、日本等一些发达国家的媒体上，深度报道已占一半以上的新闻版面，美国一些媒体的深度报道甚至占到7成以上的版面。我国的深度报道起步较晚，但发展迅速，尤其自20世纪90年代以来，中央和地方各大媒体的深度报道栏目和作品大量涌现。《中国冶金报》在行业报改革中跨入快车道，步入领军者行列，多年来开辟培育了许多醒目的深度报道栏目，如记者调查、新闻关注……把深度报道写深写活，博得广大读者的喜爱和欢迎。

二是深度报道成为报纸保持活力与影响力的有效途径。当今已进入互联网时代，网络的特点是信息传播高效、量大，给传统报业带来极大冲击，纸媒较广播、电视、网络的时效性滞后，有“先天不足”，是个“短板”。怎样在媒体“同质化”竞争日趋激烈的大环境下，增强《中国冶金报》的吸引力和影响力？我每天打开《中国冶金报》时，欣喜地从众多深度报道栏目看到，每个版面充分发挥深度报道的“长板”优势，将从信息高度浓缩集中以及内容深度强化方面着力，通过深度报道不断提高新闻的宣传高度、深度和力度，以内容深刻性、思想的科学性提升《中国冶金报》的品位，每个版面都在不断探索，全方位多角度加大深度报道的比重，扩大《中国冶金报》的独特影响力。

三是深度报道成为读者产生浓厚兴趣的需要。2013年8月，我在河北部分民营钢企做了个读者群调查。调查的题目是“你最喜欢

《中国冶金报》哪个栏目？说出其中主要原因”。调查结果表明，九成以上民营钢企分厂、车间以上干部喜欢看《中国冶金报》一、二版的深度报道栏目，他们不仅想知道“是什么”，而且渴望知道“为什么”，了解“新闻背后的新闻”。民营钢企员工的文化水平不断提高，调查读者约七成为青年职工，他们最爱看的栏目是副刊中的“钢城地理”“钢城故事”“人生五味”“游记”等栏目，这些文章生动活泼，贴近性、知识性、趣味性浓郁，深受职工喜爱。

2013 年以来，我将自己七成精力用于采写深度报道，定位以深度报道为抓手，全力抓好深度报道。我之所以这样做，主要出于四个方面考虑：首先，近几年钢铁行业面临困难的经营形势，钢市异常寒冷，产能严重过剩，环保风暴席卷，节能降耗压肩，效益全面滑坡，钢铁大省河北省如何渡过难关，首当其冲，河北钢铁业成为深度报道重要的诞生地。其次，河北记者站担负全省钢铁行业的宏观报道任务，尤其是环保治理，民营钢厂成为治理的重点和难点，唐山、邯郸两个钢铁重镇，民营钢企扎堆，环保问题多，更是深度报道的聚焦地。再次，《中国冶金报》一、二版负责深度报道栏目的编辑，助推河北记者站全力应对挑战，同心协力，精心策划，河北钢铁业成为深度报道的挖掘地。最后，我作为河北记者站负责人，一方面，多年来一直在跑民营钢企，民营钢企分布面广线长，情况较为熟悉，曾采写过多方面的深度报道稿件，积累不少经验；另一方面，我这些年苦练内功，早已将记者报道工作实行转型，由以信息报道兼深度报道型为主，转型为以调查研究型为主，河北记者站的其他几位记者在深度报道上都有长足进步，河北钢铁业成为拉练深度报道的大高地。

深度报道怎样写得“深”

深度报道是一种介于客观报道新闻事实的“新闻”和阐发作者主观见解的评论之间的报道方式。要在写作中处理好深与新、深与活、深与浅、深与近等方面的关系，只有这样才能将深度报道写得生动活泼。采写深度报道贵在“深”字，应从哪些方面切入？我认为能体现深度报道的“深”是多方面的，最主要的是深在“选题、采访、写作”三个环节上。

1. 深在精心选题与策划

深度报道的选题非常重要，谁有高质量的新闻选题，谁的报道就可能优先获得受众的注意力，选题选好了，报道就成功了一半。我们判断和选择是否作为深度报道的题材的主要标准是，在新闻导向正确的前提下，选题必须具有独特性、受到广泛关注、具有深远影响力的特点。

为选准选题，过去一年里，记者编辑发挥团队合作精神，通过共同努力完成。《中国冶金报》新闻中心的段冶、周利勇、刘航、孙宁等常在电话中加强沟通，给我申报的选题提出建议，使选题更加准确贴近。新闻中心要求我多提供深度报道选题线索，确定申报选题的时间节点，及时沟通选题进展情况。编辑探讨从题目、内容编排上着力如何突出主题，在引领性、可读性上下工夫，将稿件精雕细刻编好，精心策划，把深度报道稿件编排在版面醒目位置上。记者编辑互动，形成最佳搭档，资源运作配置更合理。

我报送的深度报道选题，主要来自两个方面：其一，大多数深度报道选题都是从消息中发现线索加以深度挖掘的。如《河北省“三查”钢铁环保》的深度报道源于环保部华北督查中心对河北钢铁业全面调查的一篇消息，这篇消息既是报道的新闻源，也是一个报道时机。我抓住了这个报道契机，对问题的现状、原因、趋向进行深入挖掘，从中引发人们对钢铁环保的思考。其二，找准视觉选题。新媒体时代，信息渠道渐趋公开透明，新闻进入同题时代，如今深度报道的竞争是如何打造独家视觉。如与编辑刘航、孙宁同心协力，深入采访，精心写作，接地气。采写的《“退意”渐浓》这篇深度报道，选取独家视觉。该报道的背景是钢铁行业化解产能严重过剩矛盾工作已经展开，河北省开展的“周日行动”反映出的一些现象值得思考。实际上，本次“周日行动”涉及的唐山几家民营钢铁冶炼企业，是早已在“环保风暴”中确定要关闭的企业。关闭小钢铁，淘汰落后产能势在必行，但事件背后牵涉较多的群众利益以及它们的出路问题。经过深度思考，在策划选题时就形成独家视觉，将报道核心定位在小钢厂关停背后的问题上，并选取唐山众业不锈钢厂等作为报道的采访基点。《“退意”渐浓》阐述这些小钢厂的过去、现状、趋势以及探析历史成因和关停引发的一系列民生问题等，较好全面深刻地反映新闻事件，并配发了评论。《“退意”渐浓》刊发后，受到唐山市政府的重视，舆论几经迅速扭转，变为强调注意引导解决群众出路问题。深度报道的独家视觉，达到占领舆论风向标的效果。《“退意”渐浓》这篇深度报道被中国产业报协会评为2014年第二十八届中国产业经济新闻一等奖。

2. 深在采访调查与布局

深度报道代表一份报纸和一位记者的品位和实力。采访是新闻写作的前提，新闻界曾流传着“三分想六分采一份写”之说。可见采访的肤浅或深入，决定深度报道的成败。

深度报道的基础是采访。深度报道的采访，较一般更为复杂、艰难，要求采访更为主动、深入、全面。我听一些媒体记者介绍，到河北民营钢企采访，可谓“门难进，脸难看，话难听”，门卫保安看到记者来采访环保方面更紧张了，说上面有交代，采访需要有当地县区宣传部的介绍信，要经过钢厂领导同意，钢厂办公室电话联系……道道门槛受阻，“防火防盗防记者”，绝大多数记者空手而归，其原因就是怕记者“曝光”。

深度报道的采访，采用多层次、多侧面、多角度、多种类的全面系统的采访，采访对象有政府官员、钢企、钢贸商、业内人士、村民……更要讲究采访技巧和基本功，往往采取避开门卫、暗访、迂回、侧面进行采访等方式，以获得真情实况。深度报道的种类大体分为调查性和评述性两大类，采访与调查是关键。深度采访的切入点选在哪里？其一，采访要有提纲。采访前确定写作框架，包括设置细节，有目的有意识地采访；采访之中随时发现素材可选作文章开头、重点和结尾部分，有意识深化采访。如《环保“治乱”何处入手?》一文：“采访时发现……小钢厂污染难治……一重要原因就是守法成本太高，从安装环保设备到开启运行，一年数百万元就没有了；违法排放，一年至多罚款几十万元。违法合算，大家宁愿选择后者。”我深挖这个细节背后，揭示环保难治的本质，作为全篇文章的重点。其二，在信息化的今天，要求采访不仅要了解事件，而且更要了解事件背后的东西，用故事方式解读事件，深度挖掘事件背后的东西，重视发现细节，深化采访细节。其三，有目的地注重现场和背景材料的采访。深度报道需灵活广泛利用背景材料，对新闻事实进行入情入理的分析、评价，必须有现场因素和背后材料的合理运用，做到有理有据，使感染力和深刻性兼顾。

3. 深在写作技巧与语言

深度报道的深度来源于对社会问题的透视力，既要看得透，还要反应快。对于深度报道的事件是什么，要突出新闻性；深挖事件背后的为什么，让人们更加重视和关注。一篇写得好的深度报道，成功的诀窍是什么?

在我看来，成功最主要的原因，一个是注重创新，讲究新闻写作技巧。高质量的深度报道，应是通过大量、丰富的材料进行深度加工，挖掘新闻背后的新闻，揭示事件的深层内涵和本质，在叙述矛盾冲突、严重问题时，让读者产生一种情绪，进而引发思考。如《环保“治乱”何处入手?》一文，记者到唐山丰润区小钢厂就钢铁环保现状进行采访调查，采用对比方式：“在记者的记忆里，10 多年前，这里还是千亩、数百亩联成片‘素有冀东粮仓’美称的良田，生长着玉米、花生、蔬菜和有特色的果品。如今，这里已经大变样，星罗棋布聚集着四五十家民营小钢厂，烟囱林立……一路上，记者不时见到重型卡车载着各种型钢在坑坑洼洼的乡间路上呼啸而过，荡起一片漫天飞扬的尘土，路边树叶、庄稼原有的颜色被彻底覆盖，断断续续闻到刺鼻气味。”通过鲜明对比联想、情节、细节描写，唤起读者的关注和思考。

另一个就是语言运用效果。深度报道的语言应做到准确、朴实、生动、形象，真实感人的细节启迪读者的情感，调动读者关注和思考的积极性。如《河北省“三查”钢铁环保》文中：“记者来到迁安市……实地调研中发现，周边有几十家小钢厂，雾霾天气使得能见度不足百米，吸进鼻孔里的空气明显有颗粒的感觉。当地一位出租车司机告诉记者，他家就住在附近，周边有的钢厂晚上将除尘设备关掉，甚至白天也有时候不开除尘设备，刚洗过的出租车，放在院子里，一晚上工夫，就披上一层厚厚的粉末灰尘。他说，这次环保彻查后，钢企能够更注重环保，居住在钢厂周围的老百姓建设美丽家园的‘中国梦’就有望了。”通过对粉尘真实感的细节描写和对出租司机朴实语言的细节描写，调动人们关注和思考钢铁环保的积极性。

（刊于《中华大地之星获奖作品选》，2014 年）

身入心入情入

——浅谈记者苦练深入实际的基本功

深入实际，就是深入基层、深入群众、深入生活，这是新闻记者的立业之本。凡有造诣、有成就的记者都是在社会实践的艰苦锻炼中成长起来的。在建立社会主义市场经济的新时期，新闻记者深入实际的意识更要加强，在深入实际中苦练基本功。

一、为什么要练深入实际的基本功

1. 深入实际是由记者的使命和责任所决定的

记者肩负着为人民服务、为社会主义服务的重大使命，肩负着宣传党的路线、方针、政策，以正确舆论引导人的社会责任。因此，要求记者采访写稿要深入深入再深入。要坚决克服浮在上面，告别“屁股跟着椅子亲，耳朵跟着电话亲，镜头跟着领导亲”，彻底克服不深入实际的弊病。例如，有的记者照抄材料，把各单位送来的材料，包括会议文件改改抄抄，谓之材料采访；有的记者在通讯员写稿的基础上，打个电话补充，谓之电话采访；有的记者下是下去了，通讯员写稿，自己加上名字，谓之甩手采访；有的记者一字不改地照发通稿，谓之照发采访，如此等等，这都不是记者应有的作风。一些记者不深入实际的原因固然是多方面的，但从主观上讲，主要是责任心不强，使命感意识薄弱，缺乏深入实际、联系群众的强烈意识。记者要时刻牢记自己的使命和责任，自觉地改进工作作风，深入实际，调查研究，抓“活鱼”，采写出高质量的稿件。

2. 只有深入实际，才能抓住好新闻

显而易见，记者不深入实际，就抓不住新闻。我们常见到有的记者说没有啥东西写，在办公室里急得团团转，原因就是没有沉到下头去。其实，每天的生活都孕育着、催生出许多新闻事实，如果记者经常到下面走一走，转一转，就能从中发现和抓住鲜活的新闻。例如：《扬子晚报》1993 年发了一篇《电话升位冲击波》的新闻，写的是南京电话号码自 8 月 1 日起升位的消息公布以后，一些厂矿企业超前更换和印刷自己的信封、名片、产品说明书，以及广告上的新电话号码，促使南京市印刷业红火地大发展。这条新闻从一个侧面反映了在市场经济环境中的企业家的竞争意识，对于读者来说，是个极好的启示。而这条新闻是记者到一家印刷厂去偶然获得的，如果不下去，很有可能漏掉。

还有一个例子，1982 年 1 月 1 日《中国冶金报》登出题为《二十二冶为农村盖房提供构件》的文章，当时租赁业刚兴起，如果作者没有深入二十二冶钢模板生产厂，很难有说服力地报道钢模板产销两旺的情况：“到二十二冶租赁钢模板的农民络绎不绝，有的怕租不到，要求预付租金”。这篇新闻见报后，钢模模板租赁站如雨后春笋般发展起来。一篇好新闻能让人读后身临其境，有回味，这与作者深入生活有很大关系。

3. 深入实际是“三贴近”的关键

记者要使自己写出的新闻作品贴近基层、贴近群众、贴近生活，树立深入实际的作风是关键。但有些记者认识上有误区，作风漂浮，缺乏联系实际的锻炼，也妨碍了深入实际。深入实际这个问题对于记者来说，好像是解决了，其实不然。一是不愿深入。有的热衷于跑会议、跑开工开业庆典，不愿做艰苦细致深入的调查研究，即使到下面也是待在办公室里听汇报，看材料。二是不屑深入。有的片面认为现在是信息社会，新闻竞争激烈，记者只要学会“抢新闻、

出快手”就行了，满足于电话采访。三是不会深入。一些青年记者虽有深入的热情和愿望，却不善于与工农群众打交道，不善于做深入细致的调查研究，对身边的“活鱼”视而不见。深入实际如此重要，要求记者必须要练好深入实际的过硬本领。记者在深入实际时，要把立足点放在面向基层，面向生活，面向群众上来，这样才能坚持用实事求是第一，新闻是第二的唯物辩证观点指导采访活动和新闻写作。

二、怎样苦练深入实际的基本功

1. 深入实际要有理论指导

记者下到基层，不等于他已经深入了实际。在新闻实践中常常可以看到这样的情况，有些记者也经常往基层跑，但写不出提出问题的稿件来，为什么呢？重要的原因是这里有一个苦练深入实际的基本功问题。深入实际的基本功包括很多方面，概括起来主要是：一是理论修养的功夫；二是深入采访前资料准备的功夫；三是与群众打成一片并能与不同类型的人打交道的功夫；四是运用群众语言的功夫；五是现场观摩体验，用眼睛采访的功夫；六是开好小型座谈会，善于寻根问底的功夫；七是学会手、眼、脑并用，善于记录与积累的功夫；八是以小见大发现新闻的功夫。记者在采访过程中，面对形形色色的材料，而这些材料中怎样区分有无新闻价值呢？这里就离不开理论的指导，记者良好的理论修养，可以帮助自己准确地提出问题，深入地分析问题，辨别新闻价值的大小。因此，记者深入实际要以理论为指导。

2. 深入实际要闯“身入、心入、情入”三关

这些年，许多新闻工作者响应江泽民的号召，深入实际采访、调查，写出了一大批反映改革、开放和社会主义现代化建设新成就、新经验以及广大劳动者可贵的精神风貌的优秀作品。但是，我们新闻队伍中的“深入”问题远没有解决好。例如，有的记者下基层采

访，只与单位领导打交道，不接触工农群众；还有的记者写稿自以为是，不核实，不送审，出差错等。

在新的历史时期，我们应当继续保持和发扬密切联系群众的优良传统。新闻是对新近发生的事实的报道，事实是第一性的，新闻报道是第二性的。历史是人民群众创造的，记者要反映实情，尊重事实，就要老老实实、恭恭敬敬地向人民群众学习，自觉地把自己的“根”牢牢地扎在基层，扎在人民群众之中。

只有端正思想，才能真正深入基层中，深入群众中体察他们的喜怒哀乐，倾听他们的呼声，拿出有真知灼见、反映群众心声、深受群众欢迎的好作品。

记者深入实际，要连闯身入、心入、情入三关。记者生涯应该是与艰苦紧紧伴随的。新闻是用脚采写的，舒舒服服成不了记者，记者“身入”实际就要有种“不怕艰险的奔波精神”。以全国“现场短新闻”获奖作品《铁肩担国防》（原载于《解放军报》，1990年8月27日）为例，作者为采写这篇报道，同采访对象一起钻原始森林，一起睡在林边废弃的仓库里，一起过高度缺氧的多雄拉山“鬼门关”，一起闯曾经吞噬上百条生命的“老虎嘴”天险，一起穿越气候瞬息万变的6条冰川，涉过湍急的8道飞瀑急流，真可谓经历“九九八十一难”，才走进西藏墨脱——全国唯一不通公路的县，完成这次采访。反之，记者如不身临其境地奔波，是写不出这篇获奖作品的。

只要求记者身入一线还不够，同时要求记者“心入”，有较强的思考能力，善于对社会现象进行认真的思考，运用多项思维，写出的东西才是“深层次”的。

记者深入实际，闯过“情入”这道关是很重要的。新华社原社长、著名记者穆青同志，人们称他为“激情社长”。他在谈他的成功体会时说：“有了激情就产生了不写出来吃不下睡不着的动力。”广为人知的焦裕禄的事迹，他是流着眼泪采访，流着眼泪写的。火一般的激情是穆青成功的“秘诀”之一。记者深入实际，要用自己的笔去激动读者，感奋读者，引导读者，就需要对五彩缤纷的生活抱着满腔的激情。以获中国新闻奖的《9 · 24，我们一起升国旗》（原载于《中国青年报》，1993年9月25日）这篇作品为例，“9·23”我国申办奥运会失败之后，亿万炎黄子孙心中流溢着难以名状的情绪。在新闻工作者强烈的社会责任感和激情的驱使下，同时出于中华民族一分子的本能冲动，记者想到了升旗。于是下了夜班之后，不顾疲劳，顶着秋寒，骑自行车来到天安门广场。在国旗下，记者被普通老百姓流露出来的爱国主义激情深深震撼了。返回报社后，含泪记录下了一次不同寻常的升旗仪式，并选择了一个直白却寓意深刻的标题：这一天和国旗一同升起的是中国人强烈的民族自尊心和不屈不挠的奋斗精神。报道见报后，受到读者的青睐，并被新闻界誉为“平静中透着激情的好新闻”。

充满激情，这是当今新闻传播规律对记者提出的要求。要使自己的新闻作品能打动人，为群众所接受，就要少一点冷面孔，多一点人情味；少一点说教，多一点交心和商议。做到这些，没有一点激情是办不到的。无数事实证明，记者自己动了情，就会自然地寻找途径，通过采访和精心写作去表达这种感情，用自己的激情感染读者。

3. 深入实际要下大力气采访

深入实际采访新闻事实，是新闻记者的立业之本，也是必须遵循的一条新闻规律。记者靠传播事实启发人，这就决定了记者要以老老实实的态度，在采访上下苦工夫，把事实搞清楚。新闻事件好不好，就看记者采访到的事实是不是新、活、重。而新、活、重从何处来呢？有的记者把大部分时间泡在办公室里，抱着电话机，守着传真机；有的记者到下面采访“蜻蜓点水”，结果出现了“浮躁新闻”和“米不够，水来凑”的想象新闻以及捕风捉影，强扭角度的“失实新闻”。新、活、重新闻是从深入生活，艰苦采访中获得的。

采访是记者的第一基本功。它和写作的关系就好像是厨师做菜一样，买来的是鲤鱼，做出来的就是鲤鱼，你做得再好，吃起来还是鲤鱼的味道，不可能变成对虾、海鲜的味道。《人民日报》记者田流说过：“写作当然要用力气，但应该在采访上花更大力气。如果把采访和写作需要花的时间和精力机械地划分一下比例的话，我认为应该用 60%、70%、80%，甚至 90% 的时间和精力去采访，只用 10%，顶多 40% 的时间和精力去写作比较恰当，否则写不出来好稿。”七分采访三分写作，是几代报人的经验之谈。

我们今天正在步入信息时代，随着社会的进步，交通、通讯事业的发展，记者采访条件比以前优越多了，但这些都代替不了记者深入实际采访。新闻界关于采访有许多行话，譬如“新闻是用脚写的”“新闻是‘踩’出来的”“新闻是跑出来的”等，都是强调采访的重要性。由此可见，能不能深入实际采访，是衡量记者是不是合格的重要标准。记者要了解实际，取得对客体的正确认识，深刻把握，就必须到生活第一线去，认真调查研究，与广大群众心心相印，息息相通，别无他途。记者到一个地方，用双脚走一圈与汽车跑一圈的收获大不一样。要吃新闻这碗饭就得下去跑！

（原载于《新闻三昧》杂志，1997 年 7 期）

有感《走进红松的故乡》

读《走进红松的故乡》有着五彩斑斓的享受，一幅幅画卷在眼前铺开来，让人悸动，催人奋进，感人至深，引人入胜。

阅读《走进红松的故乡》，你不仅可以“在书中饱览祖国的大好河山和人文景观。没有旅游，胜似旅游”，而且在欣赏字里行间隽秀文笔的同时，启迪和鞭策着读者努力向上。

《走进红松的故乡》以红松开篇，从祖国的名川大山，风土人情，饮食文化，粮蔬典极，钢铁矿业，到古人趣事，炎黄始祖，圣人故里；从近现代革命历史，缅怀英烈，名家苦修，经历盘点，健康启示，到自然保护，和谐社会，工艺制作，传统文化，新作点评，无一不让读者深陷其中！

紫气东来的尊享。《走进红松的故乡》犹如春风扑面，紫气缭绕，字字句句栩栩如生。

那红松林“俯瞰林海全景，远山近景，尽收眼底，树梢齐脚，在湛蓝的天空下，层峦叠嶂，像浩瀚的大海，微风拂动，波涛涌浮，雾霭缭绕，云烟笼罩，景色气壮山河，生机勃勃”。

更有那红松林都“伊春走上‘生态上市’之路，成为一座用绿色抒发情怀，用红松来塑造品格，用生态承载未来，人与自然和谐相处的世界最大的森林城市”。自然造福人类，人与自然的和谐超然，给人以浩然长虹之气而涓涓不竭之感。

回首巍巍太行，感受奇山秀水七步沟景区底色的厚重，“清朝康熙年间，任嗣尹撰写的《罗汉洞碑记》中盛赞：‘此何境也？非天也，非地也，非人间也’‘崪薇兮云苍茫，众圣临兮龙虎藏。佛天咫尺莫徜徉，登斯境兮形自忘！’”

再来登上“神农架主峰顶的瞭望塔，俯视四野，尽收眼底，足下秀峰重重，峭岩叠叠，险处如天降，群山连绵起伏，处处千姿百态。神农顶端，岩石裸露，石林耸天，不见树木，唯有苔藓、蕨类铺在地上……瞧瞧半山坡，鲜明地分出三个层次来，下层是葱绿的竹林带，中层是墨绿的冷杉林带，上层是杜鹃林带。”自然奇景层林尽染，美不胜收，紫气东来尽在不言中。

绿树林枫的感享。《走进红松的故乡》犹如将华夏文明和革命历史凝缩于眼前，意境幽隐深远。

“炎帝神农氏——我国农耕文化的创始人”，有着复归生命之感受。

天津小站是“熟悉中国近代史的无人不晓，小站不仅以袁世凯在此练兵而出名，而且还以盛产‘小站稻’而兴。中国近代以小站练兵和小站稻米而声名远播。”从这描写中你看到的是不畏骤雨暴风的中华民族的成长。

作者“仔细品着‘登尼山拜孔庙，洞入坤灵思圣主，林上文德浸恩泽’的滋味。我在想：时光易逝，而尼山作为永恒的象征，虽经历万千年，仍巍然屹立在中华大地上，被人们创造的尼山文化将是一股永不枯竭的溪流，源远流长……”却是返璞归真的感受。

“国内外以忠骨回归为契机，对赵尚志和东北抗联艰苦卓绝的战斗历程，作了大量宣传报道，包括影视作品，使赵尚志将军和东北抗联在第二次世界大战中的历史地位，有了新的提升和较高的定位。”读来皆是不怕冰封雪冻，傲骨挺拔，根深树茂，敦厚结实，绿树林枫的感享。

蓝天白云的舒享。《走进红松的故乡》犹如暖暖春风轻轻拂面，似那云卷云舒萦绕大地。

“康熙皇帝一生来盘山四次，留有御制诗碑和多处御题匾额。乾隆皇帝一生来盘山 32 次，留有 1702 首吟咏盘山的诗作，其中有‘早知有盘山，何必下江南’的诗句，现在这诗句已经成为盘山的广告语了，众人皆知。”似有天空湛蓝，白云飘飘，百舸争流，万帆竞渡之享。

雾灵山“为燕山主峰，京东第一峰，海拔 2118 米。古时候称伏凌山，1500 年前北魏地理学家郦道元登山游览后，在《水经注》中写道：‘伏凌山甚高峻，严障寒深，阴崖积雪，凝冰夏结，故古人因此名山也。’宋代就在山上建设了寺庙，史载僧道万余人”，有千回百转生生不息之感。

“啤酒、红肠、面包早已成为哈尔滨市饮食文化的三颗璀璨明珠。‘大面包像锅盖，喝啤酒像灌溉’，这是对哈尔滨现代饮食文化的形象概括”，令人心驰神往。

观菜博会，“田园采摘一直是菜博会的亮点……被千姿百态、五彩缤纷的菜果所吸引，感受蔬菜的科技魅力，领略蔬菜景观之美，饱享菜博会‘盛宴’”，舒享那清静无为，淳朴清廉，蓝天白云的君子风格。

红火牡丹的艳享。《走进红松的故乡》犹如花开般无私吐艳，不因富贵而骄奢，使人心悦，使人振奋。

圆梦。“谢吉恒是我们这一届同学的骄傲，他立志孜孜不倦；他吃苦勤奋拼搏；他善学积累提高；特别是他退休后仍笔耕不辍、佳作频出，是我们仰慕的楷模。他牢记师长恩，永念学友情，《难以磨灭的记忆》就是他真情的写照，句句情，字字爱，跃然纸上。”有着栋材不朽，忘却自我而为天下的大家风范。读来你会感享到，谢老的炽热情怀让事业绚丽芬芳，献出的匠作无不闪烁着牡丹般的耀目光辉。

“据行家介绍，步云的榜书其运笔造势，有龙起云海之气势，其结构布局，舒博壮筋，浑静宽阔，此非胸有浩然之气不能致，无胸有成竹之稔而不能达。步云的榜书作品让人感觉沉着有余，不乏灵动和变化，施墨凝重，结构严谨多变，气势恢宏，刚柔相济，厚重而不失灵动，丰满而不失俊秀。”步云的榜书艺术日臻完美，独树一帜，似牡丹园中一吐娇艳的奇葩。

“马万水精神是对以马万水为代表的产业工人崇高理想和优秀品质的高度概括，是中华民族精神的重要组成部分。经过半个多世纪的风雨洗礼，马万水精神在一代又一代人的诠释下不断升华并享誉全国，成为中华民族巨大的无形资产。无论过去、现在和将来，马万水精神都有着不朽的价值和永恒的生命力。”感受马万水精神，亦同斗艳花红，馥郁馨香，激励人们为实现中国梦不懈拼搏。

黄缎锦绣的意享。《走进红松的故乡》犹如锦缎舒软绵绵不绝，中华大地的魅力意味绵长，人杰地灵，珍宝奇艺不胜枚举，给人以无穷无尽的遐想。

“猪槽船，形似猪槽，是泸沽湖畔的摩梭人用来捕鱼捞虾，运柴火杂物，来回走婚所用的水上交通工具。这条独木舟伴随着摩梭人演绎出许多悲壮离奇的故事”“阿夏异居婚是要靠道德、靠舆论、靠阿夏双方的感情基础来决定的婚姻关系，不少人把这种阿夏异居婚誉为一片人类最文明、最纯洁、最不被污染的感情圣地。”改革开放使摩梭人走上致富路，读来亲切感人，阳光绸缎般柔软了心田。

“南海湿地素有‘塞外西湖’的美誉”“南海湿地风景区位于包头市东河区南侧，黄河北岸，是九曲黄河在包头的第二弯，由于黄河改道南移，形成了湖泊和河漫滩湿地。”难以想象黄土高坡上的湿地，犹如黄缎般润揉着我们的健康。

“尼山为石山，尼山孔庙北有砚台沟，选用沟里的岩石制作砚台为著名的鲁砚之一……只有坚细湿润、不渗水、不渍墨、发墨有光，才可制砚，可惜这种料极难找到。”尼山砚悠久的历史，名遐中外，源远流长，它只是祖国蕴含着无数宝藏之一和淳朴无瑕的孔子文化的一隅。

“探讨毛家峪村人长寿的秘籍，归纳总结出有六大科学依据和长寿因子：一是环境优美。二是空气清新。三是水质纯净。四是食新粮野菜。五是经常运动。六是心情开阔。”作者再一次把人们生活水平的提高和健康与长寿紧密联系在一起，展现了自然对人类的关爱，并叩响了保护环境重要性的警钟，透出黄缎锦绣般的浓浓情意。

总之，读《走进红松的故乡》，那种五彩斑斓的感觉久久环绕其身，挥之不去。鉴赏其书，开阔视野。“书中乾坤大，笔下天地宽”。《走进红松的故乡》一书蕴含的知识量和正能量，淳淳流淌在读者的心间。唯有细细品味，更享“饱览大好河山的秀丽景色，以舒展情怀；身处苍翠幽深的崇山峻岭，以动情怡身；身居变幻莫测的云雾山中，以使人体飘然；眺望那无限美妙的自然风光，使自己有‘登山临水不知老’的灵感”之灵秀！

（作者：陈聃，系中国散文学会会员）

后　记

《走进红松的故乡》一书付梓问世之时，我如释重负。因我平生喜爱旅游和对文学的执着，促使我努力完成这部旅游散文、报告文学集的写作。全书共 38 篇文章，20 万字左右。这部书稿大部分是从我近 15 年间在报刊、杂志发表过的作品中甄选出的，也有近两年参加《中国冶金报》、“中华大地之星采风团”采风活动采写的部分新作，组成了“风光胜境”“美景撷粹”“珍藏记忆”“采风随笔”四个板块，汇集了我曾经走过的奇峰秀水与名胜古迹，记录游览山川风物的心路历程，足迹遍及华夏大地，笔触留下印记。本书作品内容丰富多彩，选材经典，既有闻名国内外特色顶尖的景区，如“林都”伊春、“菜都”寿光、“酒都”茅台、“啤酒故乡”哈尔滨、“成语之都”邯郸……又有异国风采的俄罗斯贝加尔湖、越南下龙湾的自然风光，看不完的山山水水，赏不尽的怡人美景，大自然的美，在这儿集合了精华，令人陶醉。

写作游记类散文、报告文学能定格山水，怡情记乐，记录自己的快乐。今年 10 月，我完成这本书的初稿，将电子稿发给文友及相关友人征询意见，得到《中国冶金报》社领导打来电话热情地鼓励和建议；一位位好友从外地给我发来短信，谈阅读感受；与一位年过七旬的老上级在公园散步相遇，他高声地喊着我的名字及书名，拉着我的手不放，关心地问长问短；几个在大学读书的晚辈读了作品，恳切要求书出版后第一时间要购到手；专家一次次真诚指导的电话，为完成此书创造了条件……诸如此类的事，启发激励着我。

更令我激动不已的是，多位中国散文学会会员的文友提议，约我结合自己多年散文写作实践，写一篇主题为散文“意境”营造的理论文章，并对文友散文新作进行简要点评。文友的要求，一方面体现他们高看我，相信我；另一方面，鞭策鼓励我要努力做好，让文友相互交流学习的平台大放异彩。这次文友撰写的散文新作可谓“八仙过海，各显神通”，各有各的“绝活”。有的字字珠玑，给人以语言之美；有的博大深沉，给人以思想之美；有的感人肺腑，给人以情感之美；有的立意之美，给人意境之美，通过阅读交流，提高审美意识，触动写作灵感，提高作品含金量。

我在这本书的写作过程中，力争所写的内容突出集知识性、文学性、趣味性于一体，融可读性、导游性、娱乐性于一炉的特点。我想，朋友们能通过《走进红松的故乡》这本书，分享我旅游的快乐，并通过这本书去游历山水，不是旅游胜似旅游，领略山色湖光的魅力，进而达到享受高质量人生的目的；衷心祝愿这本书能成为旅游爱好者、文友度过闲暇时间的伴侣，这是我最大的欣慰。

这本书面世的时候，衷心感谢在我写作过程中给予指导、关心与支持的有关领导和专家。感谢《中国冶金报》

原总编辑现任冶金工业出版社总编辑任静波在繁忙工作中，帮助策划并给予多方面的关心与指导。感谢77岁高龄的中华全国新闻工作者协会国内部兼学术部原主任、“中华大地之星”征文评选组委会主任阮观荣为本书作序和题字。感谢责任编辑李臻严格苛求，一丝不苟，精细编辑。感谢内蒙古青年诗人徐彪激情豪放、意境深邃，寓意含蓄，吟诗一首——《眷恋》；感谢中国散文学会会员陈聃挥笔一篇，意境清新、联想丰富、语言逸美的散文——有感《走进红松的故乡》。感谢文友的真诚合作，感谢在本书编写过程中给予支持与关心的企业领导和各界人士。

谢吉恒

2014年12月于北京